Zeno Diegelmann

Kaltengrund

atb aufbau taschenbuch

Zeno Diegelmann, 1974 in Fulda geboren und dort aufgewachsen, lebt und schreibt in Frankfurt am Main. Er hat das Libretto für das Erfolgsmusical »Bonifatius« geschrieben. Unter dem Namen Tim Boltz veröffentlichte er unter anderem die humoristische Bestseller-Trilogie »Weichei«, »Nasenduscher« und »Linksträger«.

Bei Aufbau Taschenbuch erschienen die ersten beiden Rhön-Kriminalromane mit dem Helden Klaus Seeberg unter den Titeln »Rhönblut« und »Finsterhain«.

Kommissar Seeberg und seine Kollegin, die Polizeipsychologin Franziska Hellmich, werden nach einem Autounfall mitten im verschneiten Wald von der jungen Katrin Dänner gefunden. Sie gibt ihnen Hinweise zu dem Fall eines toten Ost-Grenzers in der Rhön. Ausgerechnet ihr Vater scheint mehr zu wissen, denn er war am Tag, an dem die Leiche gefunden wurde, mit seinen Freunden zur Bockjagd in dem Grenzstreifen aufgebrochen. Was erst wie ein Unfall aussieht, entpuppt sich schließlich als grauenhaftes, eiskalt geplantes Verbrechen.

ZENO DIEGELMANN

KALTEN GRUND

EIN RHÖN-KRIMI

atb aufbau taschenbuch

FSC
www.fsc.org
MIX
Papier aus verantwortungsvollen Quellen
FSC® C083411

ISBN 978-3-7466-3187-5

Aufbau Taschenbuch ist eine Marke der Aufbau Verlag GmbH & Co. KG

1. Auflage 2015

Umschlaggestaltung www.buerosued.de, München
unter Verwendung eines Motivs von Jorn Areklett Omre, Plainpicture
Satz LVD GmbH, Berlin
Druck und Binden CPI books GmbH, Leck, Germany
Printed in Germany

www.aufbau-verlag.de

»Schau zu mir herunter, du wirst einen Idioten sehen.
Schau zu mir hoch, du wirst deinen Gebieter sehen.
Schau mich direkt an, du wirst dich selbst sehen.«

Charles Manson, Serienmörder

Prolog

Immer wieder stach er die Heugabel in das trockene Stroh, welches auf der Schubkarre angehäuft vor ihm lag. Die einzelnen Spitzen bohrten sich tief hinein. Dann verteilte er es quer über den Boden der Stallung. Staub wirbelte auf und ließ um ihn herum Wolken von kleinen Partikeln durch die Luft tanzen, die in seiner trockenen Kehle kratzten. Er atmete schwer, richtete sich auf und hielt inne. Hier im Schweinestall war die Sommerhitze wegen des einfachen Dachstuhls gar noch schwerer erträglich als draußen in der prallen Sonne. Das Dach spendete zwar Schatten und schützte die empfindliche Oberhaut der Schweine so vor den direkten Sonnenstrahlen, doch vermochte das einfache Gewerk nicht die stickige Luft draußen zu halten. Schweiß trat ihm auf die Stirn und tropfte von seiner Nasenspitze herab ins Stroh.

Er hielt einen Moment inne und stützte sich auf der Heugabel ab, während sich sein Brustkorb bei jedem Atemzug hob und senkte. Es war eine schwere Arbeit, die sich täglich in ewiger Monotonie wiederholte. Mit der geübten Routine von vielen Jahren erledigte er die Arbeit ohne ein einziges Murren. Im Gegenteil, die stoische Tätigkeit war für ihn mittlerweile weit mehr als das nötige Tagewerk, sie war zu einer Art Meditation geworden. Seine Gedanken zerstreuten sich dabei ebenso wie das Stroh. Die Schweine quittierten die kurze Unterbrechung ihres gewohnten Ablaufs mit lautem Grunzen und Quieken und wuselten um seine Beine herum. Mit einem Tritt vertrieb er die Viecher, griff nach einem Blecheimer und schüttelte einige wurmstichige Äpfel und Essensreste in den Verschlag. Sogleich stieg der Geräuschpegel und die Tiere machten sich über das Futtergemisch her. Mit Wohlwollen sah er, wie sie binnen kürzester Zeit alles verschlangen, bis nichts mehr davon übrig war.

»So ist's recht.« Er nickte und sammelte dabei mit Schaufel und Heugabel das mit Fäkalien verdreckte Stroh der Tiere im Nachbarverschlag auf, um es auf die nun leere Schubkarre zu laden. Nachdem er auch den letzten Verschlag so gesäubert hatte, schob er die Karre hinaus zum Misthaufen, der sich in der Mitte des Hofs türmte. Mit einem schwerfälligen Ächzen wuchtete er die Schubkarre am hinteren Ende nach oben und entleerte den stinkenden Inhalt.

Sein Rücken schmerzte und er sah hinauf. Die Sonne stand im Zenit und strahlte mit ihrer ganzen Kraft vom wolkenlosen Himmel. Es war so heiß, dass alles Leben auf dem Hof wie in Zeitlupe vonstattenging. Selbst die Wipfel der umliegenden Bäume bewegten sich keinen Millimeter und sehnten sich nach jedem noch so lauen Lüftchen, in dem sie ihre Äste und Zweige wiegen konnten. Doch es war windstill und die Luft schien zu stehen.

Er stellte die Schubkarre im Hof ab. Atmete tief durch und füllte seine Lungen mit Sauerstoff. Er griff in seine Hosentasche, holte ein Stofftaschentuch heraus und tupfte sich damit den Schweiß von der Stirn. Dann schlug er die Ärmel seines Hemds auf und ging hinüber zu dem Wasserbottich, der im schattigen Eck hinter der Scheune stand. Langsam tauchte er seine Arme bis zu den Ellenbogen ins kühlende Nass und schloss für einen Moment die Augen. Die Frische brannte wie kleine Nadelstiche auf seiner Haut. Er wusch sich die Hände und das Gesicht und schüttelte das Wasser nachlässig von seinen Armen. Er streckte seinen Rücken, bis ein Wirbel seiner Brustwirbelsäule knackte, der ihm seit einigen Wochen zu schaffen machte. Erneut nahm er sein Taschentuch hervor, schnäuzte sich und ging schließlich über den Hof hinüber zum Wohnhaus und trat ein.

Die Tür knarzte, und die Dielen knirschten unter dem Gewicht seines Körpers, als er in die Küche trat. Er goss etwas Wasser in ein Glas und trank es in einem Zug aus. Im Anschluss nahm er aus der Speisekammer eine grobe Wurst von der Stange, die er selbst hergestellt hatte, und prüfte mit seinen Fingern, ob sie durch das Trocknen schon die gewünschte Härte erreicht hatte. Zufrieden mit dem Ergebnis nahm er sie, griff nach einem Messer in der Schublade und füllte sein Glas erneut mit Wasser. Dann platzierte er alles zusammen auf einem Holzbrett und ließ sich auf einen der Stühle in der Stube nieder. Auch wenn es gerade erst Mittag war, war er doch schon seit mehreren Stunden auf den Beinen und hatte den Großteil seiner Arbeit bereits erledigt. Erst am Abend würde er noch einmal in den Stall gehen, um nach dem Rechten zu sehen. Bis dahin galt es, die Reste der letzten Schlachtung zu verarbeiten. Frisches Fleisch und hauptsächlich Wurstwaren sicherten der Familie schon seit Jahrzehnten ihr Auskommen. Geräucherte und luftgetrocknete Wurst, die sie am Stück oder kringelweise verkauften und für die ihre Hausschlachtung bekannt war. Nicht wenige Kunden aus der Stadt kamen nur deswegen auf die Märkte in der Region. Zufrieden nippte er an dem Wasserglas, stellte es vor sich auf den massiven Holztisch und schnitt sich ein Stück der groben Bauernwurst ab. Genüsslich kaute er darauf, schluckte es hinunter, trank den Rest des Wassers. Er stieß auf und lehnte sich in seinem Stuhl zurück.

Dann erst sah er auf. Sein Blick wanderte hinüber zu den beiden Stühlen an den Kopfseiten des Tisches in der

Stube. Regungslos und stumm saßen sie ihm dort gegenüber und starrten ihn an. Sein Vater und seine Mutter. Endlich. Sie hielten die Schnauze. Gaben keine Widerworte mehr. Darauf hatte er sein ganzes bisheriges Leben gewartet. Sechzehn lange Jahre. Sechzehn Jahre der Unterdrückung, des nicht Genügens und der Missachtung. Diese Zeit war nun ein für allemal vorbei.

Zufrieden stand er auf und trat breitbeinig vor sie. Mit vorwurfsvollem Blicken musterte er sie von oben herab. Zuerst überlegte er noch, ob er einen giftigen Spruch in ihre Richtung abgeben sollte, doch dann grinste er lediglich und wandte sich wieder ab. Ein seltsames Geräusch drang an sein Ohr. Seine Augen wanderten nach unten. Der Boden klebte unter seinen Schuhen, und er konnte sie nur schwer von der halbgetrockneten dunklen Masse lösen, in der er stand. Genervt schüttelte er den Kopf, ging in Richtung der Haustür. Die Dielen knarrten bei jedem Schritt, und seine Schuhsohlen hinterließen eine rote Spur aus Blut auf dem Holzboden. Es war Zeit, in die Schlachtkammer zu gehen und den letzten Teil seiner Arbeit vorzubereiten.

Kapitel 1

Sie kniff die Augen zusammen, um den dichten Schneefall abzuwehren. Im Lichtkegel des Autoscheinwerfers ihres SUV wirkten die Flocken wie bedrohliche Schwärme von Wespen, die ihnen ohne Unterlass entgegenflogen. So, als wollten sie das Fahrzeug davon abhalten weiterzufahren und zur Umkehr bewegen. Seit sie vor über einer Stunde in Fulda losgefahren waren, breitete sich der Schneesturm noch heftiger als erwartet aus und wollte kein Ende nehmen. Das Chaos schien kaum mehr kontrollierbar und ein zügiges Fahren war unmöglich geworden. Allzu weit waren sie bislang nicht vorangekommen, und ein gutes Stück der Strecke lag noch vor ihnen.

Ausgerechnet diesmal behalten diese Wetterfuzzis recht, dachte sie sich und schüttelte genervt den Kopf. Im Sommer, wenn man sich auf einen netten Tag im Freien freute, konnte man sicher sein, dass sich eine nicht vorausgesagte Regenwolke genau über einem ergoss. Aber jetzt war alles so eingetreten, wie sie es in den Horrorszenarien der Nachrichten vorhergesagt hatten.

Eine extreme Schneefront zog sich von Osten kommend über die Region und begrub alles unter einem weißen Band aus Schnee. Der Wind brachte zudem eine sibirische Kälte mit sich.

»Soll ich mal fahren?«

Psychologin Franziska Hellmich wurde aus ihren Gedanken gerissen. Überrascht schaute sie auf den Beifahrersitz zu Kommissar Seeberg, der auf das Lenkrad deutete. »Ist doch bestimmt anstrengend bei diesem Scheißwetter. Man wird ja wahnsinnig, wenn man die ganze Zeit über im Scheinwerferlicht diese Schneeflocken auf sich zufliegen sieht.«

Sie musterte ihn. Es war nicht das erste Mal. Bis dato war sie sich noch nicht sicher darüber, ob sie Seeberg mochte oder ihn verabscheute. Vielleicht traf sogar beides zu. Einerseits war er allem Anschein nach ein ehrlicher Mann, der sich nicht darum scherte, was seine Kollegen von ihm hielten, und allein das war ihr bereits sympathisch. Viele der Beamten waren arrogante Schnösel, die glaubten, sich ständig vor ihr beweisen zu müssen. Seeberg war hingegen geradeheraus und wohl einer der wenigen im gesamten Fuldaer Polizeipräsidium, dem seine weitere Karriere völlig egal war. Andererseits wirkte er eigentlich immer schlecht gelaunt, griesgrämig und machohaft. Und mit solchen Charakteren konnte die Psychologin in ihrem Umfeld eigentlich noch viel weniger anfangen. Sie konzentrierte sich wieder auf die Fahrbahn. Nein, sie musste Stärke zeigen und durfte sich ihm gegenüber keine Unsicherheit erlauben.

»Das würde Ihnen gefallen, nicht wahr?« Ihre Antwort war bestimmt und mit der nötigen Schärfe gewürzt. »Die Frau bittet den Mann darum, das Auto sicher durch den Schneesturm zu bringen. Nein danke. Es ist mein Auto, und ich fahre.«

Der Kommissar zuckte mit den Schultern und ließ den Blick ebenfalls wieder vor sich in die weiße Masse gleiten. »Ich meinte ja nur.«

»Sie kämen in diesem Schneetreiben auch nicht schneller als in diesem Schneckentempo voran. Es geht halt nun mal nicht schneller.«

Kommissar Klaus Seeberg atmete hörbar aus. »So meinte ich das doch gar nicht. Es war lediglich nett gemeint.«

Sie lachte kurz gekünstelt auf. »Als ob Sie nett sein könnten.«

»Na toll, ich wusste sofort, dass das keine gute Idee war, mit Ihnen gemeinsam dort hinaufzufahren. Sie hätten besser zu Hause in Ruhe Weihnachten feiern und mich das alleine erledigen lassen sollen.«

Der Kommissar dachte daran, wie widerwillig er zugestimmt hatte, dass ihn die Polizeipsychologin begleitete. Sie sollte ihn während der nächsten Tage auf seine Diensttauglichkeit überprüfen. Da er nicht auf seinen Dienstausweis verzichten konnte, hatte es für ihn nur diese eine Möglichkeit gegeben. Er hatte keine Zeit, sich mit der lähmenden Bürokratie des Polizeiapparats auseinanderzusetzen. Und dieses eine Mal würde er den verdammten Ausweis noch brauchen. Für diesen einen Fall. Und so hatte er schließlich eingewilligt. Er hätte wohl allem zugestimmt, solange es ihn schnell an sein Ziel gebracht hätte. Hinauf in das kleine Dorf in der Hochrhön. Er war sich sicher, dass er nur dort die noch nötigen Hinweise finden würde, um den alten Fall eines getöteten Grenzers klären zu können. Doch das war nur die halbe Wahrheit. Vielmehr hoffte er, Hinweise darauf zu finden, wie der Fall des Grenzers mit dem Mord an seiner eigenen Tochter zusammenhing und wer Schuld an diesem Verbrechen trug.

Er hatte das Bild noch genau vor sich: wie er Wolfram Abel, den Mörder seiner Tochter, auf dem Dach des Krankenhauses gestellt hatte. Wie Abel kurz vor seinem Tod die Anspielung gemacht hatte, dass der Kommissar doch selbst schuld an ihrem Tod sei, da er den Fall des Grenzers nicht hatte ruhen lassen. Da wusste er, dass er nur dort oben in der Hochrhön die nötigen Antworten erhalten würde. Es hatte irgendwas mit diesem Ort zu tun, in dem Abel aufgewachsen und in dessen Nähe der Leichnam des Grenzers aufgefunden worden war. Nur um was es dabei genau ging, war dem Kommissar bislang völlig unklar. Zwischen den beiden Morden lagen mehr als dreißig Jahre. Die Polizei hatte den Fall des Grenzers nur wieder aufgerollt, da es einen anonymen Hinweis gegeben hatte. Ein stotternder, männlicher Anrufer hatte die Polizei gebeten, sich doch den Fall noch einmal genauer anzusehen. Es gebe Ungereimtheiten, die man damals übersehen habe. Doch als Seeberg das Dorf Kaltengrund erreicht hatte, wurde ihm gleich die Nachricht überbracht, dass seine eigene Tochter womöglich einem Verbrechen zum Opfer gefallen war. Sofort war er wieder nach Fulda zurückgekehrt. Doch war es bereits zu spät gewesen.

»Ich hatte gerade nichts Besseres vor. Und vielleicht sind wir ja Heiligabend schon wieder zu Hause?«

Der Kommissar wandte sich ab und schaute zum Seitenfenster hinaus. Allerdings nicht ohne ein kaum hörbares »Oh Mann« loszuwerden. Es genügte jedoch, um Hellmichs psychologischen Ehrgeiz zu wecken.

»Sie können nicht besonders gut mit Frauen, nicht wahr?«

Seeberg ahnte Fürchterliches. Würde die weitere Fahrt in einer Therapiesitzung enden?

»Was meinen Sie?«

»Frauen. Machen sie Ihnen Angst oder warum sind Sie immer so abweisend?«

Er lachte künstlich auf, überlegte dabei jedoch zeitgleich, ob die Psychologin damit richtig liegen könnte.

»Angst? Warum sollten mir Frauen Angst machen?«

»Weil Sie immer so kurz angebunden sind, wenn es auf dieses Thema kommt. Und Sie arbeiten wohl auch nicht gerne mit Frauen zusammen.«

Am liebsten hätte er ihr gesagt, dass er mit niemandem gerne zusammenarbeitete, dass er vielmehr ein Einzelgänger sei, der Menschen hasse und insgesamt keine besonders große Freude mehr am Leben habe. Einen Suizidversuch hatte er bereits hinter sich, und wenn er den Tod seiner Tochter endlich vollständig aufgeklärt hätte, würde er den nächsten Versuch unternehmen. Diesmal jedoch hoffentlich mit anderem Ausgang. Da diese Antwort wahrscheinlich nicht gerade dienlich für seine Diensttauglichkeit war, aber Frau Doktor Hellmich anscheinend dringend etwas Diskussionsbedarf hatte, antwortete er in abgewandelter Form. Er wollte ihr psychologisches Ego befriedigen, ihr etwas zum Spielen geben. Etwas, über das sie nachdenken konnte, während sie hinauf in das abgelegene Dorf fuhren. Solange würde sie ihn zumindest nicht nerven und bei seiner Arbeit stören.

»Nach dem Tod meiner Tochter und dem Auszug meiner Frau habe ich mich, so gut es ging, von Frauen ferngehalten. Keine Affären und erst recht keine Beziehungen. ›Fremde Frauen bringen Grauen‹, hat meine Mutter mich schon als Kind gewarnt.«

Das war glatt gelogen. Aber er war sich sicher, dass der Hinweis auf die eigene Mutter eine Psychologin immer hellhörig machen musste und genug Gesprächspotenzial für die nächste halbe Stunde bieten würde. Und tatsächlich ging Franziska Hellmich darauf ein.

»Ihre Mutter also … interessant. Das ist immerhin schon mal ein Anfang, Herr Seeberg. Sehen Sie, Sie können ja doch etwas von sich preisgeben und selbstreflektiert über ihr Trauma sprechen. Sehr gut.«

Bevor der Kommissar sich zu dem Begriff »Trauma« äußern konnte, sah er in der Ferne Blaulicht. Als es näher kam, erkannte er eine Straßensperre und einen Streifenwagen sowie ein Fahrzeug vom Winterdienst mit einer riesigen Schneeschaufel, das neben dem Einsatzfahrzeug stand. Sie hielten an, und ein Polizist in einer dicken Jacke kam wie das Michelin-Männchen auf sie zugestapft und forderte sie auf, die Seitenscheibe herunterzulassen. Der Streifenpolizist trug zum Schutz vor der Kälte eine Sturmhaube, so dass lediglich seine Augen und der Mund frei waren. Franziska Hellmich drückte den Knopf des Fensterhebers und nickte dem Mann freundlich zu.

»Was ist los? Geht's nicht weiter?«

»Sie müssen umkehren. Wir haben die Straßen in die Rhön alle dicht machen müssen. Ist einfach zu gefährlich.« Er deutete hinüber zu dem Fahrzeug mit der mächtigen Schaufel. »Selbst die Kollegen vom Winterdienst kommen mit ihrem schweren Gerät momentan nicht weiter. Alle Straßen, die in die Rhön führen, sind verweht und nicht passierbar. Sie müssen umdrehen, es geht nicht anders.«

»Verstehe.« Hellmich zeigte ihren Ausweis. »Es ist wirklich dringend. Wir müssen unbedingt weiter.«

»Wo wollen Sie denn hin?«

»Nach Kaltengrund.«

Der Polizist zog die Brauen zusammen. »Wohin wollen sie?«

»Kaltengrund«, erklärte Hellmich erneut. »Das ist ein kleines Dorf bei Tann.«

»Tann?« Der Polizist schüttelte amüsiert den Kopf. »Vergessen Sie es. Dort kommen Sie nicht hin. Das sind von hier aus mindestens noch acht oder neun Kilometer. Und alles ist zugeschneit. Sie können die Straße wirklich nicht mehr vom Feld unterscheiden. Drehen Sie um und fahren Sie zurück, bevor auch das nicht mehr geht.«

Nun lehnte sich Seeberg vom Beifahrersitz herüber. »Mein Name ist Seeberg von der Kriminalpolizei Fulda. Wir müssen einen Fall untersuchen, der leider keinerlei Aufschub zulässt. Lassen Sie uns durch, wir passen schon auf uns auf.«

»Sie verstehen nicht, Herr Kommissar. Ich sage das nicht nur, um Zivilisten zu schützen. Sie werden einfach nicht durchkommen. Niemand kommt von hier aus weiter. Selbst hinter Ihnen weht es langsam die

Fahrbahnen zu. Sehen Sie zu, dass Sie schleunigst zurück nach Fulda kommen oder wenigstens in ein Dorf auf dem Weg. Versuchen Sie nach Schwarzbach oder Hofbieber durchzukommen und warten Sie dort ab, bis sich der Sturm gelegt hat.«

»Das ist wirklich nett gemeint, aber wir probieren es trotzdem. Auf eigene Verantwortung.«

Der Polizist überlegte einen Moment, vergrub seinen Kopf im Kragen seiner Jacke und trat dann einen Schritt zurück.

»Na ja, ich kann Sie nicht zwingen. Aber wenn Sie bei dem Wetter irgendwo von der Fahrbahn rutschen, wird Ihnen keiner zu Hilfe kommen. Das kann wirklich gefährlich werden.«

»Das wissen wir. Danke für Ihr Verständnis, und nun öffnen Sie die Straßensperre.«

Seeberg lehnte sich wieder zurück und gab einem Polizisten ein Zeichen, worauf dieser die Absperrung von der Fahrbahn entfernte. Der Kommissar schüttelte kurz den Schnee von seinem Ärmel und deutete nach vorn.

»Also dann … weiter.«

Er sah zu Franziska Hellmich hinüber, doch diese wirkte nicht ganz so überzeugt. Dies nahm er sofort als Chance wahr, sie vielleicht doch noch loszuwerden. »Hören Sie, Frau Hellmich. Wenn Sie Bedenken haben, ist das völlig in Ordnung. Fahren Sie mit den Kollegen zurück nach Fulda, und ich fahre allein weiter. Wir machen einen Termin, und ich komme nach meiner Rückkehr bei Ihnen vorbei, um über meine Kindheit und Ängste zu sprechen.«

»So, wie Sie auch zur letzten Sitzung vorbeigekommen sind?«

Seeberg hatte bereits Termine gehabt. Außer dem ersten hatte er alle weiteren verstreichen lassen.

»Das war was anderes. Ich verspreche Ihnen, dass ich diesmal kommen werde.«

Hellmich legte den ersten Gang ein und fuhr auf dem rutschigen Untergrund an. »Nix da. Außerdem fehlt es mir gerade noch, dass Sie in meinem neuen Wagen in einem Schneegestöber herumirren. Nein, nein, da komme ich lieber mit. Schlimmer als diese Vorstellung kann die Weiterfahrt sicher auch nicht werden.«

Sie steuerte das Fahrzeug an der Absperrung vorbei weiter in Richtung Tann. Dabei lächelte sie kurz und ahnte nicht, wie schnell sie mit ihrer Vermutung falschliegen würde.

Kapitel 2

»Seeberg?«

Das Mobiltelefon des Kommissars hatte geklingelt und ihm angezeigt, dass sein Kollege Kohler ihn aus dem Büro anrief.

»Hallo, Klaus. Hier ist Reinhard. Es gibt Probleme.«

»Inwiefern?«

»Der Chef macht Stress!«

»Der Chef-Chef oder sein kleiner Adjutant?«

Er konnte Kohlers Lachen am anderen Ende der Leitung vernehmen.

»Der Vize. Bornemann hat wegen der Sache mit Wolf Abel richtig Stress gemacht. Er hat wohl selbst vom Staatsanwalt Pinnow Druck bekommen und versucht nun zu retten, was zu retten ist.«

Seeberg wusste, dass er den letzten Fall nur unter speziellen Voraussetzungen gelöst hatte. Voraussetzungen, zu denen gehörte, dass er den direkten Dienstweg missachtet hatte.

»War ja fast abzusehen. Ich war halt nicht offiziell im Dienst und hatte keinerlei Befugnis.«

»Ja, eben. Und deswegen will Pinnow auch, dass du umgehend umdrehst und ihm persönlich Meldung machst. Ich hatte gerade ein äußerst unschönes Telefonat mit ihm.«

»Hast du ihm nicht gesagt, dass ich auf dem Weg in die Rhön bin?«

»Natürlich habe ich das. Er ist schier ausgerastet, als er davon gehört hat, und hat verlangt, dass du umgehend umkehrst.«

»Das geht nicht, Reinhard. Du weißt, dass ich dort hinmuss … wegen Laura.«

»Ja, ich weiß«, kam die Antwort beinahe flüsternd

zurück. »Aber vielleicht wäre es dennoch gut, wenn du erst hier alles klären würdest und danach in die Rhön fährst.«

»Vergiss es.«

»Klaus, ich kann dich ja verstehen, aber die Luft wird echt dünn für dich, wenn du nicht ...«

Seeberg beendete das Gespräch und schaltete sein Mobiltelefon komplett aus.

»Probleme?«, fragte Franziska Hellmich.

»Nein. Alles okay. Kein Netz mehr gehabt. Fahren Sie weiter.«

Sie fuhren einige Minuten schweigend weiter in den Schneesturm hinein. Seeberg war es nicht wichtig, ob er die Rückendeckung des Präsidiums hatte oder nicht. Dieser eine Fall würde eh der letzte sein, den er noch lösen wollte. Diesen einen, der ihm eine Erklärung gab, warum seine Tochter sterben musste. Danach konnten sowohl der Polizeivizepräsident Bornemann als auch der Staatsanwalt Pinnow wie ein Rudel Hyänen über ihn herfallen und ihn für immer vom Dienst suspendieren. Beide warteten schon lange darauf. Dem Kommissar war das egal. Es gab gerade Wichtigeres. Und dies duldete keinen Aufschub.

»Warum ausgerechnet jetzt?«, fragte Franziska Hellmich plötzlich. Obwohl die Polizeipsychologin im dichten Schneetreiben konzentriert auf die Fahrbahn blicken musste, bemerkte sie, dass der Kommissar einige Sekunden benötigte, um ihr zu antworten. Er war in Gedanken anscheinend woanders gewesen. Sie wusste, dass ihre Begleitung dem Kommissar nicht recht gewesen war. Aber es war die einzige Möglichkeit, um seinen psychischen Zustand unter die Lupe zu nehmen und dadurch seine Diensttauglichkeit zu prüfen. Diesmal würde er ihr nicht durch die Lappen gehen. Sie hatte eine hohe Verantwortung gegenüber ihrem Arbeitgeber, aber auch sich selbst und Klaus Seeberg gegenüber. Er hatte einen Suizidversuch hinter sich, den er nur mit viel Glück überlebt hatte. Sie würde jede freie Sekunde nutzen, um ihr Bild von diesem Mann zu vervollständigen. Sie wollte eine ausgewogene und gerechte Einschätzung darüber geben, ob man solch einen Menschen mit einer Waffe seinen Dienst verrichten lassen sollte oder nicht. Klaus Seeberg räusperte sich und richtete sich auf seinem Beifahrersitz auf.

»Was meinen Sie damit?«

Sie wandte den Blick kurz von der Straße ab und sah in seine Richtung.

»Na ja, ich meine, warum diese ganze Angelegenheit ausgerechnet jetzt vor Ort überprüft werden muss und nicht Zeit hat bis nach dem Schneesturm? Ich meine, der Mord an diesem Grenzer ist über dreißig Jahre her, warum kann es dann nicht noch ein oder zwei Wochen warten, bis sich zumindest der Schneesturm gelegt hat?«

Er ließ sich mit seiner Antwort Zeit, um sich zu sortieren. Klaus Seeberg war als Erstes das Bild seiner toten Tochter in den Kopf geschossen. Dann das Gesicht ihres Mörders. Wolfram Abel. Er hatte dem kräftigen Mann gegenübergestanden, als dieser zugab, die grausame Tat begangen zu haben. *Er* war der Mörder seiner Tochter gewesen und nicht der Mann, der dafür verurteilt wurde und ins Gefängnis gegangen war. Darüber gab es keinen Zweifel mehr. Aber was hatte Abel noch gleich gesagt, kurz bevor er in die Tiefe gestürzt war? *Sie sind doch selbst schuld daran. Was mussten Sie damals auch unbedingt nach Kaltengrund kommen?* Kaltengrund. Das Dorf, in dem der Mörder aufgewachsen war. Das Dorf an der ehemaligen deutsch-deutschen Grenze. Das Dorf, an dessen Waldrand der tote Grenzer entdeckt worden war. Es musste noch mehr hinter der Sache stecken, als man bislang vermutet hatte. Die beiden Fälle hatten irgendeinen gemeinsamen Nenner, und er musste herausfinden, welcher das war.

Seeberg schaute zum Seitenfenster hinaus in den dichten Schneefall und überlegte, was er Hellmich antworten sollte. Auch wenn er lieber geschwiegen hätte, erwartete die Psychologin eine Antwort. Eine ehrliche. Er begann zögerlich.

»Wissen Sie, dieser Abel …«

»Der Mörder Ihrer Tochter?«, fiel ihm Hellmich ins Wort, und er nickte.

»Er hat mir kurz vor seinem Tod eine Art Hinweis gegeben, dass ich selbst schuld daran gewesen sei, dass meine Tochter ermordet wurde.«

»Wollen Sie also nur herausfinden, was das mit Ihrer Tochter zu tun hat, oder den alten Fall prüfen?«

»Beides.«

»Sie denken, dass es da tatsächlich einen Zusammenhang gibt?«

»Wenn ich herausfinden will, was er damit meinte, darf ich jedenfalls keine Zeit verlieren. Durch den Schneesturm wissen sie oben in dem Dorf sicher noch nichts vom Tod Abels. Das könnte von Vorteil sein. Vielleicht ist das der einzige Joker, den wir haben. Also dürfen wir keine Zeit verlieren.«

»Verstehe«, antwortete sie. »Aber was könnte Abel damit gemeint haben?«

Der Kommissar zuckte mit den Schultern und verschränkte die Arme vor der Brust.

»Ich habe keine Ahnung. Darüber zermartere ich mir schon die ganze Zeit den Kopf. Aber es hat wohl genau mit diesem Fall aus den achtziger Jahren zu tun. Damals kam dieser besagte Ost-Grenzer bei seinem Fluchtversuch ums Leben. Und kurz bevor meine Tochter Laura damals entführt und getötet wurde, bekam die Polizei einen anonymen Hinweis. Wir sollten uns den Fall doch noch einmal ansehen.«

»Und was hat das mit Ihnen zu tun?«

»Ich war es, der damals dazu verdonnert wurde, nach Kaltengrund zu fahren, um sich die Sache noch mal genauer anzusehen.«

»Und Sie sind dort hinaufgefahren.«

»Nicht wirklich. Man benachrichtigte mich, dass Laura … na ja, Sie wissen schon. Da bin ich natürlich sofort umgekehrt.«

»Und was hat dieser Abel damit zu tun? Nur weil dieser Mörder behauptet, dass Sie daran Schuld haben …? Ist doch Blödsinn, was weiß der schon?«

»Ja eben! Was weiß er schon? Zumindest wusste er von der Sache und dass ich damit betraut worden war. Woher bitte? Und nicht nur das. Raten Sie mal, woher dieser Abel stammt.«

»Lassen Sie mich raten … aus Kaltengrund?«

»Exakt. Es sieht für mich also gewaltig danach aus, dass es da tatsächlich irgendeinen Zusammenhang gibt und er deshalb davon mitbekommen hat. Ich habe noch keine Ahnung, wie, aber er hatte Insiderwissen. Und wenn er davon wusste, gibt es vielleicht noch jemand anderen dort oben, der mehr weiß. Und genau den werden wir suchen.«

Franziska Hellmich schaltete an einer Steigung in den zweiten Gang herunter und der Motor des Wagens schrie kurz auf. Dann kroch er weiter die Straße entlang. Jedenfalls solange man noch einen Weg vermuten konnte. Die Verwehungen am Straßenrand waren so hoch, dass nur noch das obere Drittel der erhöhten Leitpfosten herausragte.

»Verstehe. Was weiß man denn über den Fall des Grenzers?«

Der Kommissar holte tief Luft und ließ diese dann mit einem Seufzer aus seinen Lungen entweichen. »Keine Ahnung, nicht viel. War halt ein Fluchtversuch, und er wurde dabei von seinem eigenen Kollegen erschossen. Tragisch, aber eigentlich kein Fall, der danach aussah, als ob da irgendwas anderes dahintersteckte.« Seebergs Stimme klang angespannt. Nicht genervt, aber er war von Natur aus niemand, der gern viele Worte machte. Daher war es ihm am liebsten, wenn er allein arbeiten konnte. Doch Hellmich war nun einmal mit an Bord und wollte alles wissen.

»Sonst nichts? Nun sagen Sie schon, gab es Zeugenaussagen? Berichte?«

»Was weiß ich«, raunzte er in ihre Richtung. »Es ist lange her, und ich hatte ja fast gar nichts untersuchen können.« Seeberg hoffte darauf, dass er die Psychologin in den nächsten Tagen beschäftigen konnte. Vielleicht war es gut, ihr ein paar Nüsse zum Knacken zu geben, an denen sie sich abarbeiten konnte, um sein Psychogramm zu erstellen. Bis das geschehen war, hatte er hoffentlich schon genug Erkenntnisse gesammelt. Es würde also nicht schaden, ihr einige Infos zu geben. Im besten Fall würde sie ihm mehr vertrauen und das

Urteil über seine Dienstfähigkeit positiv beeinflussen. Er sollte sich also etwas bemühen. »Sorry, war nicht so gemeint. Soweit ich mich erinnern kann, hatte sich wohl der Grenzer der NVA auf bundesdeutsches Gebiet abgesetzt. Könnte also durchaus sein, dass er einfach die Gunst der Stunde nutzen wollte, um abzuhauen. Aber was hat Abel dann damit zu tun? Keinen Schimmer. Zumal er damals höchstens ein Teenager gewesen sein kann.«

»Wurde er denn zur Tat befragt?«, fragte die Psychologin.

»Nicht, dass ich wüsste. Unsere spärlichen Informationen haben wir lediglich vom Bundesgrenzschutz erhalten. Denen wurden damals als Erstes die Schüsse aus einem Waldstück nahe der Grenze gemeldet. Als die Beamten an dem Tatort ankamen, fanden sie die Leiche des erschossenen Ost-Grenzers. Er war tödlich am Kopf getroffen worden und hatte sich noch bis ins Unterholz auf die Westseite geschleppt. Dort ist er seinen Verletzungen erlegen. Die NVA wird eigene Berichte gemacht haben, aber die sind nicht mehr da.«

»Hat man denn den Schützen ausfindig machen können?«

»Nein.« Seebergs Nacken spannte, und er streckte sich. Dadurch versuchte er zu überspielen, dass seine Hände wieder zu zittern begannen. Er hatte seit einiger Zeit keine Tabletten mehr genommen. Und das, nachdem er über Monate hinweg Medikamente gegen alles Mögliche konsumiert hatte. Benzodiazepine und Barbiturate gegen Schlafstörungen, Citalopram gegen die Depression. Zum Schluss alles zusammen, um sich einfach nur zu betäuben. So war er langsam abhängig geworden, und sein Körper rebellierte nun mit aller Deutlichkeit gegen den Entzug. Er schüttelte sich kurz, versteckte seine Hände unter den Achseln und fuhr mit seiner Erklärung fort. Hellmich schien nichts bemerkt zu haben.

»Es folgte das übliche Spiel. Die DDR leugnete alles und bezichtigte den Bundesgrenzschutz sogar, dass er den Grenzer selbst erschossen hätte. Um weitere diplomatische Spannungen einzudämmen, übergab man den Leichnam schließlich der DDR und hörte nie wieder was von der Angelegenheit. Aber da man den Toten auf westdeutschem Gebiet gefunden hatte, war es eben dennoch ein Fall für die bundesdeutschen Gerichte. Die entschieden, dass das Ganze ein gescheiterter Fluchtversuch mit Todesfolge war, und stellten die Ermittlungen aufgrund der Tatsache ein. War nicht verwunderlich, man wusste ja nicht einmal genau, gegen wen oder was man ermitteln sollte. Schließlich blockte die DDR-Regierung alles ab, damit sie nicht zugeben musste, dass möglicherweise einer ihrer Männer flüchten wollte und sie diesen mit Waffengewalt daran gehindert hat.«

Die Psychologin biss sich auf die Unterlippe und setzte die Informationen zu einem schlüssigen Bild zusammen.

»Also hatte weder die eine noch die andere Seite ein besonderes Interesse daran, den Fall tatsächlich zu untersuchen.«

Seeberg nickte zustimmend.

»Bis dann nach dreißig Jahren dieser anonyme Anruf bei uns einging. Der Anrufer behauptete, dass es sich bei dem damaligen Vorfall nicht um einen Fluchtversuch gehandelt hätte. Wir sollten doch mal genauer nachfragen, das habe man damals versäumt. Das sei man dem Toten schließlich schuldig.«

»Okay, jetzt verstehe ich das Ganze langsam. Und Sie wurden nach Kaltengrund zitiert, um diesen Fragen nachzugehen. Aber als Sie auf dem Weg dorthin waren, erhielten Sie die Nachricht, dass Laura entführt worden war, und fuhren zurück.«

»So ist es. Ich fuhr zurück. Doch es gab zu der Entführung meiner Tochter weder Zeugen noch einen Brief mit Lösegeldforderungen. Nichts! Zwei Tage später fand man Laura ermordet an einem Feldrand.«

Einen Moment herrschte betretenes Schweigen im Fahrzeug. Hellmich konnte spüren, wie sich der Kommissar zusammenriss, um seinen Emotionen nicht hilflos ausgeliefert zu sein. Sie konnte nur erahnen, was er alles durchgemacht haben musste. Sie erinnerte sich jedoch noch gut daran, dass der Fall das gesamte Polizeipräsidium und alle Kollegen bewegt hatte. Der Kommissar genoss trotz seiner oftmals ruppigen Art sehr hohes Ansehen innerhalb der Kollegenschaft, und man litt und hoffte mit ihm. Leider umsonst. Nach dem Vorfall war er vom Dienst freigestellt und erst nach einigen Monaten wieder zu einem neuen Fall zitiert worden, bei dem es kein Vorankommen gab und man seine Hilfe benötigte. Seeberg hatte daraufhin nicht nur diesen, sondern noch einen weiteren Fall geklärt. Doch bei diesem letzten hatte sich angedeutet, dass der Täter wahrscheinlich auch etwas mit dem Tod von Seebergs Tochter zu tun hatte. Der Kommissar hatte ihn schließlich überführt und gestellt. Doch bevor Abel, der Mörder der kleinen Laura, nähere Aussagen machen konnte, war er bei seiner Festnahme vom Dach der städtischen Klinik gestürzt und zu Tode gekommen.

Ihre Aufgabe, die Diensttauglichkeit des Kommissars festzustellen, war komplex. Sie hielt Seeberg für einen außergewöhnlich guten Beamten. Doch konnte er seine Emotionen in Extremsituationen wirklich kontrollieren? Oder würde im erstbesten Moment eine Sicherung bei ihm durchbrennen und er selbst zu einer Bedrohung für die Kollegen oder die Allgemeinheit werden? Er war nicht gerade ein Paradebeispiel für einen Mann, dem man eine Waffe anvertrauen würde, um die Bürger zu beschützen.

»Verstehe«, antwortete Hellmich erneut in dem Wissen, dass niemand diese Gefühle wirklich verstehen konnte. Das eigene Kind auf diese grausame Art und Weise zu verlieren, musste die Hölle sein. »Und nun denken Sie, dass die Anspielung Abels, dass Kaltengrund etwas mit dem Tod Ihrer Tochter zu tun hat, die Fragen beantworten könnte.«

»Zumindest klang es so. Ich denke, wenn ich die Sache mit dem Grenzer löse, wird sich auch das Rätsel um Laura lösen.« Er sprach betont klar und langsam, dadurch zähmte er seine Emotionen. Ihm war bewusst, dass die Psychologin diese Fragen nicht nur aus reinem Mitgefühl stellte, sondern aus beruflichen Gründen. »Abels Vater lebt noch dort oben auf einem abgeschiedenen Hof. Ich muss ihn sprechen und zwar, bevor er vom Tod seines Sohns erfährt. Vielleicht kann er mir erklären, was sein Sohn mit dieser seltsamen Äußerung meinte.«

»Was ist mit der Mutter?«

»Nun ja, das ist etwas bizarr.« Er lächelte und erinnerte sich an die Aussage des Vaters, den er schon einmal, vor einigen Tagen, jedoch noch zum abgeschlossenen Fall besucht hatte. »Die Mutter ist vor einiger Zeit gestorben, und ihr Mann hat sie im eigenen Garten beerdigt.«

»Wie bitte? Er hat sie … zu Hause begraben?«

Sie glaubte sich verhört zu haben und wiederholte

die Aussage des Kommissars. Sie konzentrierte sich nicht auf die Straße und der Wagen begann zu schlittern. Der Kommissar griff reflexartig in das Lenkrad. Doch Hellmich hatte den Wagen bereits wieder unter Kontrolle und schlug dem Kommissar auf die Finger.

»Hände weg! Ich habe hier alles im Griff.«

Der Kommissar schaute sie angestrengt an.

»Das sehe ich. Soll ich nicht doch lieber …«

»Also, noch mal«, ignorierte sie den Einwand des Kommissars und fragte ein weiteres Mal. »Der alte Abel hat seine Frau im Garten begraben? Hat er sie etwa umgebracht?«

»Nicht, dass wir wüssten.«

»Aber warum dann?«

»Weil er es so wollte und sie wohl auch. Ziemlich verrückt das Ganze, oder?«

»Aber … aber das geht doch nicht! Es gibt doch sicherlich Gesetze, die das verbieten.«

»Natürlich. Aber dort oben ticken die Uhren eben noch anders. Und ich bin mir sicher, dass das alles irgendwie zusammenhängt. Ich muss nur herausfinden, wie.«

Die Straße schlängelte sich über eine Kuppe hinab in eine Senke. Es konnte nicht mehr weit sein. Irgendwo hinter dem nächsten Waldstück musste bald Kaltengrund mit seinen eigentümlichen Bewohnern auf sie warten. Das konnte interessant werden, befand sie.

Sowohl aus ermittlungstechnischer als auch aus psychologischer Sicht. Sie überlegte, ob sie sich wohl auch mit dem Vater von Wolfram Abel unterhalten konnte. Als Psychologin hatte man nicht allzu oft die Möglichkeit, mit dem Vater eines Mörders zu sprechen, der dazu noch seine eigene Frau im Garten beerdigt hatte. Vielleicht lag eine Schizophrenie zugrunde oder ein anderes psychologisches Problem. Die Gedanken euphorisierten sie so sehr, dass sie für einen winzigen Moment unaufmerksam wurde. Plötzlich begann das Heck des Wagens erneut zu schlingern, doch diesmal heftiger. Sie versuchte das Lenkrad herumzureißen, was das Ganze noch schlimmer machte. Sie konnte den Wagen nicht mehr abfangen. Das Fahrzeug drehte sich in einem von ihr als endlos empfundenen Moment und rutschte schließlich ganz von der Fahrbahn in Richtung des Grabens. Sie hörte den Kommissar aufschreien, als das Auto über den Graben krachte und einen kleinen Abhang hinunterrutschte. Durch den heftigen Aufprall auf der einen Seite überschlugen sie sich.

Hellmich begann hysterisch zu schreien. Ihr Körper wurde hin und her geschleudert. Sie spürte einen heftigen Schlag auf ihren Kopf. Die Rollbewegung des Fahrzeugs stoppte. Sie hörte ihren Atem. Dann legte sich Stille über das Fahrzeug. Ihre Augen wurden schwer. Dunkelheit trat ein.

Kapitel 3

Die jährliche Jagd war Wolfram Abels einziger Kontakt zur Dorfjugend. Bei dem Brauchtum war neben dem Erlegen von Rot- und Schwarzwild vor allem das Vernichten von Alkohol das Ziel. Er war wie jeden Morgen gegen vier Uhr in der Früh aufgestanden und hatte bereits alle Arbeiten im Stall erledigt. Dann hatte er sich das Jagdmesser und das Gewehr des Vaters geschnappt und war hinunter ins Dorf gelaufen. Vor Dänners Hof sah er von weitem schon die anderen Jugendlichen stehen. Da die Geselligkeit im Vordergrund stand, jagte man immer in Gruppen, die Dorfjugend bildete stets eine eigene. Alle waren älter als Wolf. Peter war achtzehn, Uwe ebenfalls und Georg sogar schon einundzwanzig.

»Na endlich«, wurde er von Georg ungeduldig begrüßt. »Mensch, Abel, wo warst du denn so lange?«

»Ich musste noch das Vieh füttern«, gab er trocken zurück. »Der Vater fühlt sich nicht gut, und da musste ich heute alles ganz allein machen. Tut mir leid.«

»Na ja, passt schon. Hier, trink erst mal einen.«

Georg hielt ihm eine Flasche mit Schnaps hin, und Wolf nahm einen Schluck. Der Korn brannte in seiner Kehle, und er musste sich kurz schütteln. Die anderen kicherten, sie waren sichtlich angetrunken.

»Ihr seid wohl schon länger am Saufen, was?«

Peter zeigte mit dem Finger in Georgs Richtung.

»Wir haben ja auch einen guten Grund. Kannst den Georg jetzt nämlich Papa nennen.«

»Echt?«, wunderte sich Wolf. Er konnte sich dunkel daran erinnern, dass er auf irgendeinem Markt davon gehört hatte, dass Georgs Freundin schwanger sei. Aber dass sie das Kind nun schon bekommen hatte, wunderte ihn. Wie doch die Zeit verging. Er hatte nicht viel mit den anderen jungen Männern zu tun. Sie waren in der Schule immer einige Klassen über ihm gewesen, und er ging nicht gern ins Dorf hinunter. Ab und an traf er einen von ihnen auf dem Markt in Tann oder sonst wo, wenn die Bauern dort ihre Waren verkauften. Ansonsten war es ihm recht, dass es wenig Berührungspunkte gab und er sein Leben lebte und die anderen Jungs ihres. »Na, da gratuliere ich aber. Ein Junge?«

»Nein.« Georg schüttelte den Kopf und nahm noch einen Schluck aus der Flasche. »Ein Mädchen. Kannst gern am Wochenende kommen. Da feiern wir noch mal richtig.«

»Wenn es passt …«, antwortete Wolf und wusste bereits, dass es nicht passen würde. Schnell wechselte er das Thema. »Dann lasst uns jetzt aber los, damit wir vorm Morgengrauen am Sitz sind. Wo müssen wir denn diesmal eigentlich hin?«

Die einzelnen Jagdgebiete wurden jedes Jahr aufs Neue ausgelost, damit sich niemand vorher den besten

Platz sichern konnte. Es gab im Gebiet rund um Kaltengrund einige Hochsitze mit ganz unterschiedlichen Chancen für einen Abschuss. Der Vorteil eines guten Platzes war daher entscheidend. Die Kornflasche machte noch einmal die Runde, und Uwe zielte mit dem Gewehr Richtung Osten.

»Wir haben Glück gehabt. Wir sitzen am Fuchskopf, da bekommen wir bestimmt was vor die Flinte.«

Alle stimmten zu. Der Fuchskopf war sogar eines der vielversprechendsten Gebiete. Rotwild und einiges an Schwarzwild hatten hier ihre Wechsel, und selbst das in letzter Zeit selten gewordene Birkwild wurde hier manchmal gesehen.

»Moment, die Herren.«

Peter bremste mit seiner erhobenen Hand die Aufbruchsstimmung der anderen und dirigierte sie mit der anderen näher zusammen vor eine Mauer.

»Was soll das jetzt wieder?«, fragte Uwe, während Peter etwas aus seinem Rucksack kramte.

»Ich muss doch noch Beweisfotos vom Siegerteam für die Nachwelt machen. Ich habe extra meinen neuen Fotoapparat mitgenommen, den ich zum Geburtstag bekommen habe.«

Stolz präsentierte er den anderen den schwarzen Klotz in seiner Hand. »Das neuste Modell, hat sogar einen Selbstauslöser.«

»Ich mag keine Fotos«, erklärte Wolf trotzig, ließ sich

dann aber doch in die Reihe zu den anderen schieben.

»Stell dich nicht so an. Jetzt bleibt halt kurz stehen und macht ein intelligentes Gesicht. Auch wenn's schwerfällt.«

Alle lachten. Peter positionierte die Kamera auf der Kühlerhaube eines Autos, das zufällig dort stand, und kontrollierte noch einmal den Ausschnitt, bis er zufrieden war. Dann hopste er schnell zurück zu den anderen und reihte sich wieder ein. Kichernd zog Georg eine Grimasse, während die anderen die Prozedur stumm über sich ergehen ließen, bis der Blitz des Apparats zuckte.

»Bitte recht freundlich … uuund … danke.«

Wolf knurrte mürrisch, dann schnäuzte er sich in sein Taschentuch.

»Jetzt aber los, sonst gibt's nix mit dem Siegerfoto. Dann schießen wir nicht mal mehr einen Hasen.«

Sie schulterten ihre Gewehre und Rucksäcke und machten sich zu Fuß auf den Weg hinauf zum Fuchskopf. Diese dicht bewaldete Kuppe lag zu Fuß gut eine halbe Stunde von Kaltengrund entfernt. Neben dem Unterholz war hier genug freie Fläche, die mit saftigen Moosen, grünem Klee und Gras bewachsen war und die Tiere zum Grasen einlud. Ein idealer Punkt für die Jagd von Schwarzwild, das dort in den frühen Morgenstunden gern auf der breiten Lichtung nach Wurzeln wühlte. Auch das Rotwild konnte dort ganz ungestört äsen, da es kaum Gefahr fürchten musste. Hinter ihnen bot der Wald Schutz, und vor ihnen lag das freie Feld. Auch von Menschen drohte normalerweise keine Gefahr, denn keiner traute sich freiwillig hierher. Es wurde eher für Menschen als für Tiere lebensgefährlich. Nicht umsonst trug dieses grüne Band den Beinamen Todesstreifen. Mit Stacheldraht, Mauer und Minenfeld trennte es die Bundesrepublik Deutschland von der Deutschen Demokratischen Republik ab und ließ nichts und niemanden hindurch. Eigentlich.

Kapitel 4

Seeberg kam nur langsam wieder zu sich. Sein Schädel schmerzte, und er hatte den metallischen Geschmack seines eigenen Bluts im Mund. Er spuckte aus und versuchte sich zu orientieren. Doch selbst mit geöffneten Augen konnte er kaum mehr als Konturen erkennen. Die Dunkelheit umschloss ihn, und die Schemen wirkten seltsam verdreht und unwirklich. Seine Hände tasteten ins Leere. Er zwang sich, ruhig zu bleiben, was ihm jedoch schwerfiel, zumal er kaum atmen konnte. Dann versuchte er sich zu konzentrieren. Er erinnerte sich langsam wieder daran, was geschehen war.

Sie hatten einen Unfall gehabt. Das Auto war plötzlich ins Schlingern geraten, einen Abhang hinuntergerutscht und hatte sich dabei überschlagen. Dabei war er wohl bewusstlos geworden. Hellmich hatte laut aufgeschrien und krampfhaft versucht, den Wagen irgendwie unter Kontrolle zu bekommen. Ohne Erfolg. O Gott, Hellmich! Was war mit ihr?

»Hellmich? Hallo? Können Sie mich hören? Sind Sie hier irgendwo?«

Er schwieg, um ihre Antwort hören zu können, doch außer dem pfeifenden Schneesturm war nichts zu vernehmen. Er suchte nach etwas, an das er sich halten konnte, doch er bekam einfach nichts zu greifen. Es war wie verhext. In seinem Kopf wummerte jeder Herzschlag mit brachialer Gewalt und in seinen Lungen kräuselte sich der Sauerstoff. Etwas schnürte ihn ein, hielt ihn zurück und gab ihn nicht aus seiner unbequemen Position frei. Dann erst verstand er, dass das Auto auf dem Dach lag und er noch immer in dem Sicherheitsgurt feststeckte.

Okay, das bekommst du schon hin, Klaus, redete er sich selbst beruhigend zu und versuchte sich daran zu erinnern, was er einmal über solche Situationen gelesen hatte. Der Gurt würde sich nicht öffnen lassen, wenn er mit seinem gesamten Körpergewicht darin hing. Er musste ihn irgendwie entlasten. Mit den Beinen versuchte er sich unter dem Sitz zu verhaken, während er sich mit einem Arm am Dach abstützte. Der Gurt lockerte sich ein wenig, doch beim Versuch, den Verschluss zu öffnen, rutschte er ab und wurde wieder mit all seinem Gewicht in den Gurt gedrückt.

»Scheiße«, fluchte er und schnaubte wütend. Dann sammelte er erneut seine Kräfte und unternahm einen zweiten Versuch. Laut stöhnend drückte er sich mit aller Macht vom Fahrzeugdach und tatsächlich gelang es ihm diesmal, seinen Körper ein paar Zentimeter weiter anzuheben als zuvor, so dass er mit der freien Hand den Druckknopf des Gurts tasten konnte. Er drückte ihn und die Spannung ließ schlagartig nach. Mit einem Krachen fiel er herunter. Er überprüfte seine Knochen und sein Gesicht danach, ob er von schlimmeren Verletzungen verschont geblieben war. Doch außer den hämmernden Schmerzen in seinem Schädel und der Tatsache, dass er sich auf die eigene Lippe gebissen hatte, schien alles in Ordnung.

»Hellmich?« Er tastete im Dunkel nach seiner Begleiterin. »Franziska, hören Sie mich?«

Er bekam den Arm der Psychologin zu greifen, der reglos vor seinem Gesicht herunterbaumelte. Auch sie hing noch immer in ihrem Gurt gefangen kopfüber im Fahrzeug. Hastig versuchte er, sie aus dem Gurt zu befreien, doch es gelang ihm nicht. Es war ungleich schwerer, als sich selbst daraus zu befreien, da ihr Körper leblos wie ein nasser Sack war. Er versuchte sich unter sie zu knien und sie dann anzuheben. Doch das genügte nicht. Noch einmal nahm er alle Kraft zusammen, schob sich mit seinem Rücken unter sie und versuchte sie dann nach oben zu schieben. Franziska Hellmich war eine Frau mit sportlicher Figur und wog sicher unter 60 Kilogramm, doch sie war schwer wie ein Sack Blei. Seeberg gelang es, sie so weit anzuheben, dass sich der Gurt lockerte, dann tasteten seine Hände nach dem Verschluss. Schließlich fand er ihn und drückte ihn. Der Körper der Psychologin fiel auf ihn herab und er schrie auf, als sie neben ihm landete. Im spärlichen Licht versuchte er, ihre Verletzungen zu erkennen. An der Stirn klaffte eine Platzwunde, aus der immer noch Blut tropfte. Er wusste nicht, wie lange sie schon so im Auto gehangen hatten, und hoffte, dass es noch nicht zu spät für die Psychologin war. Sofort überprüfte er, ob sie noch lebte, und war beruhigt, als er ihren schwachen Atemzug wahrnahm. Inwiefern ihre Halswirbelsäule Schaden erlitten hatte oder andere schwere Verletzungen vorlagen, konnte er nicht erkennen. Vielleicht war sie ja nur bewusstlos? Er drückte die Beifahrertür auf und zog Hellmich hinter sich ins Freie. Dort versank er zunächst bis zu den Knien im Schnee, und der eisige Wind schnitt ihm schmerzhaft ins Gesicht.

»Scheiße«, fluchte er ein weiteres Mal, diesmal jedoch leiser, und schaute sich um. Um ihn herum war nichts außer tiefschwarzer Nacht. Hellmich benötigte dringend ärztliche Betreuung. Er kramte sein Handy heraus, doch das Display signalisierte ihm, dass das Telefon im dichten Schneetreiben keine Verbindung herstellen konnte. Sie waren komplett von der Zivilisation abgeschnitten. Enttäuscht sank er zurück und sah Hellmich an. Wenn sie nicht bald Hilfe bekämen, konnte es lebensbedrohlich werden. Und zwar nicht nur für die Psychologin, die blutend vor ihm im Schnee lag.

*

Der Kommissar war zurück in das Wagenwrack gekrochen und hatte zumindest den Erste-Hilfe-Kasten bergen können. Nachdem die Psychologin notdürftig versorgt war, hatte er sie unter großen Mühen hinauf zur Straße getragen. Er hatte die Hoffnung, dass vielleicht ja doch noch ein Räumfahrzeug versuchen würde, die Zufahrtswege freizuschaufeln, und sie dabei entdeckte. So hatte er einige Minuten verharrt und blies sich den warmen Atem in die Hände. Doch weit und breit war nichts zu sehen. Kein Licht eines Fahrzeugs oder eines Hauses. Nichts. Nur Dunkelheit und unendlich viel Schnee. Hier schutzlos weiter in der eisigen Kälte zu warten, war keine allzu gute Idee, das würde den sicheren Tod bedeuten. Er musste in Bewegung bleiben. Also schulterte er die bewusstlose Frau und folgte mit ihr auf dem Rücken dem Straßenverlauf. Obwohl Franziska

Hellmich von leichter Statur war, fiel ihm jeder Schritt schwer, und eine alte Verletzung in der Hüfte begann sich wieder schmerzhaft bemerkbar zu machen.

Du musst dich ablenken, sagte er sich und versuchte abzuschätzen, wie weit sie wohl noch von Kaltengrund entfernt sein konnten. Seeberg glaubte, sich daran erinnern zu können, dass sie die Abzweigung nach Tann bereits hinter sich gelassen hatten, bevor der Unfall geschehen war. Mit dem Auto durfte das Dorf also höchstens zehn Minuten entfernt liegen. Doch zu Fuß würde es deutlich länger dauern. Zumal er Franziska Hellmich den gesamten Weg durch den tiefen Schnee tragen musste. Er tippte auf eine Stunde, vielleicht zwei. Er hielt inne und sah den Wald vor sich, hinter dem er das abgelegene Dorf vermutete. Wenn er ihn durchqueren würde, konnte er einen guten Teil des Wegs sparen. Unter den Baumkronen war der Schnee vielleicht auch nicht ganz so hoch gefallen, und sie kämen dadurch schneller voran. Allerdings verließ er damit den sicheren Weg der Straße. Ein Verirren im Wald würde sie für etwaige Suchmannschaften unauffindbar machen. Der Kommissar überlegte, wie lange seine Kräfte noch ausreichen würden. Bei den Witterungsbedingungen und der Tatsache, dass er eine Person tragen musste, blieb keinesfalls die Zeit, die sie für die Strecke über die Straße benötigen würden. Er strich sich über sein unrasiertes Gesicht und entschied, dass es nur diese eine Chance gab. Den Weg mitten durch den Wald.

»Na dann«, schnaufte er, packte Hellmich fester und lief in Richtung der Bäume. Schon die ersten Schritte durch das Unterholz schafften Klarheit. Zwar lag hier tatsächlich deutlich weniger Schnee, doch dafür bremste das Gestrüpp jedes schnelle Vorankommen. Schon nach zehn Minuten begannen seine Beine zu schmerzen und die Kraft schneller nachzulassen, als er gedacht hatte. Dazu brannte der eisige Wind in seinem Gesicht, und er konnte die Augen kaum offen halten, um sich zu orientieren. Er war sich nicht einmal mehr sicher, ob er noch in die richtige Richtung ging. Seeberg sah starr nach unten und setzte einen Schritt nach dem anderen auf den Boden. Er hatte begonnen, jeden einzelnen laut mitzuzählen. Eins, zwei, drei, vier … nach zehn Minuten bemerkte er, wie seine Schritte immer kürzer wurden, sein Atem schneller und die Luft in seinen Lungen rasselte. Nach weiteren fünf Minuten sank er auf die Knie und legte Franziska Hellmich windgeschützt neben sich vor den Stamm eines umgestürzten Baums.

»Tut mir leid, ich brauch eine Pause. Nur eine kleine, dann gehen wir weiter«, redete er auf die Psychologin ein, die jedoch noch immer bewusstlos war und von den Mühen nichts mitbekam.

Es dauerte einige Zeit länger, als geplant, bis er wieder etwas Kraft getankt hatte und weitergehen wollte.

Er sondierte die Lage. Um ihn herum sah alles gleich aus, und er hatte nicht die leiseste Ahnung, wo er sich befand. Auch das Gesicht der Psychologin verhieß nichts Gutes. Das Blut auf ihrer Stirn war geronnen und hatte sich wie ein rotes gefrorenes Spinnennetz über ihrem Gesicht verteilt. Er nahm etwas Schnee und säuberte sie damit. Trotz ihrer Wunde fiel ihm seltsamerweise gerade jetzt auf, wie hübsch sie eigentlich war. Er legte eine ihrer blonden Strähnen hinter ihr Ohr und strich ihr über die Wange. »Machen Sie mir jetzt nicht schlapp, hören Sie?« Unter sein Schnauben mischte sich ein verzerrtes Lachen, obwohl ihm nicht danach zumute war. »Sie wollten doch unbedingt überprüfen, ob ich noch richtig ticke. Wer soll das machen, wenn Sie nicht mehr da sind? Also, kämpfen Sie gefälligst. Ich habe schon zu viele Leute verloren, für die ich verantwortlich war.«

Vielleicht wäre es doch besser gewesen, die Nacht über im Auto zu bleiben und dort auf Hilfe zu warten. Dort wären sie zumindest vor dem Wind geschützt gewesen. Doch hätte sie dort abseits der Straße wirklich jemand gefunden? Und wenn ja … wann? Es half alles nichts, sie mussten weiter und zwar schnell. Allzu lange würde Hellmich sicher nicht mehr durchhalten, denn sie würde immer weiter auskühlen. Mit dem Licht seines Mobiltelefons leuchtete er ihr ins Gesicht, um zu erkennen, wie es um sie stand. Ihre Lippen waren bereits blau angelaufen und ihr Körper eiskalt. Seeberg zog seinen Mantel aus und legte ihn über den Oberkörper Hellmichs. Dann blies er seinen warmen Atem in die steifen Hände und rieb sie aneinander. Er sah sich um.

Plötzlich glaubte er, im Wald etwas auszumachen. Eine Bewegung. Waren das bereits erste Halluzinationen? Doch dann wieder. Ein dünner Lichtstrahl. Gleich war er wieder verschwunden. Er war sich ganz sicher, dass dort ein Lichtstrahl gewesen war. Dann hörte er etwas. Jemand rief einen Namen. Doch er war zu weit entfernt, um etwas verstehen zu können. Vielleicht hatte doch jemand den Wagen gefunden und einen Suchtrupp losgeschickt. Er musste auf sich aufmerksam machen.

»Hierher!« Er stellte sich auf und winkte mit ausgestreckten Armen und dem leuchtenden Display seines Handys. »Hier sind wir!«

Er war sich nicht sicher, ob man ihn hören konnte, also ging er einige Schritte in die Richtung, in der er das Licht zuletzt gesehen hatte. Es war wieder verschwunden. Er horchte, ob er die Stimme noch hören konnte. Nein, alles war wieder stumm.

Als er bereits wieder zurück zu Hellmich gehen wollte, knackte es plötzlich einige Meter neben ihm im Unterholz. Es wurde lauter, und er versuchte zu bestimmen, was es war. Es musste ein Tier sein. Er glaubte, eine Kontur auszumachen. Zu groß für einen Fuchs. Viel zu groß, doch die Umrisse waren ähnlich. Er schluckte und überlegte für einen Moment, ob sich mittlerweile Wölfe in dieser Region angesiedelt hatten. Er hatte davon gehört, dass es einzelne Exemplare bereits bis nach Hessen geschafft hatten. Es sollte ihn nicht wundern, wenn die Rhön ebenfalls zum bevorzugten Gebiet dieser Raubtiere werden sollte. Das würde ihm nun gerade noch fehlen. Ein hungriger Wolf, der ihre Blutspur aufgenommen hatte und sie bis in den Wald verfolgte. Er griff instinktiv an die Seite, wo er immer seine Dienstwaffe trug, wenn er an sie gedacht hatte. Doch er hatte sie vor der Fahrt im Handschuhfach des Autos verstaut und dort liegen lassen.

»Verdammt«, entfuhr es ihm. Hilfesuchend tastete er um sich herum nach etwas, das er als Waffe nutzen konnte, und fand einen Knüppel, der aus dem Schnee ragte. Damit wirbelte er vor sich im Schneetreiben herum.

»Komm schon.«

Wieder knackte es, und die Kontur wurde präziser. Dann erkannte er das Tier keinen Meter vor sich. Doch es war kein Wolf. Es war ein Hund, der sich vor ihm aufbaute und ihn anbellte. Kurz darauf sah er auch das Licht wieder. Es war näher als zuvor. Er konnte die Stimme besser hören. Es war eine Frauenstimme.

»Carlos. Hierher. Carlos.«

Carlos? Wer war Carlos? Und wer rief da?

»Hallo, wer ist da?« Seeberg kniff die Augen zusammen, und diesmal bekam er eine Antwort.«

»Ich suche meinen Hund. Wo sind Sie?«

»Hierher. Ihr Hund ist hier. Bitte helfen Sie mir.« Sein Herz klopfte bis zum Hals. Nicht nur, dass er sich nicht mit einem wilden Wolf anlegen musste, ließ in ihm Hoffnung keimen, sondern vielmehr die Tatsache, dass Hilfe greifbar war. Als die Person endlich vor ihm stand, traute er seinen Augen nicht.

»Sie?« Auch die junge Frau schaute ihn aus großen Augen an und erkannte den Kommissar wieder. »Wir kennen uns doch, oder?«

»Ja, ganz recht«, nickte Seeberg aufgeregt. Er hatte ihr erst einen Tag zuvor ebenfalls bei einem Unfall unweit von hier geholfen, indem er sie mit seinem Fahrzeug zurück auf die Straße gezogen hatte. Das war auf der Rückfahrt nach Fulda, bevor er Wolfram Abel überführt hatte. »Diesmal benötige ich Ihre Hilfe. Bitte.«

»Bei was denn?«

»Na, dabei.« Der Kommissar deutete zu Boden. »Sie ist verletzt.« Mit der Taschenlampe leuchtete die junge Frau in die Richtung, in die Seeberg zeigte. Dort lehnte Franziska Hellmich bewusstlos an einem Baum. Ohne genau zu verstehen, was die beiden inmitten dieses Schneesturms hier im Wald machten, leuchtete die junge Frau sichtlich verstört zurück in Seebergs Gesicht, der zum Schutz vor dem Licht seine Hände vor die Augen hielt. »Könnten Sie bitte das Licht aus meinem Gesicht nehmen.«

»Da liegt eine schwer verletzte Frau. Können Sie mir das erklären?«

»Später.«

Die junge Frau zögerte. Ihr schien das Ganze nicht geheuer zu sein.

»Meinetwegen. Aber wenn Sie mich auch nur falsch ansehen, hetze ich den Hund auf Sie. Haben Sie das verstanden?«

Seeberg nickte. Erst jetzt verstand er, dass sie wohl dachte, er könne etwas mit Hellmichs schlimmem Zustand zu tun haben.

»Ich habe damit nichts zu tun.«

»Das werden wir noch sehen. Wir müssen jetzt Ihre Frau schnellstens zu mir ins Forsthaus bringen. Kommen Sie.«

»Das ist nicht meine Frau.« Trotz der Situation wollte Seeberg dies klarstellen. »Sie ist meine Kollegin.«

»Wie auch immer. Aber wenn Sie nicht wollen, dass sie erfriert, müssen wir uns beeilen. Also fassen Sie schon mit an.«

Die beiden schnappten Franziska Hellmich an Schultern und Füßen und zerrten sie, so gut es ging, aus dem Unterholz heraus. Nach wenigen Minuten erreichten sie ein kleines Holzhaus am Waldrand, an dem er in der Dunkelheit mit Sicherheit vorbeigelaufen wäre. Aus dem

Schornstein quoll dunkler Rauch, und Licht wurde in hellen Balken aus den Fenstern hinaus in den Schnee geworfen. Der Kommissar atmete erleichtert auf, als sie davor stoppten.

»Ich weiß nicht, wie ich Ihnen das jemals danken kann. Sie sind unsere Rettung.«

Die junge Frau musterte den Kommissar. »Zunächst einmal wäre ich schon ziemlich beruhigt, wenn Sie mir versichern könnten, dass Sie kein Psychopath sind und diese Frau kein Opfer von Ihnen ist.«

»Ob ich ein Psychopath bin?« Seeberg musste unweigerlich schmunzeln und deutete auf Hellmich. »Genau das versucht diese Frau herauszufinden.«

»Was?«

»Keine Angst, ich erkläre es Ihnen gleich, drinnen im Warmen.«

Kapitel 5

Der heiße Tee wirkte Wunder. Kommissar Seeberg hielt das Heißgetränk wie ein kostbares Gut mit beiden Händen fest umschlossen und nippte immer wieder daran, während von draußen der Sturm gegen die Fensterläden schlug. Nachdem seine Lebensgeister langsam wieder zurückgekehrt waren, sah er sich in der Wohnstube um. Er war allein, da die junge Frau sich in ein Nebenzimmer zurückgezogen hatte. Die Einrichtung des Hauses war rustikal, aber gemütlich. Der Raum war mit einer Küchenzeile bestückt und diente sowohl als Ess- wie auch als Wohnraum. In einer Ecke lagen einige Spielzeuge auf dem Boden verstreut, und die frisch gewaschene Kleidung eines Kindes hing auf einer Leine, die quer durchs Zimmer gespannt war. Allem Anschein nach wohnte die junge Frau nicht alleine hier. Alles wirkte zwar beengt, aber irgendwie auch gemütlich, dachte der Kommissar. Allerdings hätte er in dieser Situation wohl alles, das Schutz vor dem Schneesturm bot, gemütlich gefunden. Das Haus war nur wenige Meter entfernt gewesen. Dennoch hätte er es wahrscheinlich nie gefunden und wäre stattdessen mit Franziska Hellmich im Wald verloren gewesen. Nun saß er mit einer Decke um die Schultern vor dem Kamin, in dem ein Feuer prasselte, und war glücklich darüber, dass er noch einmal mit dem Schrecken davongekommen war. Zumal sich herausgestellt hatte, dass die junge Frau über medizinische Kenntnisse verfügte. Zumindest wirkte es fachmännisch, wie sie Hellmich versorgt hatte. Danach hatte sie die Psychologin in ein warmes Bett gelegt.

Seeberg nippte erneut an seinem Tee und sah zu dem Hund, der vor dem Kamin lag und die Wärme sichtlich ebenso genoss wie der Kommissar. Seeberg lächelte bei dem Gedanken daran, dass er ihn für einen Wolf gehalten hatte, und strich ihm über das Fell.

»Ja, das sollten Sie auch«, ertönte es in diesem Moment hinter ihm. Der Kommissar schreckte auf und sah die junge Frau im Türrahmen stehen.

»Wie bitte? Was meinen Sie?«

»Carlos. Ihm haben Sie es schließlich zu verdanken, dass wir Sie überhaupt gefunden haben. Ich wollte draußen eigentlich nur noch die Fensterläden vor dem Sturm schließen, als Carlos plötzlich abgehauen ist. Wie von der Tarantel gestochen, ist er in den Wald gelaufen. Er hat Sie wohl gewittert.«

»Sie beide sind unsere Lebensretter.« Seeberg machte eine kurze Pause, nahm einen Schluck und atmete laut hörbar aus. »Wie geht es meiner Kollegin?«

»Sie hat eine Gehirnerschütterung, ein paar Prellungen und Schnittwunden. Ihr Blutdruck ist dazu etwas schwach. Aber wahrscheinlich keine inneren Verletzungen. Sie ist noch bewusstlos. Mehr kann ich nicht sagen.«

»Das ist doch schon eine ganze Menge. Woher wissen Sie das alles? Sind Sie Ärztin?«

Sie lächelte und nahm ebenfalls vor dem Kamin Platz. »Nein. Ich bin gelernte Krankenschwester. Und natürlich ersetzt meine Diagnose nicht die Untersuchung eines richtigen Arztes.«

»Verstehe.«

»Katrin Dänner.«

Sie streckte ihm ihre Hand entgegen, und er nickte, als er sie schüttelte.

»Klaus Seeberg.«

»Angenehm.«

»Und Sie sind Krankenschwester hier oben in der Rhön?«

»Nein, nein. Ich bin hier oben nur geboren und aufgewachsen. Dann bin ich von hier weggezogen. Es wurde mir zu eng, und ich wollte was von der Welt sehen. Na ja, meine Welt reichte dann exakt bis nach Hamburg, wo ich in einem Krankenhaus eine Ausbildung gemacht habe und meinen Mann kennenlernte.«

»Sie wohnen nicht allein hier?«

»Doch. Das mit meinem Mann hat nicht geklappt. Aber wir haben eine gemeinsame Tochter. Und da ich nicht wollte, dass sie in einer Großstadt aufwächst, habe ich sie geschnappt und bin hierher zurückgekommen. Für Kinder kann es nichts Schöneres geben, als hier in der Natur aufzuwachsen.«

»Das verstehe ich.«

»Haben Sie Kinder?«

Automatisch wollte er zustimmen, doch musste er damit aufhören, sich etwas vorzumachen. Laura würde nie wieder zurückkehren.

»Eine Tochter. Aber sie ist tot.«

Die junge Frau ließ ihre Tasse in den Schoß sinken. Ihre Frage war ihr sichtlich unangenehm. »Entschuldigung, das … das wusste ich nicht. Tut mir leid. Ich wollte nicht …«

»Schon okay.« Seeberg nippte an dem heißen Tee. »Und Sie wohnen jetzt mit Ihrer Tochter hier in diesem …?«

»… Forsthaus. Es ist ein altes Forsthaus. Meine Eltern wohnen im nächsten Dorf, in Kaltengrund, und das Forsthaus ist schon seit einer Ewigkeit in unserem Familienbesitz. Also dachte ich mir, es sei eine gute Idee, hier eine Pause einzulegen, bis meine Tochter in die Schule kommt. Dann will ich wieder weg hier. Aber für eine gewisse Zeit ist das für mich wie ein Erholungsurlaub. Zum Runterkommen und Durchatmen ist es traumhaft schön hier oben.«

»Das kann ich mir vorstellen.«

Katrin Dänner verschränkte die Arme vor ihrer Brust und musterte den Kommissar.

»Dann kommen wir mal zu Ihnen. Was machen Sie hier? Das ist doch kein Zufall, dass ich Sie zweimal in zwei Tagen treffe, oder?«

Er schüttelte den Kopf und stellte seine Tasse ab.

»Ich bin Kommissar bei der Kriminalpolizei in Fulda. Ich habe den Auftrag, einen Todesfall zu untersuchen, der sich hier vor dreißig Jahren zugetragen hat. Damals wurde hier bei Kaltengrund …«

»… ein Grenzer erschossen«, beendete die junge Frau Seebergs Ausführung. Der Kommissar sah sie daraufhin erstaunt an.

»Ach, Sie kennen den Fall?«

»Natürlich.« Katrin Dänner wirkte beinahe gelangweilt. »Jeder kennt diese Geschichte.«

»Tatsächlich? Was erzählt man sich denn so darüber?«

»Na, dass dieser arme Teufel damals flüchten wollte und von seinen eigenen Kollegen erschossen wurde, als er es fast schon geschafft hatte. Soweit ich weiß, fand ihn der alte Wingenfeld verblutet auf der Westseite des Walds. Oben beim Fuchskopf.«

»Sie wissen tatsächlich gut Bescheid. Könnten Sie mir vielleicht den Tatort zeigen?«

»Sicher.«

»Und wer ist dieser Wingenfeld?«

»Erwin Wingenfeld. Er hat beim Bundesgrenzschutz gearbeitet und war damals wohl als Erster am Unfallort.«

»Lebt dieser Wingenfeld denn noch?«

»Ja, ich denke schon. Er ist natürlich längst im Ruhestand und lebt mit seiner Frau in einem Haus unweit von Kaltengrund in Hohenbieber.«

»Könnten Sie mich dort hinbringen? Ich würde gern mit ihm reden.«

»Sie sind wohl eine ziemlich starrsinnige Person, was? Vor einer halben Stunde lagen Sie noch draußen im Wald und wären dabei beinahe umgekommen und jetzt wollen Sie schon wieder Tatorte untersuchen und Leute verhören?«

»Berufskrankheit«, entgegnete Seeberg. »Außerdem ist es kein Verhör, sondern lediglich ein Gespräch. Er ist ein wichtiger Zeuge. Vielleicht sogar der einzige.«

Sie schmunzelte. »Erst mal schulden Sie mir noch eine Erklärung.«

»Ich?« Seeberg schaute sie überrascht an, und Katrin Dänner nickte ihm zu.

»Aber ja. Sie wollten mir erklären, warum Sie kein Psychopath sind und ich Ihnen vertrauen kann. Wissen Sie, ich rette nicht allzu oft Personen aus dem Wald während eines Schneesturms. Vielleicht sind Sie ja gar kein Polizist, sondern so ein durchgeknallter Serientäter, und die Frau nebenan ist Ihr letztes Opfer. Am Ende mache ich mich noch der Mittäterschaft schuldig oder noch schlimmer, ich bin Ihr nächstes Opfer.«

»Sie schauen zu viele Krimis im Fernsehen.«

»Nein, ich bin nur vorsichtig, wen ich in mein Haus lasse. Also, haben Sie eine Dienstmarke oder so? Etwas, das ich mir ansehen kann?«

Er musste zugeben, dass es in der Tat befremdlich wirken musste. Und die Frage nach seiner Dienstmarke war ebenfalls gerechtfertigt.

»Okay, warten Sie.« Er stand auf und ging zu seinem Jackett, das über der Stuhllehne hing, und griff in die Innentasche. »Hier, mein Dienstausweis.«

Katrin Dänner prüfte jedes Detail des Ausweises und

reichte ihn schließlich wieder an den Kommissar zurück.

»Scheint in Ordnung zu sein. Wobei ich, ehrlich gesagt, keine Ahnung habe, was der Unterschied zu einem gefälschten wäre. Sei es drum … und wer ist die Dame nebenan?«

»Sie ist Polizeipsychologin und hat den Auftrag, ein Psychogramm zu erstellen.«

»Von wem?«

Er deutete mit einer Hand auf sich, während er mit der anderen wieder zur Tasse griff.

»Von mir.«

»Von Ihnen? Warum?«

»Weil man meinte, dass man sich wohl besser meiner Dienstfähigkeit vergewissern müsse.«

»Sie haben Mist gebaut, was?«

Dem Kommissar gefiel die forsche Art Katrin Dänners. Sie war eine junge, wache Person, der man nichts vormachen konnte.

»Ein wenig. Aber ich versichere Ihnen, dass niemand Angst vor mir haben muss, wenn er nichts zu verbergen hat.«

»Das ist leicht gesagt. Hat nicht jeder etwas zu verbergen?«

»Punkt für Sie. Aber die Analyse ist einfach nur Vorschrift, wenn man längere Zeit nicht im Dienst war.«

»Aber macht man solche Psychoanalysen nicht normalerweise in einer Praxis oder zumindest einem Büro? So ein Schneesturm in der Hohen Rhön würde ich jedenfalls nicht als erste Wahl ansehen.«

»Das stimmt. Es hat mit dem Fall zu tun, den wir untersuchen. Ich darf keine Zeit verlieren. Also, Katrin, zeigen Sie mir den Ort, an dem man damals den Grenzer gefunden hat?« Sie hatten seiner Ansicht nach genug über ihn gesprochen. Er versuchte, das Gespräch wieder zurück zum eigentlichen Thema zu führen.

»Wenn es draußen ein wenig ruhiger geworden ist und der Sturm sich gelegt hat, zeige ich Ihnen morgen beides. Den Tatort und den Weg nach Hohenbieber, wo Wingenfeld wohnt. Aber jetzt würde ich vorschlagen, dass Sie sich erst einmal ausruhen. Ich denke, für heute haben Sie genug erlebt.«

Seeberg hob zustimmend beide Augenbrauen. »Da haben Sie mal recht. Sagen Sie, könnte ich bestimmt telefonieren?«

»Wohl kaum. Alle Leitungen sind zusammengebrochen. Hier oben verlaufen die Leitungen noch oberirdisch. Und die Maste haben die Last des Schnees nicht mehr tragen können. Das wird sicher ein paar Tage dauern.«

Der Kommissar nahm sein Mobiltelefon heraus. »Das funktioniert hier oben auch nicht, oder?«

Katrin Dänner schüttelte amüsiert den Kopf. »Nein. Wir sind hier in einem Tal. Aber wenn Sie oben auf den

Habichtshügel steigen, müssten Sie wieder Netz haben. Zumindest, wenn es nicht mehr so stürmt. Der ist zu Fuß in zwanzig Minuten zu erreichen. Den Weg kann ich Ihnen morgen auch zeigen.«

»Das wäre nett.«

»So, ich will mal zu meinem Kind. Ich habe Ihre Kollegin in dem Kinderzimmer meiner Kleinen untergebracht. Sie schläft sowieso lieber bei mir im Bett. Von daher wird sie Ihrer Kollegin dankbar sein, dass sie das Kinderzimmer bezogen hat.« Sie stand auf, stellte ihre Tasse ab und deutete neben sich. »Sie können hier im Wohnzimmer auf der Couch schlafen. Ist zwar nicht besonders bequem, aber es sollte genügen.«

»Es ist auf jeden Fall luxuriöser als draußen im Wald.«

»Da bin ich mir sicher.« Katrin Dänner lachte auf. »Ich bringe Ihnen noch eine Decke.«

»Vielen Dank.«

Seeberg atmete tief durch. Dann legte er den Kopf in den Nacken und spürte, wie sich seine Muskeln entspannten. Die Anstrengungen des Tages fielen langsam von ihm ab, und er schloss die Augen. Bilder in losen Folgen zogen an ihm vorbei. Laura, die seltsame Familie Abel und der tote Grenzer. Morgen würde er sich in aller Herrgottsfrühe an die Arbeit machen. Sein Atem wurde ruhiger und langsamer. Und noch bevor Katrin Dänner mit der Decke in der Hand zurück in die Stube kam, war er bereits im Sitzen eingeschlafen.

Kapitel 6

Klaus Seeberg schlug die Augen auf und wusste zunächst nicht, wo er sich befand. Um ihn herum war es still. Erst nachdem er sich aufgesetzt hatte, erinnerte er sich wieder an alle Einzelheiten. Er verspürte ein Pochen in seinem Kopf. An die nächtliche Fahrt mit Franziska Hellmich, den Unfall, den Wald und die Tatsache, dass Katrin Dänner sie gerettet und ihnen »Unterschlupf« gewährt hatte. Er streckte seinen Körper und setzte sich auf. Neben sich seine Kleidung. Irgendwann in der Nacht hatte er sich wohl zumindest noch Hose und Schuhe ausgezogen. Das Tageslicht stahl sich zögerlich durch die Fugen und Ritzen der Fensterläden und erhellte die Wohnstube, in der auch das Sofa stand, auf dem er geschlafen hatte.

Seine nackten Füße berührten den Dielenboden, der unter seinem Gewicht knirschte. Dann ging er barfuß, lediglich in T-Shirt und Unterhose gekleidet, zur Haustür, öffnete sie und trat einen Schritt hinaus. Die Kälte kroch an seinem Körper herauf, und das alles überlagernde Weiß war so hell, dass er die Augen zusammenkneifen musste. Obwohl sich nun seit Tagen erstmalig ein Sonnenstrahl vorsichtig durch die ansonsten dichte Wolkendecke stahl, versprach die Sonne keinerlei Wärme. Alles war mit einer dicken Schneeschicht überzogen, und selbst direkt vor der Haustür lag der Schnee kniehoch. Dennoch, am Tag sah es hier, verglichen mit der vergangenen Nacht, geradezu idyllisch aus. Nichts war mehr von der lebensbedrohenden Aura geblieben. Zwar hingen einige Wolken tief bis in die Baumwipfel hinein, doch zumindest hatte es aufgehört zu schneien. Der Kommissar spürte eine Berührung an seinem Bein und schreckte zusammen. Es war jedoch nur der Hund von Katrin Dänner.

»Hallo, Carlos.« Seeberg beugte sich zu dem Tier hinunter und versah den Hund mit einigen Streicheleinheiten. Schließlich hatten sie es ihm zu verdanken, dass sie im Wald gefunden worden waren. Carlos genoss die Zuwendung einige Sekunden lang und trottete dann ganz gemächlich wieder zurück ins warme Haus.

Seeberg trat einen Schritt hinaus in den Schnee. Er spürte, wie sich die Kälte langsam über seine nackten Füße in den restlichen Körper ausbreitete. Er konnte das Stechen in seinen Zehen spüren, doch es machte ihm nichts aus. Im Gegenteil. Ein bisschen genoss er es sogar. Er konnte sich sicher sein, dass er noch am Leben war. Sein Suizidversuch vor nicht allzu langer Zeit erschien ihm jetzt falsch. Nicht die Tat, sondern vielmehr der Zeitpunkt. Denn bevor nicht auch der letzte Zweifel an den Ursachen von Lauras Tod beseitigt war, musste er weiterleben. Jedes Detail aufspüren und alle, die mit dieser Sache zu tun hatten, ihrer Strafe zuführen. Er ging einen weiteren Schritt im Schnee, schloss die Augen und überlegte, ob er heute zuerst diesen Wingenfeld oder doch lieber den alten Abel aufsuchen sollte. Wenn die Telefonleitungen noch immer nicht intakt waren, hatte dieser sicher noch nichts vom Tod seines Sohns erfahren. Ein taktischer Vorteil, den es zu nutzen galt.

»Ist dir nicht kalt?«

»Was?«

Seeberg drehte sich zu der Stimme herum, die weder zu Hellmich noch zu Dänner passte. Vor sich sah er das verschlafene Gesicht eines kleinen Mädchens, das im Schlafanzug vor ihm stand und ihn aus großen Augen ansah.

»Ob dir nicht kalt ist? Du stehst doch im Schnee draußen. Ohne Schuhe.«

Sie deutete mit dem Finger auf seine Füße. Er sah an sich hinunter. »Ach so. Meine Füße. Ja doch, die sind schon kalt. Aber das macht nichts. Es zeigt mir nur, dass ich noch was fühle.«

Die Kleine runzelte die Stirn voller Unverständnis. »Warum das denn? Das ist doch 'ne blöde Idee.«

»Ja, stimmt.«

»Also, meine Mama verbietet mir immer, ohne Schuhe draußen rumzulaufen. Sie schimpft dann immer mit mir und sagt, dass ich krank werden würde.«

Seeberg trat zurück ins Haus und kniete sich zu dem

Kind. »Da hat sie auch recht. Deine Mama ist vielleicht einfach nur viel klüger als ich.«

Sie lächelte. »Sie ist die klügste Mama auf der ganzen Welt.«

»Bestimmt«, pflichtete Seeberg ihr bei. »Und wer bist du?«

»Paula Dänner. Und wer bist du?«

»Paula? Das ist ein sehr schöner Name. Ich bin der Klaus. Hallo Paula.« Er streckte ihr seine Hand entgegen, und sie schüttelten sich wie zwei Kumpels die Hände.

»Ich wohne hier mit meiner Mama und kann schon bis hundert zählen.«

»Ist nicht wahr …«, tat er verblüfft. »Flunkerst du auch nicht?«

»Nein, ganz wirklich.« Paula schüttelte den Kopf

»Na, das will ich jetzt aber hören.«

Das Mädchen begann mit dem Zählen, bis sie bei zehn angekommen war, dann wurde sie von ihrer Mutter unterbrochen.

»Die restlichen neunzig gibt's vielleicht nach dem Frühstück.« Katrin Dänner war ins Zimmer gekommen und deutete mit einer Handbewegung an, dass Paula zu ihr kommen solle. »Jetzt werden erst mal die Zähne geputzt und du ziehst dich an.«

Die Kleine gehorchte und verschwand im Bad. Katrin Dänner kehrte kurz darauf zurück, reichte dem

Kommissar eine Decke und stellte sich neben ihn ins Freie. Sie lächelte.

»Ich hoffe, die Kleine hat Sie nicht gestört.«

»Nein, alles okay. Ich war schon wach.« Seeberg legte sich die Decke um die Schultern. »Ein aufgewecktes Kind, Ihre Tochter.«

»Das kann man wohl laut sagen.« Sie blies ihre Wangen auf. »Um ehrlich zu sein, nervt sie mich manchmal.«

»Das kenne ich.«

Seeberg konnte sich nur allzu gut daran erinnern, wie viel Kraft es oftmals gekostet hatte, Laura im Zaum zu halten.

»Paula ist wie eines dieser Duracell-Häschen aus der Werbung. Sie ist einfach nicht müde zu bekommen. Manchmal frage ich mich, von wem sie das alles hat. Von mir jedenfalls nicht.«

Seeberg lachte auf. »Da wäre ich mir nicht so sicher. Sie scheinen auch nicht auf den Mund gefallen zu sein.«

»Dennoch tippe ich bei Paula eher auf die väterlichen Gene. Er ist ein Dummschwätzer vor dem Herrn. Aber egal, lassen Sie uns nicht von ihm anfangen. Auch einen Kaffee?«

»Gerne«, antwortete Seeberg und dachte daran, wie ihn immer wieder die Leute darauf angesprochen hatten, dass Laura genau wie er sei. Ein typisches Papakind. Er hatte sich nicht gegen diese These gesträubt. Im Gegenteil. Er war sehr stolz darauf gewesen. »Wie geht es Hellmich?«, fragte er Katrin Dänner, die gerade zwei Tassen aus einem Regal nahm und einen Instantkaffee aufgoss.

»Unverändert. Sie ist immer noch nicht wieder bei Bewusstsein. Das macht mir etwas Sorgen. Ansonsten scheint Sie aber keine Brüche oder Ähnliches zu haben. Ihr geht es also den Umständen entsprechend gut.« Sie stellte eine volle Tasse vor ihn und setzte sich an den schweren Holztisch. »Wie gesagt, ich bin allerdings keine Ärztin.«

»Sie schafft das. Sie ist zäh.« Der Kommissar trank einen Schluck Kaffee, zuckte jedoch sogleich vor der pechschwarzen und heißen Flüssigkeit zurück. »Ich würde heute gerne zu diesem Wingenfeld, von dem Sie gestern sprachen.«

»Sie sind wohl auch so ein Duracell-Häschen, was? Nicht kaputtzukriegen.«

»Sie haben es mir versprochen.« Er deutete lächelnd über die Felder zum Horizont. »Es ist auch nicht mehr stürmisch.«

Katrin Dänner strich sich mit den Händen über ihr Gesicht und nickte anschließend zustimmend. »Meinetwegen. Lassen Sie mich der Kleinen nur etwas zum Frühstück machen und mich umziehen, dann bringe ich Sie dorthin. Ich gehe dann aber wieder zurück und kümmere mich um Ihre Kollegin, während Sie unterwegs sind. Sie sollte nicht alleine bleiben. Hat sie eigentlich auch einen Vornamen?«

»Franziska. Franziska Hellmich.«

Katrin Dänner nickte und nahm einen Schluck heißen Kaffee. Dann musterte sie Seeberg, der noch immer mit nackten Füßen und in Unterhose vor ihr stand. Sie schmunzelte. »Eine Hose würde Ihnen übrigens ganz gut stehen. Ein Mann mit Hose, der macht Eindruck bei den Leuten hier oben in der Rhön.«

Kapitel 7

Katrin Dänner zog die kleine Paula auf einem Schlitten, und Kommissar Seeberg trottete hinter ihnen. Für ihn sah jeder Baum gleich aus, und er konnte nicht erkennen, woran sich die junge Frau orientierte. Ab und zu blickte er kritisch in die Baumwipfel und hoffte, nicht unter einem der Äste zu stehen, der gerade brach. Nachdem sie allerdings nach einigen Minuten Fußmarsch durch das Unterholz aus dem kleinen Waldstück herausgekommen waren, breitete sich ein fantastisches Panorama vor ihnen aus. Katrin deutete in das vor ihnen liegende Tal. Es zog sich wie ein breites Band aus Schnee, das weder Anfang noch Ende nehmen wollte, durch die Landschaft. Der Kommissar folgte ihrer ausgestreckten Hand und blieb beeindruckt stehen.

»Wow, das ist wirklich imposant.«

»Das ist das sogenannte kalte Tal. Daher hat auch das Dorf den Namen erhalten. Es war hier oben wohl auch schon zu früheren Zeiten immer etwas kälter als anderswo. Aber ich mag es hier. Jede Jahreszeit hat ihren ganz speziellen Reiz. Wobei ich so einen Schneesturm wie momentan auch noch nie erlebt habe.«

»Wie können Sie hier den richtigen Weg finden? Es ist alles vom Schnee verweht. Kein Weg oder irgendein Schild ist zu sehen.«

»Es gibt so ein paar Fixpunkte, an denen man sich gut orientieren kann.« Sie trat an seine Seite und streckte ihren Zeigefinger in Richtung eines ganz bestimmten Punkts. »Sehen Sie die Häuser dort hinten? Die vor dem kleinen Wald?«

Seeberg kniff die Augen zusammen, da ihn der Schnee blendete, und versuchte ihrem Finger zu folgen. Und tatsächlich – einige winzig kleine schwarze Punkte zeichneten sich dort ab. Er versuchte die Entfernung bis dorthin abzuschätzen. Fünf Kilometer? Zehn? Es war ihm unmöglich. Dann erkannte er einige Strommasten, die den Weg säumten. Den Abstand zwischen ihnen schätzte er auf ungefähr fünfzig Meter. Er zählte sie. Seines Erachtens konnten die Häuser höchstens ein, zwei Kilometer Luftlinie entfernt sein. »Ja, ich sehe sie.«

»Das ist Kaltengrund. Wenn Sie durch das Wäldchen dahinter gehen, liegt auf der anderen Seite nach zirka zwei Kilometern das Dorf Hohenbieber. Dort wohnt auch der alte Wingenfeld.«

»Okay.«

»Der kleine Berg daneben ist übrigens der Habichtshügel. Falls Sie Ihr Mobiltelefon testen möchten, müssen Sie dort hinauf.«

Er nickte zustimmend. »Und der Fundort des Grenzers?«

»Hier entlang. Wir müssen erst einmal in Richtung der ehemaligen Grenze, wo der Fuchskopf ist.«

Sie gingen weiter durch den tiefen Schnee und redeten über die Eigenheiten der Rhöner Landbevölkerung, während Paula sie von hinten immer wieder mit Schneebällen bewarf. Katrin Dänners These war es, dass Menschen sich ihrer Umwelt wohl immer irgendwie anglichen. Daher wirkten die meisten Bewohner auf den ersten Blick genauso karg und grob wie die Landschaft, in der sie lebten. Wenn man sich jedoch darauf einließe, würde man auch sehr schnell die Besonderheiten und Schönheiten zu schätzen wissen. Und auch dies gelte sowohl für die Landschaft als auch für deren Bewohner. Der Kommissar antwortete nicht auf ihre Erklärung. Bei seinen beiden bisherigen Besuchen hatte er wenige Anhaltspunkte für diese Behauptung gefunden. Alle wirkten verschlossen und begegneten Fremden mit

Distanz und Ablehnung. Andererseits war Katrin Dänner das beste Beispiel dafür, dass es auch ganz anders sein konnte.

*

Nach gut vierzig Minuten gelangten sie zum Fuchskopf. Sie stoppten und schauten über die freie Fläche, die sich vor ihnen ausbreitete.

»Hier verlief der ehemalige Todesstreifen. Sehen Sie dort drüben den zugewachsenen Betonklotz?« Er nickte und sie beugte sich näher zu ihm, so dass die Kleine sie nicht hören konnte. »Das ist der Grenzturm, von wo aus die tödlichen Schüsse abgegeben wurden.«

»Und wo genau fand man den Toten?«, flüsterte Seeberg zurück.

»Das muss hier irgendwo am Rand dieses Waldstücks gewesen sein. Einige Meter hinein ins Unterholz. Wo ganz genau, weiß ich auch nicht. Wir durften als Kinder nicht hier oben spielen. Mein Vater hat es mir verboten. Und mittlerweile kann es auch anders bewachsen sein als damals.«

Seeberg trat einen Schritt zurück und versuchte die Entfernung abzuschätzen. Seiner Meinung nach waren es mindestens fünfzig Meter vom Grenzturm bis an den Waldrand. Machbar für einen geübten Schützen, aber alles andere als einfach, wenn man bedachte, dass das Ziel auf seiner Flucht in Bewegung war.

»Na, Sherlock, schon alles klar?«, frotzelte die junge Frau.

Seeberg lächelte kurz zurück und verschwand für einen Moment zwischen den Bäumen. Katrin Dänner konnte lediglich seiner Stimme folgen, die aus dem Unterholz zu ihr drang.

»Können Sie mich noch sehen?«

»Nein, dazu sind die Äste der Nadelbäume zu dicht. Ich kann Sie nur hören.«

Er trat wieder hervor und nickte zufrieden. »Danke. Dann lassen Sie uns mal weitergehen. Ich muss unbedingt diesen Wingenfeld sprechen.«

Kapitel 8

Die jungen Männer wirkten ausgelassen. Nachdem sie am Hochstand angekommen waren und ihre Gewehre deponiert hatten, legten sie zunächst einmal eine Brotzeit ein. Sie packten Wurst aus und schnitten Brot, leerten die angebrochene Flasche Hochprozentigen und öffneten eine neue. Wolf gefiel das nicht. Zwar trank er gerne mit, doch viel lieber hätte er etwas geschossen. Einen Bock oder eine Wildsau. Doch bei dem Lärm, den sie veranstalteten, würde sich kaum ein Wildtier vor ihren Büchsen zeigen. Die Flasche kreiste und es wurde immer wieder auf Georgs Vaterschaft angestoßen. Obwohl die anderen allesamt älter als Wolf waren, hatten sie nicht seine Statur und vertrugen auch nicht so viel Alkohol wie er. Die ersten Folgen des Schnapses ließen daher nicht lange auf sich warten. Peter meckerte mit den anderen über das verschenkte Fußball-WM-Finale in Madrid, das gerade erst eine Woche zurücklag, während Georg und Uwe genug damit zu tun hatten, nicht zu lallen.

»Wir hätten die Italiener auf jeden Fall geschlagen«, erklärte Peter den anderen, »wenn wir im Halbfinale nicht in die Verlängerung gegen Frankreich hätten gehen müssen. Unserer Truppe hat einfach die Kraft gefehlt.«

Georg sah das anders. Er biss ein Stück der groben Bauernwurst ab, nahm einen großen Schluck aus der Flasche und reichte sie dann zurück an Peter. »Na, immerhin haben wir die Franzosen ja im Elfmeterschießen weggehauen.«

»Schon, aber wenn du dann im Finale eins null hinten liegst und rennen musst, wird's halt gegen die Itaker immer schwer.«

Grimmig saß Wolf in der Ecke und verfolgte das Treiben. Seine Laune verschlechterte sich sekündlich. Er überlegte, das Ganze abzubrechen, und zurück auf den Hof zu gehen. Dort wartete noch genug Arbeit auf ihn. Gerade wollte er die anderen von seinem Vorhaben unterrichten, als auch Uwe noch seine eigene

These dazu vorstellen wollte, warum das Finale mit 1:3 verloren gegangen war.

»Quatsch, wollt ihr wissen, warum wir verloren haben? Der Derwall hätte nie den Rummenigge aufstellen dürfen. Der war verletzt. Das hat uns den Titel versaut und nichts anderes.«

Die anderen nickten und prosteten sich lautstark zu. Mit seiner Aussage schien er einen gemeinsamen Nenner gefunden zu haben.

»Jetzt haltet mal das Maul mit eurem Fußball. Ihr vertreibt noch das ganze Wild«, herrschte Wolf die anderen an. »Oder wollt ihr zurückkommen und gar nichts geschossen haben?«

»Georg hat doch schon den Volltreffer gelandet.« Peter kicherte erneut und deutete mit seiner Hand etwas Phallisches in seinem Schritt an. »Der hat das ganze Jahr über Brunftzeit.«

Die anderen stimmten mit in das Gelächter ein. Wolf schüttelte genervt den Kopf und hätte seinen Gegenübern am liebsten die Zähne eingeschlagen. Doch er versuchte, sich zu beherrschen.

»Also, ich werde jetzt zurück zum Hof …« Wolf konnte seinen Satz nicht beenden. Ein lauter Knall zerschnitt die morgendliche Sommerluft, und die Jungs zuckten instinktiv zusammen.

»Habt ihr das gehört?«

Mit einem Mal war es mucksmäuschenstill. Sie

horchten und mutmaßten, was diesen Knall verursacht haben könnte.

»Ach, das sind bestimmt nur die anderen«, winkte Peter ab und nahm einen Schluck Korn aus der Flasche. »Die haben eben mehr Jagdglück als wir.«

Auch Uwe scherte der Knall nicht sonderlich, und er griff nach dem Schnaps.

»Dafür haben wir mehr zum Saufen mit.«

Nur Wolf schüttelte den Kopf.

»Nein, das war keine andere Jagdgruppe. Dafür war der Schuss viel zu nah. Die anderen müssen doch ein ganzes Stück von hier entfernt bleiben. Das sind die Regeln.«

»Wenn mein Alter in der Gruppe ist, rennt der jedem Fuchs hinterher wie ein Gestörter«, erklärte Georg, und die anderen bestätigten seine Aussage mit erneutem Gegröle. »Da schert der sich einen Scheiß um irgendwelche Regeln.«

Wolf sah hinüber zum Waldrand, wo er den Schuss vermutet hatte. Doch nichts war zu sehen. Vielleicht hatten die anderen ja doch recht. Vielleicht war tatsächlich nur eine andere Gruppe bei der Verfolgung eines Tiers näher in ihr Gebiet eingedrungen. Doch dann zuckte er zusammen. Hatte sich nicht dort hinten am Waldrand etwas bewegt? Seine Augen fixierten die Stelle. Und tatsächlich wackelte etwas im Gestrüpp.

»He, da ist was«, flüsterte er den anderen zu. »Seht ihr? Dort hinten, bei der windschiefen Fichte.«

Sie stellten den Alkohol zur Seite und reihten sich kniend nebeneinander auf dem Hochsitz auf. Wieder bewegten sich einige Äste, und die jungen Männer legten ihre Gewehre an.

»Verdammt ja.« Georg kniff die Augen zusammen und schaute durch sein Fernglas. »Scheint was Großes zu sein. Wenn es ein Hirsch ist, hänge ich das Geweih zum Geburtstag meiner Tochter ins Kinderzimmer.«

Doch die anderen hörten ihm nicht mehr zu. Alle waren gespannt, was da aus dem Gestrüpp treten würde. Es musste groß sein. Vielleicht wirklich ein kapitaler Hirsch? Damit würden sie den Wettkampf sicherlich gewinnen und den Alten im Dorf ein Jahr lang auf der Nase herumtanzen können. Sie spannten die Hähne ihrer Waffen und nahmen ihr Ziel ins Visier. Wolf liebte dieses Gefühl kurz vor dem Schuss. Die Macht über ein anderes Lebewesen zu haben und dessen Leben ein Ende zu setzen. Es war so einfach. Sein Puls schlug schneller, und er hatte Probleme, das Gewehr ruhig zu halten. »Komm schon«, flüsterte er. »Zeig dich.« Kaum dass er es ausgesprochen hatte, schoben sich die Zweige auseinander und ihr Ziel kam zum Vorschein. Es verschlug Wolf die Sprache, und auch die anderen Jungen ließen erstaunt den Lauf ihrer Gewehre sinken. Es war etwas völlig anderes, als sie vermutet hatten.

Kapitel 9

Nach einer gefühlten Ewigkeit kamen Seeberg und Katrin Dänner endlich in Kaltengrund an. Gleich am Ortseingang passierten sie eine große Halle in den Ausmaßen eines Fußballplatzes. Das mächtige Gebäude wollte so gar nicht in die ansonsten beschauliche Schar von Häusern und Höfen passen, die das Dorf ausmachten.

»Was ist das?« Seeberg deutete auf das Gebäude.

»Das ist das Sägewerk. Es gehört meinem Vater und ist schon seit Generationen in unserer Familie. Aber seit deutsche Hölzer so teuer geworden sind, sieht es schlecht aus. Wir mussten schon einige Arbeiter entlassen und werden es wahrscheinlich bald ganz schließen müssen.«

»Sie wollten das Unternehmen ohnehin nicht fortführen, oder?«

»Nein.« Die junge Frau sah kurz zu Boden, bevor sie fortfuhr. »Ich denke, mein Vater hätte gern einen Sohn gehabt, aber alles, was er bekommen hat, war ich.«

Seeberg lächelte Katrin Dänner amüsiert zu.

»Hat er doch gut gemacht.«

»Danke«, antwortete sie. »Also, ich geh jetzt erst mal hinein zu den Eltern. Sie müssen einfach nur geradeaus weiter nach Hohenbieber. Und halten Sie sich an die Orientierungspunkte, die ich Ihnen genannt habe.«

»Mach ich. Aber wo finde ich diesen Wingenfeld dann dort?«

»Einfach fragen, viele Häuser sind es ja nicht. Ein paar mehr als in Kaltengrund. Sehen Sie zu, dass Sie vor der Dämmerung wieder zurück sind, nicht dass ich Sie wieder irgendwo aus dem Schnee ziehen muss.«

Er antwortete nicht auf die Anspielung Katrin Dänners, sondern wandte sich seinem Weg zu und stakste durch den knietiefen Schnee.

*

Nachdem er Kaltengrund passiert hatte, nahm er sein Handy hervor und kontrollierte, ob er vielleicht schon Empfang hatte. Doch das Display signalisierte ihm, dass dies nicht der Fall war. Keuchend ging er weiter in Richtung des kleinen Walds, auf den er schon seit dem Dorf zusteuerte. Allerdings machte der Schnee ein noch schnelleres Vorankommen nahezu unmöglich und bremste seine Schritte immer wieder aus. Dazu begann sein Herz wie ein Schmetterling zu flattern, so dass er Pausen einlegen musste. Die Giftstoffe, die er monatelang über seine Tabletten aufgenommen hatte, waren noch immer in seinem Körper und bauten sich nur langsam ab. Er atmete tief und langsam, stützte seinen Oberkörper mit den Armen auf seinen Oberschenkeln ab und wartete, bis er langsam wieder zu Kräften kam.

Nach weiteren dreißig Minuten passierte er endlich das eingeschneite Straßenschild *Hohenbieber*. Katrin Dänner hatte nicht zu viel versprochen. Das Dorf war nicht viel größer als Kaltengrund, verfügte jedoch über ein paar Häuser und Querstraßen mehr. Die meisten waren festlich für das anstehende Weihnachtsfest geschmückt. Als er an den ersten Gebäuden vorbeiging, sah er zwei Kinder im Vorgarten eines Hauses im Schnee tollen. Zwei Jungen im Alter von kaum zehn Jahren lieferten sich eine Schneeballschlacht.

»He, ihr zwei, kommt mal her!« Die beiden unterbrachen ihr Spiel und kamen einige Schritte auf ihn zu. »Sagt mal, könnt ihr mir sagen, ob hier ein gewisser Erwin Wingenfeld wohnt?«

Der größere der beiden Burschen schob seine Wollmütze aus der Stirn.

»Das ist mein Opa. Der wohnt ein Haus weiter.«

»Hier, direkt nebenan?« Seeberg zeigte auf ein kleines Haus, von dessen Fassade der Putz bröckelte.

»Ja. Sie müssen aber an der Hintertür klopfen. Die Klingel geht nicht mehr.«

»Okay. Danke, Jungs.«

Die beiden beachteten ihn nicht weiter. Jedoch glaubte Seeberg im Fenster des Hauses eine Bewegung zu registrieren. Vielleicht hatte er sich aber auch nur getäuscht. Er lief zum Nachbargrundstück und suchte den besagten Hintereingang. Als er halb um das Haus herumgegangen war, sah er zurück zu den Jungen. Doch von denen war plötzlich ebenfalls nichts mehr zu sehen.

»Seltsame Leute.«

Nach wenigen Schritten stand er vor dem Hintereingang und klopfte. Er wartete. Dann klopfte er ein weiteres Mal.

»Ja, ich komm ja schon«, drang es von innen hervor.

Ein weißhaariger Mann mit ebenso weißem Vollbart öffnete die Tür und schaute ihn grimmig an. Er schien keine Besucher zu erwarten.

»Guten Tag, sind Sie Herr Erwin Wingenfeld?«

»Wer will das wissen?«

»Entschuldigen Sie, natürlich … mein Name ist Klaus Seeberg von der Kripo in Fulda. Ich hätte ein paar Fragen an Sie.« Der Kommissar zeigte seine Dienstmarke und steckte sie von dem alten Mann unbeachtet wieder zurück.

»Hm«, knurrte Wingenfeld erneut und gab den Weg ins Haus frei. »Na, dann kommen Sie erst mal rein.« Wingenfeld ging voran und bot dem Kommissar einen Platz im Wohnzimmer an. Alte, schwere Polstermöbel waren dort um einen dunklen Tisch gruppiert.

»Sie fragen sich sicherlich, was ich von Ihnen will.«

»Eigentlich nicht.«

»Ach, nein?«

»Mein Leben verlief nicht allzu ereignisreich, Herr … wie war noch gleich der Name?«

»Seeberg. Klaus Seeberg.«

»… Herr Seeberg. Es gehört nicht viel Phantasie dazu, um zu erraten, warum Sie hier sind. Hier oben gab es in meiner langen Amtszeit nur eine wirklich aufregende Sache, die es nötig machen würde, einen Kommissar aus Fulda auf den Plan zu rufen. Es geht um den toten Grenzer, nicht wahr?«

Wirkte der alte Mann sonst gebrechlich, so schien er doch noch immer pfeilschnell kombinieren zu können.

»So ist es. Wir untersuchen den Fall wieder. Es gab da ja einige Ungereimtheiten. Und nun bin ich damit beschäftigt, mir alles noch mal genau anzusehen.«

»Ich habe der Polizei schon damals alles erzählt, was ich wusste.«

»Sicher. Nur gibt es komischerweise keine Aufzeichnungen mehr darüber. Vielleicht könnten Sie mir nochmals schildern, was Sie damals erlebt haben.«

Wingenfeld sah den Kommissar scharf an und stand dann unvermittelt aus seinem Sessel auf. »Einen Tee? Ich habe gerade eine Kanne gemacht.« Der alte Mann wartete erst gar nicht auf die Antwort des Kommissars und nahm zwei Tassen aus einem rustikalen Bauernschrank. Dann holte er die Kanne aus der Küche, goss den dampfenden Tee ein und lehnte sich wieder in seinem Sessel zurück. »Damals hatten wir uns auch gerade einen Tee gemacht. Das machten wir immer als Erstes morgens, wenn die Schicht begann. Es war noch früher Morgen, wissen Sie.«

»Sie waren beim Bundesgrenzschutz tätig.«

»Das war damals eine sichere Anstellung beim Bundesgrenzschutz, und wir haben gutes Geld verdient. Und eigentlich ist auch nie was passiert.«

»Aber nicht so an diesem Morgen.«

Wingenfeld starrte einen Moment lang stumm in seine Tasse. »Nein, nicht an diesem Tag.«

»Wer hat Sie informiert, dass oben am Fuchskopf etwas vorgefallen sei?«

»Wir bekamen per Funk die Nachricht, dass eine Person Schüsse von der Grenze gehört hätte. Etwa in Höhe des Fuchskopfes. Das war zunächst einmal nichts Außergewöhnliches, da wir wussten, dass an diesem Tag die alljährliche Bockjagd stattfand. Doch kurz darauf kam ein zweiter Funkspruch, in dem es hieß, dass der Zeuge behaupte, die Schüsse auf bundesdeutschem Territorium hätten einen Flüchtling getroffen und es handele sich bei dem Opfer um einen ostdeutschen Grenzer.«

»Ihnen war bewusst, was das bedeuten könnte?«

»Natürlich. Das Ganze war mehr als heikel. Es sind viele Flüchtlinge an der Flucht gehindert worden. Auch mit der Schusswaffe, aber das geschah immer alles auf DDR-Gebiet.«

»Und? Wie haben Sie reagiert?«

Wingenfeld stellte den Tee vor sich ab, faltete seine Hände und versucht sich an alle Details zu erinnern. »Wir haben genau so reagiert, wie es Vorschrift war. Wir machten umgehend Meldung: ›Mögliche Landesflucht aus der DDR durch Gebrauch der Schusswaffe unterbunden. Wir gehen dem Hinweis eines Anrufers nach, wonach der Flüchtling auf bundesdeutschem Gebiet gestoppt wurde.‹«

»Wer war der Anrufer?«

»Irgendein Junge aus dem Dorf, den Namen habe ich vergessen.«

Ein Junge? Konnte es sich vielleicht um Wolf Abel handeln? War das die Verbindung? Sofort war Seeberg hellwach und fragte nach. »Hieß er vielleicht Abel?«

»Abel? Nein. Ich weiß zwar nicht mehr genau seinen Namen, aber Abel hieß er sicher nicht. Der Name steht aber bestimmt in den offiziellen Unterlagen.«

»Ja, nur existieren die leider nicht mehr. Sie sind seltsamerweise verschwunden.«

»Tatsächlich?«

Seeberg nickte. »Wissen Sie sonst noch was über den Zeugen?«

Wingenfeld schüttelte den Kopf. »Tut mir leid. Es

war an diesem Tag viel los. Wie gesagt, es war Sommerbockjagd. Das war damals Tradition. Man ging in mehreren Gruppen los, und am Ende wurden diejenigen Sieger, die am meisten erlegt hatten. Nach dem Vorfall damals wurde es aber verboten. Den Behörden waren die Nähe zur Grenze und die damit verbundenen möglichen Fehlinterpretationen zu heikel. Die Sommerbockjagd fand nie wieder statt. Nach diesem Tag war sowieso vieles nicht mehr so wie zuvor.«

Der Kommissar bemerkte, wie auch nach all den Jahren dieses Erlebnis in dem Mann arbeitete. »Was meinen Sie damit?«

»Ach, nichts weiter. Sagen wir einfach, es hat Spuren bei den Menschen hier oben hinterlassen.«

»Sie hatten damals Angst.«

Um Wingenfelds Augen zeigte sich so etwas wie ein kleines Lächeln. »Und wie. Wir hatten die Hosen gestrichen voll, als wir da raufgefahren sind. Wir wussten ja nicht, was auf uns zukommen würde. Vielleicht würde es zu einem Feuergefecht zwischen uns und den Ost-Grenzern kommen. Das wäre der Supergau gewesen. Wenn ich vorhin sagte, dass eigentlich nie groß was vorgefallen war, dann war das ein Kompliment für unsere Arbeit. Wir wussten sehr wohl, dass wir auf einem Pulverfass saßen. Wenn die Situation eskaliert wäre, hätte das vielleicht einen Krieg auslösen können. Können Sie sich vorstellen, wie sich das anfühlt? Vielleicht für den Ausbruch des Dritten Weltkriegs verantwortlich zu sein?«

»Nein.« Der Kommissar nahm einen Schluck Tee, bevor er seine Befragung fortsetzte. »Und was haben Sie dann schließlich am Tatort vorgefunden?«

»Wir sind in Zweierteams ausgerückt. Mein Kollege, ein junger Kerl, der gerade erst zu uns versetzt worden war, und ich näherten uns zunächst mit einem Fahrzeug. Schon von weitem konnten wir die Scheinwerfer der Ost-Grenzer sehen, die trotz des Morgenlichts die Waldlichtung ausleuchteten. Wir haben uns dann lieber vom Wald her der Stelle genähert. Und da lag er dann irgendwann vor uns.«

»Der Grenzer?«

»Ja.« Wingenfeld nickte. »In kompletter Uniform, einen Einschuss im Rücken und einen in seiner Stirn, knapp über dem rechten Auge. Das Bild werde ich nie vergessen. Der arme Teufel. Er hatte es ja anscheinend schon fast geschafft. Noch ein paar Meter weiter und er wäre ins Unterholz abgetaucht.«

»Es gab also zwei Schussverletzungen?« Bislang war Seeberg nichts davon bekannt, dass es zwei Treffer gegeben haben sollte.

»Ja. Der arme Kerl lag vor uns, und ich konnte zwei Einschüsse feststellen.«

»Und der Tote lag im Wald, nicht auf dem Feld?«

»Ja, ich würde auf mindestens vier bis fünf Meter

hinter dem Waldrand tippen. Etwas weiter wäre es dann ganz dicht geworden. War alles schon irgendwie komisch. Es gab verschiedene Meinungen zu dem Fall. Na ja, vielleicht hatte ja auch die Stasi die Finger mit im Spiel.«

»Haben die sich denn mal dazu geäußert?«

»Die Stasi? Keine Ahnung. Ich habe lediglich mitbekommen, dass die Regierung der DDR alle Vorwürfe von sich gewiesen hat und uns die Schuld an allem gab. Stellen Sie sich nur diesen Irrsinn vor! Als ob wir auf einen Flüchtling schießen würden.«

»Da hab ich auch noch nie von gehört.«

»Wie dem auch sei, nachdem wir den Fundort gesichert und einige Telefonate geführt hatten, wurde der Leichnam schließlich ganz schnell an die DDR überstellt und damit war die Sache erledigt. Ich war heilfroh und hab nie wieder was davon gehört. Alle waren froh, dass die Sache schnell vom Tisch war.«

»Offiziell war damit ja auch alles erledigt. Daher gab es zu dem Fall auch keine weiteren Untersuchungen mehr.«

»Richtig. Ohne Leiche und Täter gibt es wenige Möglichkeiten, so etwas weiterzuverfolgen. Außerdem wollte sich da keiner die Finger dran verbrennen. Wir haben dennoch alle Bewohner von Kaltengrund gefragt, ob sie Beobachtungen gemacht haben oder Hinweise geben können. Aber das verlief alles im Sande.

Und nachdem der Leichnam der DDR überstellt war, lag der Fall nicht mehr in den Händen der Bundesrepublik und somit auch nicht mehr in unserer Zuständigkeit.«

Seeberg überlegte, was dann der Grund dafür sein konnte, dass seine Tochter sterben musste. Warum hatte Wolfram Abel die Kleine umgebracht? Das ergab keinen Sinn. Wollte Abel den möglichen Todesschützen decken? Doch was hatte er damals schon mit ostdeutschen Grenzsoldaten zu tun gehabt? Wolfram Abel musste noch ein Teenager gewesen sein.

»Und der Name Wolfram Abel sagt Ihnen ganz sicher nichts?«

»Wolfram Abel? Nein, wer ist das?«

»Die Abels leben in Kaltengrund. Haben dort einen Bauernhof, etwas abgelegen vom Dorf. Wolfram Abel ist der Name des Sohns der Abels.«

»Ach, der Abelshof. Natürlich. Der Name des Jungen sagt mir nichts, aber die Alten kenne ich noch von ganz früher. Ich glaube, ich habe sie damals gemeinsam mit einem Kollegen der Polizei auch zu dem Fall befragt. Eigenbrötler sind die. Allesamt Eigenbrötler. Wollen nix mit den anderen aus dem Dorf unten zu tun haben. Man mag sie nicht so. Die Alten hat man schon ewig nicht mehr bei Feiern oder in der Kirche gesehen. Den Jungen kenne ich noch nicht mal.«

»Herr Wingenfeld, kann ich Sie als erfahrenen Bundesgrenzschützer und als Kenner der hiesigen Gepflogenheiten etwas fragen?«

Der alte Mann sah auf, antwortete nicht, sondern wartete einfach die Frage des Kommissars ab.

»Können Sie sich vorstellen, dass das Ganze eventuell kein klassischer Grenzunfall war? Dass der Mann nicht auf der Flucht von seinen Kollegen erschossen wurde?«

Der alte Mann blies seine Wangen auf und ließ die Luft nur langsam entweichen.

»Was weiß ich. Wenn es so ist, will ich es jedenfalls nicht mehr wissen. Man sollte das alles auf sich beruhen lassen. Das Regime ist mittlerweile genau so tot wie der arme Teufel. Wer auch immer damals abgedrückt hat, er hat damit leben müssen. Moralisch gesehen, ist das Strafe genug.«

Seeberg nahm einen Schluck des heißen Tees. »Ja, vielleicht haben Sie Recht. Aber ich muss herausfinden, wie sich das Ganze genau abgespielt hat. Wissen Sie, es scheint so, als ob der Tod des Grenzers etwas mit dem Tod an einem jungen Mädchen zu tun hat, das vor ein paar Monaten ermordet wurde.«

»Tatsächlich?«

Seeberg nickte zustimmend, verschwieg jedoch, dass es sich dabei um seine eigene Tochter handelte.

»Das wusste ich nicht. Dann ist das Zeug ja vielleicht doch noch für etwas gut.«

»Das Zeug? Welches Zeug?«

Wingenfeld sah den Kommissar an. Dann stand er wortlos auf und ging zu einem Schränkchen. Er drehte den Schlüssel eines Schubkastens und nahm einen alten Schuhkarton heraus. Als er sich wieder setzte, schob er ihn über die Tischplatte zu Seeberg.

»Wenn Sie wirklich ein so großes Interesse daran haben, das Ganze noch einmal aufzurollen, habe ich vielleicht etwas für Sie.«

»Was ist das?«

Der Greis nahm den Deckel ab und tippte mit seinem Zeigefinger auf den Stapel Papiere, der sich in dem Karton türmte.

»Protokolle, Berichte, Befragungen und einige Zeichnungen, die ich angefertigt habe.«

Der Kommissar setzte sich auf und konnte seine Freude kaum zügeln. Wenn das stimmte, waren dies die einzigen Unterlagen, die es noch zu dem Vorfall gab.

»Sie haben tatsächlich Abschriften der gesamten Unterlagen?«

»Nicht von allen. Aber das meiste dürfte drinstehen.«

»Woher haben Sie die?«

»Sie sind vielleicht nicht der Einzige, der an der Wahrheit interessiert war. Ich hatte nur nie den Mut. Ich habe alles gesammelt und Abschriften von den Berichten gemacht, bevor wir die ganze Sache der Staatsanwaltschaft übergeben haben. Das war damals Vorschrift. Allerdings hat sich danach nie jemand dafür interessiert, und ich hätte es entsorgen müssen. Aber ich konnte nicht. Also habe ich es an mich genommen, weil ich dachte, dass es irgendwann noch mal von Nutzen sein könnte.«

»Aber das ist ja fantastisch.«

»Freuen Sie sich nicht zu früh. Mich hat das Ganze damals lange Zeit verfolgt. Ich habe auch später noch alles darüber gesammelt, was ich finden konnte, und habe Kopien angefertigt. Vielleicht auch nur, weil ich hoffte, dass ich es dadurch besser aufarbeiten könnte.« Er lächelte. »Hat nicht geklappt. Sie können jedenfalls das ganze Zeug mitnehmen. Ich will es nicht mehr in meinem Haus haben. Vielleicht finde ich ja dann endlich Ruhe.« Er seufzte dabei tief und reichte dem Kommissar die Hand.

»Leben Sie wohl, Herr Kommissar. Ich wünsche Ihnen viel Glück, aber bitte, suchen Sie mich nicht mehr auf.«

»Danke für Ihre Zeit, Herr Wingenfeld.«

Nur wenige Momente später fand sich der Kommissar an dem Ortsschild Hohenbiebers wieder und hielt den Schuhkarton wie einen wertvollen Schatz fest an sich gepresst. Mit dem Karton in seiner Hand stapfte er exakt den Weg zurück, den er zuvor gekommen war. Er hoffte, Informationen zu finden, die den Tod des

Grenzers anders darstellten. Oder die zumindest einen Hinweis darauf gaben, was Abel mit der ganzen Sache zu tun hatte. Schon jetzt schienen ihm einige Dinge suspekt. Wie konnten die Ost-Grenzer den Mann über eine solche Distanz treffen, wenn Katrin Dänner ihn schon von fünf Metern Entfernung nicht mehr im Wald gesehen hatte? Oder war der Fundort der Leiche nicht der Tatort? Und wenn dem so war, warum hatte man ihn dort hingelegt? Und vor allem, wer?

Kapitel 10

»Was um alles in der Welt ist das?« Uwe war von dem, was da vor ihm zwischen Kimme und Korn auftauchte, ebenso überrascht wie die anderen. Zunächst erkannte er nur die Konturen, dann Details. Schließlich ließ er seine Flinte sinken. »Das sind Menschen.«

»Sind die verrückt?« Auch Peter konnte nicht fassen, was die drei Personen dort machten. »Während der Jagd hier im Wald herumzustreifen. Das weiß doch jeder aus den Dörfern, dass heute Jagd ist.«

Wolf schüttelte den Kopf. Er hatte bereits eine Vermutung. »Dann liegt es vielleicht daran, dass sie gar nicht aus unseren Dörfern kommen.«

»Wie meinst du das?«

»Na, seht doch mal genauer hin. Allein die Klamotten, die sie anhaben. Die sind nicht von hier.« Er machte eine Pause. Seine weiteren Worte klangen wie die Lösung eines bedeutsamen Rätsels, bei dem es einen teuren Preis zu gewinnen gab. »Die sind von drüben.«

»Drüben?« Die drei anderen glaubten nicht, was Wolf da aussprach. Doch je näher die Personen kamen, umso mehr bestätigte sich die vage Vermutung, dass Wolf damit recht behalten konnte.

»Ja, drüben. Mensch, Leute, die sind aus dem Osten. Das sind Flüchtlinge. Die sind gerade abgehauen.«

Sie warteten, bis die drei Personen nur noch einen Steinwurf entfernt vom Hochsitz waren. Anscheinend waren die Leute sich immer noch nicht sicher, ob sie tatsächlich bereits im Westen waren. Jedenfalls krochen sie verängstigt über den Boden. Als sie schließlich direkt unter dem Hochsitz waren, sprang Wolf auf und zielte mit dem Gewehr auf sie. »Halt! Stehen bleiben!«

Die Flüchtlinge blieben wie angewurzelt stehen und blickten in Todesangst hinauf zu den Jungen. Georg riss Wolf am Arm und sah ihn entrüstet an. »Mensch, bist du verrückt geworden? Das sind Flüchtlinge und keine Verbrecher.«

»Woher willst du das wissen?«, fragte Wolf zurück. »Das sollen sie erst einmal beweisen.«

Jetzt waren alle drei Personen gut zu erkennen. Es handelte sich um eine Familie. Ein Mann mit Aktentasche und seine Frau und wahrscheinlich ihr gemeinsamer Sohn, der nur wenig jünger als die Jungs sein konnte. Die Familienmitglieder hielten allesamt ihre Arme in die Luft gestreckt und schauten voller Angst in Wolfs Augen, der immer noch mit seinem Gewehr auf sie zielte.

»Wer sind Sie? Und was wollen Sie hier?«

Der Vater versuchte sich an einem Lächeln. Die Antwort, die folgte, wirkte hölzern und zittrig. »Wir … wir sind aus Thüringen. Keine Angst, wir wollen euch nichts Böses. Wirklich nicht. Lasst uns einfach nur schnell weitergehen und uns in Sicherheit bringen. Wir dürfen hier keine Sekunde länger bleiben.«

»Warum?«, fragte Uwe. »Sie sind bereits im Westen.«

»Ja, das wissen wir …«

»Warum dann die Eile?«

»Ich flehe euch an, Jungs, lasst uns einfach weitergehen. Bitte.«

»Sagen Sie schon«, kam es deutlich schärfer von Wolf zurück. »Warum wollen Sie so schnell weiter?«

»Mensch, Wolf, lass sie doch. Die haben doch echt schon genug mitgemacht.«

Doch Wolf ließ sich nicht beirren und schubste Peter zurück. »Also, ich höre?!«

Der Mann strich sich durch die Haare und sah sich nervös um. »Einer der Grenzer ist uns gefolgt und hat auf uns geschossen.«

Der Schuss, dachte Wolf. Es war also keine andere Jagdgruppe, sondern ein Grenzer gewesen, der geschossen hatte. »Na, das mag ja sein. Aber Sie sind jetzt, wie gesagt, auf westdeutschem Gebiet. Es droht Ihnen keine Gefahr mehr von dem Grenzer.«

»Nein, nein, ihr versteht nicht. Er ist uns über die Lichtung bis zum Wald gefolgt und hat von dort auf uns geschossen.«

»Was?« Georg glaubte, sich verhört zu haben. »Auf westdeutschem Gebiet? Sie meinen, ein ostdeutscher Grenzer hat Sie bis hierher verfolgt und auf westdeutschem Gebiet auf Sie geschossen?« Oft hatten seine Eltern über dieses Thema am Essenstisch gesprochen. Dass man hier oben auf einem Pulverfass lebte, denn wenn es zu einem Einfall der Roten Armee kommen sollte, wäre dieser Zipfel Deutschlands wohl das Tor, von dem die Russen sich ausbreiten würden. Wenn nun ein ostdeutscher Grenzer auf westdeutschem Gebiet Schüsse abgegeben hätte, konnte das der erste Dominostein sein, der das stets angespannte Konstrukt endgültig zum Einsturz bringen würde.

Der Mann nickte stumm.

»Aber … aber … das gibt's doch nicht.«

»Wenn ich es euch doch sage. Und ich bin mir ziemlich sicher, dass er immer noch hinter uns her ist. Er will uns auf jeden Fall zurückbringen.«

»Mensch, Wolf, dort hinten«, deutete Georg plötzlich auf einen Schatten, der schnell näher kam. Vom Hochsitz aus konnte man ihn gut erkennen. Eine Uniform zeichnete sich ab. Der Mann schien gebückt zu laufen und bewegte sich seltsam ruckartig. Wahrscheinlich hielt er eine Waffe im Anschlag. Der Familienvater schien tatsächlich die Wahrheit gesagt zu haben. Der Grenzer suchte die Familie noch immer.

Peter ließ sich zurück in den Hochsitz rutschen und begann hastig zu atmen und zu schluchzen. »Was machen wir jetzt?«

Noch bevor Wolf antworten konnte, hallte die Stimme des Grenzers, der die Familie mittlerweile erreicht hatte, im Wald. »Halt! Stehen bleiben oder ich schieße.«

Auch die Jungen duckten sich in ihrem Hochsitz, obwohl sie sicher waren, dass der Grenzer sie nicht bemerkt hatte, sondern nur die Familie unter ihnen. Es dauerte einige Sekunden, dann klang die Stimme noch näher. Er befand sich nun wohl direkt unter dem Hochsitz. »Habe ich euch also doch erwischt, was?«

Der Familienvater versuchte alles, um den Grenzer umzustimmen. »Bitte, lassen Sie uns gehen. Ich flehe Sie an.« Er begann hektisch in seiner Aktentasche zu wühlen.

»Lassen Sie Ihre Hände oben …«

»Nein, nein, ich will Ihnen doch nur etwas geben. Hier, ich gebe Ihnen alles, was wir haben. Das sind

8500 Mark, zwei Armbanduhren, ein Fernglas und ein kleines Kofferradio. Nehmen Sie es, aber lassen Sie uns laufen. Sie können doch sagen, dass Sie uns nicht gefunden haben.«

»Nichts da. Sie haben den antifaschistischen Schutzwall zur BRD unrechtmäßig überwunden. In meinem Grenzabschnitt lasse ich so was nicht zu. Niemals. Zwingen Sie mich also nicht auch noch dazu, Sie zu erschießen. Kommen Sie einfach mit und es wird Ihnen nichts Schlimmeres passieren als das, was unser Gesetz für Menschen wie Sie vorsieht.«

»Aber wir befinden uns auf westdeutschem Gebiet. Sie haben hier keinerlei Befugnis.«

»Dann sollten wir uns beeilen zurückzukommen. Auf Sie warten einige Jahre Gefängnis und auf mich eine Belobigung samt Beförderung. Los jetzt. Wir haben keine Zeit zu verlieren.«

Wolf sah neben sich. Die anderen Jungen zitterten vor Angst am ganzen Leib. Am schlimmsten stand Peter unter Schock. Er wirkte wie paralysiert und ein großer Fleck zeichnete sich auf seiner Hose ab.

»Wir müssen was tun«, flüsterte er Georg zu.

»Aber was? Vielleicht sollten wir uns einfach da raushalten.«

Zwischen den Brettern des Hochsitzes konnte man die Familie und den Grenzer sehen, die direkt unter ihnen standen. Wolf holte einmal tief Luft, sprang dann auf und richtete seine Waffe auf den Grenzer nach unten.

»Zurück und Waffe runter!«

Doch der Grenzer dachte überhaupt nicht daran, seine Waffe zu senken. Er wirbelte herum und zielte in die Richtung, aus der die Stimme ihn angerufen hatte. Er war sichtlich überrascht ob dieser plötzlichen Veränderung der Situation. Schließlich wusste er sehr wohl, dass er ebenfalls eine Grenzverletzung begangen hatte.

»Wer ist da? Zeigen Sie sich.«

Wolf stand ungerührt mit seinem Gewehr im Anschlag und richtete es auf den Mann in Uniform. Georg und Uwe standen ebenso auf und schließlich raffte sich auch Peter auf. Der Grenzer forderte sie auf, nach unten zu kommen. Sie willigten ein und gingen nacheinander hinunter. Jedoch immer so, dass einer sein Gewehr auf den Grenzer gerichtet hielt. Dieser erkannte erst jetzt, dass es sich um Teenager handelte.

»Passt auf, ihr Jungen. Das hier ist kein Spiel. Geht nach Hause, bevor ein Unglück passiert, und erzählt niemandem davon. Die Konsequenzen wollt weder ihr noch ich tragen, wenn das hier rauskommt.«

Die Frau hielt sich am Mantel ihres Mannes fest und umfasste mit dem anderen Arm ihren Sohn. In ihren Augen lagen Verzweiflung und große Angst.

»Wir sollten zurück, Schatz. Das ist nicht wert, dass

Menschen getötet werden. Das sind doch noch Jungs.«

Die Jungen standen alle nebeneinander, jeweils mit dem Gewehr im Anschlag, und hielten ihre Blicke auf den Grenzer gerichtet.

Ihr Mann nickte zustimmend. »Meine Frau hat recht, Jungs. Nehmt eure Gewehre runter. Wir gehen wieder zurück und niemandem wird ein Haar gekrümmt.«

»Sehr vernünftig.« Der Grenzer gab sich zufrieden und folgte der Familie mit seiner Schusswaffe. »So, Jungs. Und jetzt geht nach Hause. Genau wie wir. Alle gehen nach Hause.«

Der Grenzer deutete der Familie an, vor ihm zu gehen. Sie folgten seiner Aufforderung. Wolf und die anderen standen noch immer aufgewühlt mit ihren Gewehren im Anschlag und zielten auf den Grenzer, der sich langsam mit der Familie von ihnen entfernte. Wolfs Hände waren schweißnass und sein Herz schlug immer noch im Staccato-Rhythmus. Den anderen ging es nicht anders. Die Familie und der Grenzer hatten sich bereits einige Meter entfernt, als plötzlich ein lauter Knall die morgendliche Ruhe zerschnitt. Alle zuckten zusammen und es folgte ein Moment der absoluten Stille. Wolfs Ohr piepte, und er versuchte zu verstehen, was geschehen war. Er schaute zunächst zu der Familie, doch die stand wie angewurzelt und traute sich nicht sich umzudrehen. Dann ließ er den Blick neben sich wandern und sah in die leeren Augen von Georg, aus dessen Gewehrlauf eine kleine Rauchwolke aufstieg.

»Das war keine Absicht«, stammelte er. »Der Schuss hat sich einfach gelöst. Ich schwöre es.«

Die anderen Jungs sagten nichts. Auch die Familie stand nur stumm einige Schritte entfernt und schaute entsetzt neben sich, wo der Grenzer reglos, mit dem Gesicht nach unten, auf dem Waldboden lag.

Kapitel 11

Sie hob ihr Kinn und öffnete schwerfällig die Augen. Nur langsam wurde das Bild schärfer. Eine dunkle Holzdecke. Dazu roch es nach Kaminholz. Ihr Blick glitt weiter an sich hinab. Der schlanke Körper lag warm gebettet unter einer Federdecke. Vorsichtig spannte sie ihre Muskeln an. Zuerst Hände und Arme. Dann Füße und Beine.

Sie lag in einem Bett, welches nicht ihres war, und in einem Raum, den sie nicht kannte. Alles war fremd. Doch noch bevor sie verstand, wo sie sich befand, spürte sie stechende Kopfschmerzen. Alles, woran sie sich noch erinnern konnte, war der Moment, als der Wagen ins Schlingern geraten war und sie die Kontrolle verloren hatte. Sie hatte geschrien, zumindest glaubte sie das.

Ganz sicher war sie sich allerdings nicht. Doch viel wichtiger war zu wissen, wo sie sich befand und wo Klaus Seeberg war. Hatte er den Unfall unbeschadet überstanden? Sie wurde unruhig und warf die Decke zurück. Langsam richtete sie sich auf, doch sofort setzte Schwindel ein.

»Langsam«, ermahnte sie sich selbst und wartete, bis sich ihr Blut langsam wieder in ihrem Körper verteilte. Mit den nackten Zehenspitzen tastete sie nach Halt auf dem kalten Fußboden und zog sich vorsichtig am Bettpfosten empor. Nach und nach fand sie wieder Sicherheit in ihren Schritten und lief hinüber zu der Holztür. Sie öffnete sie und ging ein paar Meter den Flur entlang, bis sie Stimmen vernahm. Neugierig spähte sie um die Ecke und sah ins Wohnzimmer. Die Stimmen verstummten, und eine Frau mit einem kleinen Mädchen sah sie aus großen Augen an. Die fremde Frau begann zu lächeln, als würden sie sich kennen, doch ihr sagte das Gesicht nichts. Zunächst verstand sie nicht, was das alles zu bedeuten hatte, doch dann trat die Frau auf sie zu und streckte ihr eine Hand entgegen.

»Mein Name ist Katrin Dänner. Schön, dass Sie wieder wach sind, Franziska.«

*

Er hatte auf dem Rückweg von Wingenfeld noch einen Stopp auf dem Abelshof eingeplant. Seeberg stapfte zügig durch den Schnee und überlegte, wie und wann er dem alten Abel beibringen sollte, dass sein Sohn tot war. Ob er von dem mörderischen Treiben seines Sohnes gewusst hatte? Oder ob er am Ende vielleicht sogar in irgendeiner Form daran beteiligt war? Der Kommissar konnte es sich nur schwer vorstellen. Aber was sagte das schon aus? Nichts.

Um rechtzeitig vor der Dämmerung wieder im Jagdhaus zu sein, hatte er seinen Schritt auf dem Weg zum Abelshof beschleunigt. Als Seeberg sich bereits auf der Biegung zum Hof befand, begann es plötzlich in seiner Brust zu schmerzen. Er wurde kurzatmig und musste stehen bleiben. Er wusste, was das zu bedeuten hatte. Durch die fehlenden Medikamente häuften sich die Aussetzer in letzter Zeit wieder. Aber so stark wie diesmal war es noch nie gewesen. Er sank auf die Knie, stellte den Schuhkarton mit den Unterlagen neben sich in den Schnee und schlug sich mit der Faust gegen die Brust. Nur langsam beruhigte sich sein Körper, bis er schließlich wieder auf die Beine fand. Weiter, stachelte er sich an. Schritt für Schritt ging er den Weg zum Hof und blieb vor dem Eingangsportal stehen. Er kannte das Haus noch von seinem letzten Besuch, als er Wolfram Abels Vater Fragen gestellt hatte.

Seeberg klopfte an der Tür. »Herr Abel, hallo? Bitte

öffnen Sie die Tür. Hier ist Klaus Seeberg von der Kriminalpolizei Fulda.«

Im Gegensatz zu seinem letzten Besuch wurde ihm diesmal relativ zügig geöffnet. Der alte Abel stand vor ihm und nickte ihm zu, ohne ein Wort zu sagen. Stattdessen drehte er sich um und ging wortlos wieder zurück ins Haus. Seeberg folgte ihm schweigend, bis sie im Wohnzimmer angelangt waren. Selbst als sie an dem rustikalen Tisch Platz genommen hatten, verlor zunächst keiner von ihnen ein weiteres Wort. Seeberg fixierte ihn, während er den Schuhkarton Wingenfelds vor sich auf dem Tisch abstellte. Abel blickte zunächst auf den Karton, dann begann er nervös mit den Fingerspitzen über die grobe Struktur der Tischplatte zu fahren.

»Er ist tot, oder?«

Der Kommissar nickte und sah ihn dabei durchdringend an. Im Gesicht des Alten erkannte er jedoch nicht die Reaktion, wie sie sonst üblich war, wenn er solche Nachrichten überbrachte. Der Alte wirkte gefasst. Gerade so, als hätte er sich schon lange auf diese Nachricht vorbereitet.

»Sie haben mich angelogen, Herr Abel. Sie haben behauptet, dass Sie nichts von ihm gehört hätten. Dabei wussten Sie, dass Ihr Sohn in irgendwas verstrickt war, und haben ihn gedeckt.«

»Na ja, er ist, ich meine … er war eben mein Sohn.«

»Aber er ist auch ein Mörder gewesen.«

Seeberg versuchte eine Reaktion im Gesicht seines Gegenübers zu finden. Der alte Mann schien wenig überrascht.

»Ein Mörder?« Er legte eine künstliche Pause ein. Ob sie Überraschung vorgaukeln sollte oder er nur abwägte, was er nun antworten sollte, konnte Seeberg nicht zuordnen. »War mein Junge das, ja?«

»Ja.«

Argwöhnisch funkelten die Augen des alten Mannes. In ihnen spiegelte sich etwas Geheimnisvolles.

»Wen soll er denn getötet haben?«

Seeberg spürte, wie die Wut in ihm aufstieg, und er musste sich zusammenreißen, mit seiner Faust nicht wütend auf die Tischplatte zu schlagen.

»Ich bin nicht zu Spielchen aufgelegt, Herr Abel. Wir wissen bislang von vier Opfern Ihres Sohnes. Eines davon war meine Tochter. Sagen Sie mir, wie viele es noch waren und warum diese Menschen sterben mussten.«

»Davon weiß ich nichts. Wirklich nicht.«

»Sie lügen.«

Abel schüttelte sein schneeweißes Haar. »Das ist die Wahrheit. Ja, Sie haben recht, ich ahnte, dass er in irgendwas hineingeraten war, aber ich wusste nicht, um was es genau ging. Das hat er mir nie verraten.«

Die Befragung lief in eine Sackgasse. Er musste seine

Taktik ändern, wenn er etwas aus dem alten Abel herauskitzeln wollte. Seeberg entschied sich für einen Kurswechsel. Selbst wenn Abel nicht über die Morde seines Sohns sprechen wollte, wusste er vielleicht dennoch etwas über den alten Fall.

»Was ist mit dem toten Grenzer, der hier vor dreißig Jahren ums Leben kam?« Sofort erkannte der Kommissar eine starke Reaktion. Abel hörte auf, mit seinen Fingern auf der Tischplatte zu kratzen, und schluckte. Ein Volltreffer!

»Der Grenzer?«

»Sie kennen also diese alte Geschichte?«

»Natürlich. Was soll damit sein und was hat das miteinander zu tun?«

»Oh, wahrscheinlich eine ganze Menge. Kurz bevor Ihr Sohn starb, deutete er mir gegenüber sogar an, dass der Vorfall was mit dem Tod Ihrer Frau zu tun haben könnte.«

Das entsprach der Wahrheit. Allerdings war Seeberg diese Aussage gerade erst wieder eingefallen. Und auch diese Information schien ein Treffer zu sein.

»Vorfall?« Der alte Abel lächelte. Es war allerdings ein gequältes, süffisantes Lächeln. »Hat er es so genannt?«

»Genau so.« Der Kommissar hakte nach. »Wissen Sie, was er damit meinen könnte?«

Wieder schüttelte Abel den Kopf. Doch alles, was nun aus seinem Mund kommen würde, wäre eine Lüge.

Dessen war sich der Kommissar sicher. Aber auch das wäre eine verwertbare Aussage.

»Jedenfalls weiß ich nichts davon. Die Sache mit dem Grenzer damals habe ich nicht sonderlich verfolgt.«

»Nein? Erstaunlich. Da dürften Sie nämlich der Einzige in Kaltengrund sein, der nichts davon weiß. Wie ich bislang herausgefunden habe, weiß hier oben nämlich jeder von dem mysteriösen Tod des Ost-Grenzers. Und gerade Sie wollen nichts davon gehört haben?«

»Na ja, nichts wäre übertrieben.« Abel lehnte sich zurück und verschränkte die Arme vor seiner Brust. »Ja, jetzt erinnere ich mich wieder an einige Dinge.«

Seeberg war sich nun noch sicherer, dass dieser Mann viel mehr wusste, als er zugab. Die Frage war nur, wie er es aus ihm herauslocken konnte und warum er überhaupt so eisern dazu schwieg.

»Ich höre! Was wissen Sie darüber?«

Abel schien innerlich den Kopf zu schütteln. »Nicht viel. Nur das, was alle wissen.«

»Und das wäre?«

»Damals sind an der Grenze Ausbesserungsarbeiten unternommen worden, und einer der Grenzer wollte wohl die Gunst der Stunde nutzen und ist über die Schaufel eines Baggers über den Zaun gesprungen und wollte in den Westen flüchten. Dabei haben seine Kollegen das Feuer eröffnet und eine Kugel hat ihn tödlich getroffen. Mehr weiß ich nicht.«

»Wissen Sie was von einem anonymen Anrufer, der den Bundesgrenzschutz informiert hat?«

»Ein Anrufer? Nein, davon weiß ich nichts. Wer soll das gewesen sein?«

»Genau das würde ich gerne von Ihnen wissen.«

»Warum von mir? Denken Sie, dass ich das war?«

Seeberg antwortete nicht, sondern stand stattdessen auf und ging zum Fenster hinüber. Er musste den alten Mann aus seiner Reserve locken, ihn an einem verletzlichen Punkt treffen. Er sah hinaus.

»Warum haben Sie Ihre Frau hier begraben?«

»Das habe ich Ihnen doch schon erklärt. Hier oben herrschen eigene Gesetze. Mein ganzes Leben war sie an meiner Seite. Und ich sehe nicht ein, warum sich das ändern sollte, nur weil irgendein Gesetzesmacher es für eine gute Idee hält, sie Kilometer entfernt zu beerdigen. Was soll sie dort? Ich kann dort nicht hin. Sie hätte das nicht gewollt. Diese Leute kannten sie nicht. Ich schon.«

Seeberg stand noch immer am Fenster und schloss die Augen. Er versuchte, sich an die letzten Worte Wolfs zu erinnern. *Sie war lediglich das Mittel zum Zweck*, hatte er über Lauras Tod gesagt. Und dass Seeberg selbst daran schuld gewesen sei. Schließlich hätte er sich damals eingemischt, als er angefangen hatte, den alten Fall aufzuarbeiten. Dann war Laura plötzlich verschwunden und wenige Tage später tot aufgefunden worden.

Heute wusste er, dass Abel sie umgebracht hatte, um den Kommissar von der Spur des Grenzers fernzuhalten. Aber warum? Es musste etwas Großes und Wichtiges dahinterstecken, sonst würde man dafür nicht ein Kind umbringen.

»Ich verstehe Sie nicht, Herr Abel.« Der Kommissar drehte sich zu Abel um und ging auf ihn zu. »Sie sagen, Sie wüssten nichts von den Morden, die Ihr Sohn verübt hat. Und jetzt versuchen Sie, ihn noch über seinen Tod hinaus zu schützen. Warum? Gab es noch nicht genug Tote?« Der Kommissar wandte ihm wieder den Rücken zu. »Sie sind doch auch ein Vater wie ich. Ihr Sohn hat meine Tochter umgebracht. Sie hieß Laura und war gerade vierzehn Jahre alt.«

Abel wich den Blicken des Kommissars aus. Die Situation war ihm sichtlich unangenehm. »Das … das tut mir leid.«

»Es tut Ihnen leid. Ist das alles?«

»Was wollen Sie denn noch von mir?«

Seeberg wartete einen Augenblick. »Ich würde gerne das Zimmer von Ihrem Sohn sehen.«

»Muss das sein?«

»Ja, das muss sein.«

Mit einem Seufzer stand der alte Abel von seinem Stuhl auf. »Meinetwegen, aber da werden Sie nicht viel finden. Wolf war eher ein spartanischer Mensch.«

Sie gingen in den ersten Stock hinauf. Das Zimmer

war aufgeräumt. Sogar penibel sauber und auffallend sortiert. Es wirkte fast wie ein Hotelzimmer. Der Kommissar ging zum Schrank und durchwühlte die Kleidung. Hosen, Unterwäsche, Socken. Er fand nichts Außergewöhnliches. Er ahnte, was hier geschehen war. Seeberg ließ sich auf dem Schreibtischstuhl nieder und legte stöhnend das Gesicht in seine Hände.

»Sie haben hier aufgeräumt, nicht wahr?«

»Ein klein wenig. Ich habe es eben in Ordnung gebracht.«

»Mensch, Abel! Ihr Sohn ist in mehrere Straftaten verwickelt, und die Polizei wird sicher alles noch genau unter die Lupe nehmen wollen, wenn sich der Schneesturm erst mal gelegt hat. Sie wissen, dass es strafbar ist, Beweise zu vernichten. »

»Beweise? Ich habe das Zimmer meines Sohns aufgeräumt. Ich wüsste nicht, was daran verboten sein sollte.«

»Also gut. Das bringt im Moment wohl nicht viel. Falls Sie es sich anders überlegen: Ich bin noch ein paar Tage hier in der Gegend. Zumindest heute und morgen finden Sie mich im alten Jagdhaus von Katrin Dänner. Wissen Sie, wo das ist?«

Wieder schluckte der alte Mann. »Ja, ich weiß, wo das ist.«

Als der Kommissar die knarzende Treppe hinunterging, verharrte er kurz auf einer der Stufen und drehte sich erneut zu dem Alten um. »Hören Sie. Wir haben beide unsere Kinder verloren. Ich möchte nicht, dass noch weitere Menschen sterben, nur weil Sie schweigen. Das verstehen Sie doch, oder?«

Seeberg fragte sich, warum der alte Mann sich nicht äußern wollte und so eisern schwieg. Er war der Letzte aus der Familie. Alle anderen waren gestorben. Seine Frau war tot, und sein Sohn lag im Leichenschauhaus der Gerichtsmedizin. Wen versuchte er noch zu schützen? Und dass er das tat, war für ihn eindeutig.

»Ich melde mich, wenn mir etwas einfällt. Schönen Abend noch, Herr Kommissar!«

»Gut.« Seeberg ging durch den Flur in Richtung der Haustür. »Lassen wir es … für heute. Aber ich werde wiederkommen.«

Kapitel 12

Aus den Fenstern des Jagdhauses fiel das Licht direkt vor seine Füße in den Schnee. Zunächst konnte der Kommissar die Stimmen, die er in dem Haus hörte, nicht zuordnen. Ein Lachen. Eine der Stimmen ließ ihn aufhorchen. War das nicht die Stimme von …?

»Franziska!« Seeberg stand in der Tür und sah, dass die beiden Frauen sich bei einer Tasse Tee vergnügt unterhielten. Die kleine Paula spielte derweil zu ihren

Füßen auf dem Fußboden mit dem Hund. Franziska Hellmich stand auf und ging auf den Kommissar zu.

»Ich musste also erst bewusstlos werden, bevor Sie mir das *Du* anbieten?«

Erst jetzt fiel ihm auf, dass er sie geduzt hatte. Es war ganz automatisch passiert, und er überlegte, ob er lieber wieder zum *Sie* zurückkehren sollte. »Sorry, falls es dir … ich meine Ihnen unangenehm ist, dann …«

»War nur ein Scherz. Katrin hat mir alles erzählt. Du hast mich aus dem Autowrack gezogen und bis hierher getragen. Wenn du mich also nicht duzen darfst, wer dann?«

Der Kommissar stand wie angewurzelt in der Stube.

»Na ja, man tut, was man kann.«

»Vielen Dank, Klaus.«

»Ehrlich gesagt, gebührt der Dank nicht mir.« Seeberg wandte sich zu Katrin Dänner. »Ich wäre nämlich selbst nicht hier, wenn unsere Retterin nicht gewesen wäre.«

Diese winkte jedoch ab und stellte dem Kommissar stattdessen ebenfalls eine Tasse heißen Tee auf den Tisch. »Genug der ganzen Danksagungen. Jetzt erzählen Sie uns lieber mal, ob Sie etwas bei diesem Wingenfeld in Hohenbieber herausgefunden haben. Sie scheinen sich ja einiges erzählt zu haben. Ihr Besuch hat zumindest ziemlich lange gedauert.«

»Das liegt daran, dass ich noch einen kleinen Abstecher gemacht und oben auf dem Abelshof vorbeigeschaut habe.«

»Auf dem Abelshof? Du hast Wolf Abels Vater besucht.« Hellmich war neugierig, was er herausgefunden hatte. Katrin Dänner hatte sie auf den aktuellen Stand gebracht, und beide Frauen waren gleichermaßen interessiert, was es an Neuigkeiten gab. Seeberg streifte seine Jacke ab und setzte sich an den Tisch zu den Frauen. Er nahm einen Schluck und spürte, wie sich die heiße Flüssigkeit wohltuend in ihm ausbreitete.

»Ja, genau den habe ich besucht, weil ich mir erhofft hatte, etwas Neues herauszufinden.« Er stellte die Tasse zurück auf den Tisch und sah Franziska Hellmich an. »Aber leider nichts. Abel schweigt sich aus. Dennoch weiß er irgendwas. Da bin ich mir nach wie vor sicher.«

»Dann muss es wirklich etwas verdammt Wichtiges sein, was er verschweigt. Etwas, das es lohnt, über den Tod seines Sohnes hinaus geheim zu halten.«

Seeberg nickte. »So sehe ich das auch. Und ich bin mir ziemlich sicher, dass es was mit dem Tod des Grenzers und der Ehefrau Abels zu tun hat.«

»Ach, die ist tot?«, wunderte sich Katrin Dänner.

»Ja, wussten Sie das etwa nicht?«

Sie schüttelte den Kopf. »Ich habe die Abels seit Jahren nicht gesehen. Aber ich würde sie wahrscheinlich sowieso nicht erkennen. Selbst wenn sie direkt vor mir stünden. Daher wundert es mich auch nicht, dass seine Frau gestorben ist, ohne dass es bekannt wurde. Er wird dem Pfarrer wohl extra gesagt haben, dass niemand etwas davon erfahren soll. Das passt zu den Abels.«

Der Kommissar verschwieg die Tatsache, dass Abel seine Ehefrau im eigenen Garten vergraben hatte. Stattdessen entschied er sich dafür, das Thema zu wechseln, um nicht weitere Informationen mit den beiden Frauen teilen zu müssen.

»Aber nun sag mir doch erst mal, wie es dir geht? Wir bleiben doch beim *Du*, oder?«

»Natürlich. Na ja, mir geht es eigentlich ganz gut, wenn man bedenkt, dass ich wohl einen kompletten Tag weggetreten war. Ein wenig Kopfschmerzen und Schwindel, aber sonst wirklich ganz gut. Von dem Unfall selbst weiß ich kaum noch etwas, ist wie ausgelöscht. Null. Keine Erinnerungen.«

»Vielleicht auch besser so.«

»Ja, vielleicht.«

Seeberg wandte sich an Katrin Dänner.

»Ich hätte aber gleich eine Bitte an Sie. Könnten wir noch eine Nacht hierbleiben? Wir kommen selbstverständlich gerne für die Unkosten auf.«

»Ach, Quatsch. Schauen Sie raus. Wo können Sie schon hin? Ich denke sogar, Sie werden noch zwei, drei Tage hier oben verharren müssen. Jedenfalls sind Sie beide herzlich willkommen. Der Kindergarten fällt auch aus. Also warten wir alle zusammen, bis es wieder besser wird. Hat doch irgendwie beinahe auch was Romantisches.«

»Vielen Dank!« Franziska Hellmich legte der jungen Frau eine Hand auf den Arm. »Wir versuchen, dir auch so wenig Mühe wie möglich zu machen.«

»Ganz ehrlich? Ich bin froh, dass ich mit der Kleinen nicht allein in diesem Schneesturm rumhängen muss. Einen Kommissar und eine Psychologin im eigenen Haus. Ich habe mich selten besser aufgehoben gefühlt. Und gemeinsam mit Ihnen beiden den Fall des toten Grenzers zu bearbeiten, ist doch auch mal was anderes. Ich find's jedenfalls spannend.«

Sie lachten, und für einen winzigen Moment vergaß Seeberg, dass die Situation alles andere als lustig war.

*

Später am Abend saßen Hellmich und Seeberg vor dem Kamin, während Katrin Dänner und ihre Tochter bereits früh zu Bett gegangen waren. Der Kommissar nahm ein Holzscheit aus einem Korb neben dem Kamin und legte ihn ins Feuer. Sofort nahmen die Flammen knackend Besitz von dem Holz.

»Es tut mir leid, dass Sie wegen mir das alles hier erleben müssen.« Seeberg blickte in das Feuer, während er mit seiner Kollegin redete. »Sie haben Glück gehabt, dass nichts Schlimmeres passiert ist. Es hätte ganz anders ausgehen können.«

Die Psychologin spitzte ihren Mund. Sie war offensichtlich anderer Meinung.

»Erstens waren wir beim *Du* und zweitens ist das Blödsinn. Was kannst du denn dafür? Ich habe schließlich das Auto gefahren. Wenn, müsste ich mich bei dir entschuldigen. Also keine Vorwürfe mehr, okay?«

»Einverstanden.«

Er setzte sich zurück auf die gemütliche Couch, die mit gut einem halben Dutzend Kissen bestückt war, und legte sich dazu eine Decke über die Beine. Sie schwiegen einen Moment, dann wagte die Psychologin den ersten Schritt, um ihrer eigentlichen Aufgabe nachzukommen.

»Gut, Klaus. Dann machen wir mal weiter.«

»Was meinst du?«

»Na, das Gutachten. Schließlich bin ich doch deswegen mitgekommen. Ich muss dein Psychogramm erstellen, sonst ist deine Aufhebung der Suspendierung nicht rechtskräftig.«

»Ernsthaft? Nach all dem willst du jetzt wirklich dieses Gutachten erstellen?«

»Ja.«

Er schüttelte den Kopf. »Meinetwegen. Also, was willst du wissen?«

»Wie geht es dir?«

»Was ist das für eine Frage?«

»Eine gute! Also, wie geht es dir?«

»Mir geht's prima.« Die Antwort kam etwas zu schnell. Sowohl der Psychologin als auch dem Kommissar war klar, dass bei zu schnellen Antworten keine Reflexion erfolgte, sondern man aus einem Schutzmechanismus heraus antwortete, ohne nachzudenken. Also schob Seeberg noch eine Bestätigung hinterher. »Wirklich. Mir geht's prima.«

»Ja, das habe ich schon einmal von dir gehört, und dann hat man dir ein paar Tage später den Magen ausgepumpt, um deinen Suizid zu verhindern. Also bitte, keine Spielchen mehr.«

Er dachte an den besagten Tag seines Suizidversuchs zurück. Sie hatte recht. Mit dieser Aussage konnte er sie nicht überzeugen. Und eine neuerliche Lüge schien ihm unangebracht. Seeberg schüttelte den Kopf, halb um die Psychologin, halb um sich selbst abzulenken. Ihm fiel keine Bezeichnung ein, die seinen Gemütszustand treffend beschreiben würde. Er war müde von der Suche nach Antworten, die ihm keiner geben konnte, und enttäuscht von sich, dass er bei seinen Ermittlungen nicht weiterkam. Wenn er ehrlich war, wusste er selbst nicht, wie es ihm ging. Wenigstens hatte sein Körper ihn den restlichen Tag über nicht weiter im Stich gelassen.

»Was willst du von mir hören?«

Franziska Hellmich lehnte sich in ihrem Sessel zurück. »Zur Abwechslung mal die Wahrheit. Also, wie geht es dir?«

»Na gut, ich will ehrlich sein.« Er setzte sich auf, um seinen Worten mehr Gewicht zu verleihen. »Besser als vor ein paar Wochen. Und das meine ich ernst.«

»Schön. Was macht deine Medikamentenabhängigkeit?«

»Wie bitte?« Er glaubte, nicht richtig gehört zu haben. Woher wusste die Psychologin das? Er hatte mit niemandem über seine Probleme gesprochen. Schon gar nicht mit jemandem aus dem Präsidium. Doch die Psychologin sah ihn an, als wäre diese Information in der Stadt plakatiert gewesen.

»Dachtest du, dass du das verheimlichen kannst? Man hat dir im Krankenhaus Blut abgenommen und fand nicht nur Rückstände von den Medikamenten, die du für deinen Suizidversuch geschluckt hast, sondern noch eine ganze Reihe anderer Dinge. Neuroleptika, Tranquilizer, Barbiturate und einen bunten Mix an Schmerzmitteln.«

»Sag mal, habt ihr mich ausspioniert? Du und die anderen aus dem Präsidium?«

Wütend schlug Hellmich ihre Decke auf und funkelte ihn an. »Deine Kollegen machen sich eben Sorgen um dich. Mensch, wenn du nicht selber auf dich aufpassen kannst, müssen das eben andere machen.

Also, wie sieht's mit deiner Sucht aus? Entzugserscheinungen? Aussetzer?«

Zunächst wollte er sie anschreien, dass das niemanden etwas angehe und er mit seinem Körper anstellen könne, was er wolle, doch ihm war klar, dass diese Aussage nicht stimmte. Natürlich hatten seine Vorgesetzten das Recht und sogar die Pflicht, alles über seinen Gesundheitszustand zu erfragen. Seeberg sammelte sich, rieb sich die müden Augen und überlegte einige Sekunden, bevor er zustimmend nickte.

»Okay, du hast recht. Ich habe mich da wohl etwas betäuben wollen. Aber das habe ich im Griff. Ganz sicher.«

»Nein, hast du nicht, und das weißt du auch. Du zitterst manchmal unkontrolliert. Das sind typische Zeichen von Entzug.«

Er wählte seine Worte mit Bedacht. »Ich ... ich habe Aussetzer. Meist nur kurz, dann wird es mir schwindelig. Ja, manchmal zittere ich auch ein wenig. Geht aber meist nach ein paar Minuten wieder.«

»Wann hattest du den letzten Aussetzer?«

»Vor ein paar Tagen.«

Hellmich sah ihn regungslos an. Sie wusste, dass er log. Und er merkte, dass sie es wusste. Also revidierte er seine Aussage. »Heute Mittag. Als ich auf dem Weg zum Abelshof war.«

»Du weißt, dass sich das ein Beamter in deiner Position nicht erlauben darf. Du musst eine ordentliche Entziehungskur machen, dann kannst du erst wieder voll einsteigen.«

»Voll einsteigen«, wiederholte er sarkastisch. »Bornemann würde mich nie wieder zurückholen, wenn ich einmal wegen Entzug raus wäre. Ja gut, ich gebe es zu, dass das Leben seit dem Tod von Laura für mich einen anderen Stellenwert hat. Ich nehme weder mich noch irgendwelche Fälle besonders wichtig. Aber diesen einen Fall, den will ich … nein, den muss ich noch lösen. Dann kann Bornemann mich meinetwegen suspendieren.«

»Verstehe.« Sie lächelte bei dem Gedanken an Bornemann, den Vizepräsidenten der Fuldaer Polizei. Zusammen mit dem Oberstaatsanwalt Pinnow hatte dieser schon des Öfteren versucht, den Kommissar aus dem Dienst zu drängen. Das war allen bekannt. Die beiden konnten die unkonventionelle Arbeitsweise Seebergs nicht ausstehen und suchten ständig nach Gründen, um ihn endlich für immer loszuwerden. Bislang jedoch ohne Erfolg. Seeberg war einfach ein viel zu guter Polizist, dem sie immer wieder große Erfolge zu verdanken hatten. Erfolge, mit denen sie sich in der Öffentlichkeit selbst brüsteten.

Der Kommissar schwieg, und er hoffte, dass das Gespräch damit beendet sei, doch dann fragte Hellmich weiter nach.

»Du bist leer, Klaus. Genau so wie in deiner Wohnung sieht es auch in deiner Seele aus. Da ist nichts mehr da, woran du dich festhalten kannst. Du musst deine Seele genauso wieder aufladen, wie du deine Wohnung neu einrichten solltest.«

Seine Wohnung. Sie musste auf alle schockierend gewirkt haben, als sie ihn nach dem Suizidversuch aufgesucht und gefunden hatten. Die Wohnung war beinahe komplett leer gewesen. Keine Möbel oder andere Privatsachen. Er hatte sich von allem getrennt, was ihn an seine Tochter erinnert hatte. Und das war beinahe alles gewesen. Bestimmt hatte es Hellmich einen Schauer über den Rücken gejagt, als sie das traurige Bild vor sich gesehen hatte. Nur zu gerne hätte er ihr gesagt, dass sie mit ihrer Psychologenscheiße aufhören solle, doch tief in seinem Inneren wusste er, dass sie recht hatte. Mit allem.

»Hör mal, Franziska. Was mich betrifft, hast du absolut Recht. Aber versuch mich bitte auch zu verstehen. Ich war monatelang der Überzeugung, dass der Mörder meiner Tochter im Zuchthaus sitzt, bis sich herausstellte, dass es ein anderer war. Und jetzt zeigt sich, dass es da noch irgendetwas anderes geben muss. Einen Grund, eine Person … irgendwas, das mir erklären wird, warum meine Tochter sterben musste. Das ist genauso wichtig zu erfahren wie den Namen des Typen, der sie ermordet hat. Und ich weiß, dass es mit diesem toten Grenzer zu tun hat. Und daher habe ich relativ wenig Zeit und Lust, meine Seele neu einzurichten. Ich muss diesen verdammten Fall lösen, um endlich Gewissheit und Ruhe zu finden. Verstehst du das?«

»Natürlich verstehe ich das. Genau das will ich auch. Aber du bist in deiner Arbeit nur halb so gut, wenn du keine andere Emotion als Schmerz und Hass in dir trägst. Du bist ein überdurchschnittlicher Ermittler, das weißt du. Aber du beraubst dich deiner größten Stärke.«

»Ach, und die wäre?«

»Deine Empathie. Du hast diese unglaubliche Gabe, dich in die Täter hineinzuversetzen. Das war schon immer deine Stärke. Das haben mir alle Kollegen bestätigt. Selbst die, die dich nicht leiden können. Aber du kannst das momentan nicht abrufen, weil alles in dir nach Vergeltung schreit.«

Er nickte zögerlich. »Kann sein.« In der Tat hatten ihn die anderen Kollegen immer darum beneidet.

»Ich weiß, dass das wehtut. Aber du musst weitermachen, sonst kann dir weder ich noch jemand anderes helfen. Und am allerwenigsten hilfst du Laura damit.«

Ein Gefühl der Hilflosigkeit überwältigte ihn. Wahrscheinlich war es der Tatsache geschuldet, dass er Franziska Hellmich wirklich gerne mochte und sie daher näher an sich heranließ als irgendjemand anderen in den letzten Monaten. Die Fassade, die er seit dem Tod seiner Tochter mit aller Kraft versucht hatte aufzubauen, drohte nun erstmalig zu bröckeln. Seine Kehle trocknete schlagartig aus und er schluckte schwer.

»Ich geh noch mal nach draußen, Holz holen.« Seeberg nahm den noch halb gefüllten Korb und ging hinaus, ohne der Psychologin einen einzigen weiteren Blick zu schenken. Die kalte, klare Luft tat gut. Von einem mannshohen Stapel nahm er einige Scheite und legte sie in den Korb. Beim dritten stoppte er und Tränen brachen aus ihm heraus. Es war das erste Mal seit Wochen, dass er wieder dazu fähig war.

Kapitel 13

Er fand nicht in den Schlaf. Von der einen Seite drehte er sich auf die andere und wieder zurück. Die Unruhe zerrte an ihm wie der Sturm, der vor der Jagdhütte in den alten Bäumen wütete. Eigentlich hatte er sich auch noch gar nicht müde gefühlt. Doch die früh einsetzende Dunkelheit und die Tatsache, dass alle anderen zu Bett gegangen waren, hatten ihm suggeriert, ebenfalls schlafen zu müssen. Außerdem war er dafür dankbar gewesen, das Gespräch mit Franziska nicht weiterführen zu müssen. Ein Blick auf seine Uhr signalisierte ihm, dass es gerade einmal zehn Uhr abends war. Er stand wieder auf und nahm in dem Sessel vor dem

Kamin Platz, in dem die Restglut funkelte. Den Schuhkarton Wingenfelds auf dem Schoß, nahm er vorsichtig den Deckel ab und begann damit, in den Abschriften und Kopien von Berichten und Anordnungen zu blättern, ohne zu wissen, wonach genau er eigentlich suchte. Er beschloss, sich zunächst dem Bericht zu widmen, den Wingenfeld und sein Kollege vom Bundesgrenzschutz angefertigt hatten. Sie waren schließlich die Ersten vor Ort gewesen. Die Beschreibung des Tathergangs fügte sich aus Aussagen, Vermutungen und Beweisen zusammen und zeichnete einen möglichen Verlauf, wie sich alles abgespielt haben könnte. Demnach hatte der Grenzer die Erneuerungsarbeiten spontan zu seiner Flucht nutzen wollen und war mithilfe einer aufgestellten Baggerschaufel über den Grenzzaun gesprungen und bereits auf westliches Gebiet gelangt, als ihn die Schüsse der eigenen Kollegen trafen.

Der Kommissar schüttelte ungläubig den Kopf bei der Vorstellung, den eigenen Kollegen zu erschießen. Dem Ganzen war auch eine Kopie des ostdeutschen Grenzgesetzes, Paragraph 27, beigefügt. Dieses Gesetz war erst kurz vor der Tat, am 1. Mai 1982, in Kraft getreten. Es war neu, und jeder Grenzer wurde darüber aufgeklärt und entsprechend instruiert. Vielleicht hatten die Grenzsoldaten daher von der Schusswaffe Gebrauch gemacht? Er beschloss, den Absatz genauer durchzulesen.

Die Grenzsoldaten haben die Aufgabe, die Staatsgrenze der DDR zu sichern, Grenzverletzungen nicht zuzulassen sowie die Ausdehnung von Provokationen auf das Hoheitsgebiet der DDR zu verhindern.

In weiteren Erläuterungen war die Schusswaffe demnach die äußerste Maßnahme der Gewaltanwendung gegen Personen, ihr Gebrauch nur gerechtfertigt, wenn andere Maßnahmen wie zum Beispiel körperliche Gewalt gegen mitgeführte Sachen oder Tiere nicht den gewünschten Erfolg brachten. *Vor der Schusswaffenanwendung ist der Warnruf ›Halt, Grenzposten, stehen bleiben!‹ abzugeben. Wird der Warnruf nicht befolgt, ist ein Warnschuss in die Luft abzugeben. Wird auch der Warnschuss nicht befolgt, so ist der Warnruf »Halt! Grenzposten, stehen bleiben oder ich schieße!« abzugeben. Wird auch dieser Zuruf nicht befolgt, so sollte der Grenzverletzer durch einen gezielten Schuss in seine Beine gestoppt werden. Gegen Personen, die dem äußeren Eindruck nach im Kindesalter, Jugendliche oder Frauen sind, ist nach § 27 Absatz 4 b des Grenzgesetzes die Schusswaffe nicht anzuwenden.*

Der Kommissar verstand, dass mit der Aufnahme dieser Regelung zum ersten Mal eine ganz offizielle Erlaubnis erteilt wurde, auf einen Flüchtenden zu schießen. Seines Wissens wurden zuvor immer nur mündliche Weisungen an Grenzsoldaten erteilt und hatten keine gesetzliche Grundlage. Hier wurde zum ersten

Mal ein Befehl erteilt, der bei Missachtung zu Konsequenzen führen konnte. Ihn schauderte bei dem Gedanken an die Ausführung eines solchen Befehls. Dennoch stand auch darin, dass man zunächst einen Warnschuss abgeben musste. Hatte man sich bei dem Grenzer darüber hinweggesetzt und bereits den ersten Schuss gezielt abgegeben? Er suchte nach Informationen dazu in den Unterlagen und stieß stattdessen auf einen Stoß unterzeichneter Aussagen auf DIN-A4-Papier, die von den Bürgern Kaltengrunds unterzeichnet und lediglich mit einer Kordel verschnürt worden waren. Er öffnete die Kordel und blätterte die Zeugenaussagen einzeln durch. Jeder Einwohner wurde demnach zu dem Vorfall befragt, doch keiner hatte wirklich etwas zur Klärung beizusteuern. Bei einem Aktennamen stoppte er dennoch und las den kurzen Text der Aussagen genauer durch.

Fam. ABEL

Der vorgefertigte Standarttext beinhaltete lediglich die Aussage, keine Angaben zu dem besagten Vorfall machen zu können. Herr und Frau Abel hatten beide unterzeichnet. Von ihrem Sohn, Wolfram Abel, fand er keine Unterschrift. Gegengezeichnet wurde das Ganze vom BGS-Beamten Wingenfeld und dem Polizeioberst Leubecher. Es war nicht das Geringste zu entdecken gewesen, was Seeberg hätte weiterhelfen können. Er hatte sich mehr erhofft und beschloss, auch noch die Abschlussberichte des BGS und der Polizei zu lesen. Doch auch diese Berichte waren vage und ließen zwar den Verdacht zu, dass die Ermittlungen nicht allzu intensiv betrieben worden waren, doch ansonsten befanden sich keine Ungereimtheiten darin. Die Sachlage war relativ eindeutig, und da das Ministerium für Staatssicherheit der Deutschen Demokratischen Republik auf zügiger Auslieferung des Leichnams bestand, war die Angelegenheit für alle Seiten schnell erledigt. Man war wohl froh darüber gewesen, dass es nicht zu größeren Verstimmungen politischen Ausmaßes gekommen war. Beiden Seiten war ganz offensichtlich daran gelegen gewesen, den Vorfall schnellstmöglich und mit geringem öffentlichem Aufsehen abzuarbeiten. Seeberg blätterte weiter in den Zeugenaussagen und stieß auf die angesprochene Zeugenaussage des Anrufers, der die Erstmeldung gegeben hatte. Und nicht nur das: Bei der Leitstelle waren sogar zwei Anrufe eingegangen. Von diesem zweiten Anruf war bislang noch nie die Rede gewesen. Es handelte sich einmal um den Jungen, von dem Wingenfeld berichtet hatte und dessen Name sogar angeführt war. Er hieß Peter Sippel, wohnhaft in Kaltengrund, und er berichtete, dass er gesehen habe, wie eine Person sich über eine aufgestellte Baggerschaufel über den Grenzzaun bewegt und sich in Richtung Westen abgesetzt hatte. Der Flüchtling wurde laut des Zeugen von Ost-Grenzern per Warnschuss angerufen, stehen zu bleiben. Doch die männliche Person war weitergelaufen, bis sie schließlich vom nächsten Schuss tödlich getroffen zusammensackte.

Komisch, hier fand sich kein Wort von zwei Treffern. Der Junge sprach lediglich von einem Warnschuss und einem Treffer. Am Folgetag meldete sich noch eine Frau Brauner zum gleichen Vorgang. Sie hatte unweit des Fundorts ein Wochenende mit ihrer Familie in einem Wohnwagen verbracht. Sie gab zu Protokoll, dass sie am frühen Sonntagmorgen einen Schusswechsel nahe der Grenze vernommen hatte. Auf die Frage, warum sie erst so spät ihre Aussage gemacht habe, erklärte sie, dass sie kein eigenes Telefon besitze und erst am nächsten Morgen von einem fremden Telefonapparat aus anrufen könne. Tja, es gab eben auch mal eine Zeit ohne Handys, dachte Seeberg und las weiter. In dem Bericht wurde erklärt, dass die Zeugin Brauner dann am Montagmorgen in Tann direkt aus einer Bäckerei die Polizei angerufen habe.

Der Kommissar beschloss, dass er wohl mit beiden Zeugen sprechen müsse, um sich ein eigenes Bild davon machen zu können. Die Adresse der beiden Zeugen war in den Unterlagen vermerkt. Er sah auf, schaute in die Glut des Kamins und entschied, dass der Grund wichtig genug sei, um auch zu dieser späten Stunde einen Anruf zu wagen. Er griff nach seinem Mobiltelefon, als ihm einfiel, dass er ja keinen Empfang hatte.

Ein kurzer Fluch folgte und die bittere Erkenntnis, dass er hinauf zum Habichtshügel musste, von wo aus er hoffentlich Netz haben würde. Er hatte keine Zeit zu verlieren.

Seeberg schlüpfte widerwillig in seine Schuhe und nahm sich seinen Mantel vom Kleiderhaken. Er steckte einen Malstift der kleinen Paula ein, der am Boden lag, und stapfte los. Draußen war alles immer noch mit einer dicken Puderschicht überdeckt, und nur selten stahl sich der Mond hinter einigen Wolken hervor, um die Landschaft zu beleuchten. Dennoch fand er den Weg, den er am Tag schon gegangen war, wieder und konnte nach einer Weile vereinzelte Lichter in Kaltengrund erkennen, an denen er sich orientierte. Es war anstrengend, doch seine Schritte waren schneller als am Tage. Der Schnee war härter und er sank nicht ganz so tief ein. Vielleicht ging er dennoch etwas zu schnell für seinen geschundenen Körper, denn sein Herz begann erneut zu rasen, und es wurde ihm schwindelig.

»Langsam, Klaus«, rief er sich zur Geduld und musste an die mahnenden Worte Hellmichs denken. Das Entgiften würde noch Monate dauern. Er blieb stehen. Hatte er wirklich gerade diesen Gedanken gehabt? Es würde noch Monate dauern, bis er wieder fit wäre? Wollte er das denn? Bislang war er immer der Überzeugung gewesen, dass alles keinen Sinn mehr für ihn ergab und er sich das Leben nehmen wollte. Aber erst, wenn er den wahren Grund für den Mord an Laura herausgefunden hatte. Dass er nun erstmals an eine Zeit nach dem Fall dachte, überraschte ihn, und er schämte sich dafür. Es kam ihm falsch vor. Dutzende Male hatte er vor dem Grab seiner Tochter gestanden und ihr versprochen, dass er zu ihr kommen würde, sobald er diese Aufgabe erledigt hätte. Er wollte sie nicht belügen. Wütend über sich selbst, setzte er die nächsten Schritte in den Schnee, und sein Herz begann aufs Neue zu rasen.

*

Als er auf dem Habichtshügel angekommen war, nahm er sein Mobiltelefon aus der Manteltasche und schaltete es ein. Und tatsächlich. Das Signal für Netzabdeckung war zwar nur schwach, jedoch würde es ausreichen. Sofort wurden ihm alle verpassten Anrufe und Nachrichten angezeigt. Es waren drei Anrufe seines Kollegen Kohler und ebenso viele Kurznachrichten von ihm. Der Inhalt war stets identisch: dass er sich unbedingt melden solle und dass der Staatsanwalt Pinnow allen die Hölle heißmache, weil Seeberg schnellstmöglich wieder zurück nach Fulda kommen solle. Er löschte alle Nachrichten, suchte stattdessen die Nummer eines anderen Kollegen in seinem Adressbuch und wählte.

»Polizeidirektion Fulda, Ammer am Apparat.«

Es war der junge und oftmals übermotivierte Kollege Seebergs, der jedoch ein verlässlicher Beamter war. Seeberg wollte nur ungern seinen alten Fahrensmann Kohler tiefer in die Sache hineinziehen. Zumal dieser offiziell sein Vorgesetzter war.

»Hier ist Seeberg, Sie müssen mir einen Gefallen tun.«

Am anderen Ende der Leitung vernahm er eine deutliche Erleichterung. »Herr Kommissar? Na, endlich. Wir hatten uns schon Sorgen gemacht, dass Ihnen in dem Schneesturm etwas passiert ist.«

Seeberg entschied sich dazu, den Unfall nicht zu erwähnen. »Alles gut. Mir geht es gut … und Hellmich auch.«

»Wir hatten es schon ein paar Mal versucht, aber konnten Sie nicht erreichen. Wissen Sie, was hier los ist?«

»Ich kann es mir vorstellen. Hier oben hat man kaum Netz für Telefonate übers Handy, und ich konnte mich nicht früher melden.«

»Soll ich Sie gleich an Kohler oder den Polizei-Vize durchstellen?«

»Nein, nur das nicht. Deswegen rufe ich ja Sie an. Sie müssen mir helfen, ohne dass jemand von unserem Telefonat etwas mitbekommt. Kriegen wir das hin?«

Seeberg glaubte, ein kurzes Schlucken am anderen Ende zu vernehmen.

»Okay. Aber sind Sie denn überhaupt bis nach Kaltengrund durchgekommen? Die Meldungen haben ja nichts Gutes verheißen. Alle Straßen wurden gesperrt.«

»Ja, wir sind in Kaltengund.« Schnell lenkte er das Gespräch auf den eigentlichen Grund des Anrufs. »Hören Sie, ich bräuchte dringend zwei Informationen. Schauen Sie mal im Computer unter den Namen Gisela Brauner und Peter Sippel nach. Sippel müsste in Kaltengrund wohnhaft sein und die Dame in Petersberg bei Fulda. Zumindest waren die beiden dort vor dreißig Jahren ansässig.«

Am anderen Ende klackerte eine Tastatur, und nach ein paar Sekunden meldete sich Ammer bereits wieder. »Über diesen Sippel habe ich nichts im Register. Vielleicht ist er weggezogen. Aber Gisela Brauner ist gelistet. Achtundfünfzig Jahre, wohnt schon seit ewigen Zeiten an dieser Adresse. Es liegt aber nichts gegen sie vor.«

»Nein, darum geht es nicht. Ich bräuchte ihre aktuelle Telefonnummer.«

Ammer gab sie dem Kommissar durch, der sie mit Paulas Buntstift auf seinem Unterarm notierte.

»Danke, Ammer. Ich melde mich wieder.«

»Moment.«

»Ja?«

»War's das jetzt schon?«

»Ja, was wollen Sie denn noch?«

»Na, wie kommen Sie denn voran?«

»Es geht so.«

»Was ist mit dem alten Abel? Steckt der in der Sache mit drin?«

»Bin ich mir noch nicht sicher. Hören Sie, richten Sie Kohler aus, dass er mir noch ein klein wenig den Rücken freihalten soll. Er weiß dann schon, was ich meine.«

»Das weiß ich auch. Und wir probieren schon unser Möglichstes. Aber Vizepräsident Bornemann und Oberstaatsanwalt Pinnow drehen hier echt durch. Uns gehen langsam die Ausreden aus.«

»Dann erzählen Sie denen irgendwas. Ich will hier oben jedenfalls keine Polizei sehen, solange ich den Fall nicht geklärt habe.«

»Laut Medien dürften die Straßen eh erst wieder in 48 Stunden passierbar sein. Und das auch nur, falls es nicht wieder so stark anfängt zu schneien. Aber danach sieht es nicht aus. Sie haben also noch zwei Tage.«

»Okay. Wie gesagt, ich melde mich wieder.« Er beendete das Telefonat und sah auf seine Uhr. Noch immer früh genug, entschied er und tippte die Nummer von Frau Brauner in sein Handy. Nach kurzem Klingeln meldete sich eine Frauenstimme. »Ja, bitte?«

»Frau Gisela Brauner?«

»Ja?«

»Entschuldigen Sie die späte Störung, mein Name ist Klaus Seeberg von der Kriminalpolizei Fulda.«

»Himmel, ist irgendwas mit meinem Mann oder den Kindern passiert?«

»Nein, nein, beruhigen Sie sich. Es geht um etwas anderes.« Die Frau schien sich wieder zu fangen, und der Kommissar kam ohne Umschweife direkt zum Grund seines Anrufs. »Ich hätte Sie nicht belästigt, wenn es nicht so dringend wäre. Wenn Sie mir also vielleicht bei einer wichtigen Angelegenheit behilflich sein könnten?«

»Ich? Wie kann ich Ihnen denn helfen? Und um was geht es denn eigentlich?«

»Ich benötige eine Auskunft von Ihnen. Erinnern Sie sich noch an den Vorfall im Jahr 1982? Sie waren damals mit ihren Kindern zu einem Wochenendausflug in die hessische Rhön gefahren. In die Nähe von Tann an die ehemalige Zonengrenze.«

»Ach das. Ja, natürlich. Daran erinnere ich mich noch ganz gut. Das war doch diese Sache mit dem erschossenen Grenzer, nicht wahr?«

»Genau. Sie haben damals die Aussage gemacht, die beiden Schüsse gehört zu haben.«

»Nein.«

»Haben Sie nicht?«, wunderte sich Seeberg.

»Nein, es waren nicht zwei, sondern drei Schüsse. Das habe ich damals schon gesagt und bin mir auch heute noch sicher.«

»Drei? Im Protokoll steht davon aber nichts. Hier steht lediglich, dass Sie angerufen und einen Schusswechsel in der Nähe der Grenze gehört hätten.«

»Das wundert mich nicht. Man hat mir ja damals auch nicht richtig zugehört. Stattdessen erzählte man mir, dass man das Ganze schon geklärt und außerdem in der Gegend eine Jagd stattgefunden hätte. Wahrscheinlich wären die Schüsse sogar davon gewesen. Also habe ich mir nichts weiter dabei gedacht. Erst später habe ich dann erfahren, dass dort oben doch etwas vorgefallen war und sogar ein Grenzer zu Tode gekommen ist.«

»Und Sie sind sicher, dass es drei Schüsse waren?«

»Ganz sicher. Es waren insgesamt drei Schüsse. Nicht mehr und nicht weniger.«

»Drei?«

»Ja doch!«

»Und Sie sind sicher, dass es sich nicht nur um einen Halleffekt handelte?«

»Verdammt, ich werde ja wohl noch bis drei zählen können.«

»Entschuldigen Sie. Natürlich. Wissen Sie noch, in welchem Abstand die Schüsse fielen?«

Sie überlegte, dann musste sie jedoch verneinen. »Das

weiß ich nun allerdings nicht mehr so genau. Aber ich würde mal behaupten, dass die ersten beiden zirka zehn Minuten auseinanderlagen. Zwischen dem zweiten und dritten Schuss verging sogar noch mehr Zeit. Bestimmt eine Viertelstunde.«

Diese Tatsache erstaunte den Kommissar noch mehr. Zwischen einem Warnschuss und einem gezielten Schuss würden niemals mehrere Minuten liegen können. Bis dahin wäre der Flüchtling über alle Berge gewesen. Und der Flüchtling hätte es sicher weiter als bis an die Waldgrenze geschafft. »Auch da sind Sie sich ganz sicher?«

»Absolut. Ich hatte ja zwischendurch noch meine Kinder wieder ins Bett bringen müssen. So etwas dauert immer ein paar Minuten.«

»Interessant.«

»Warum wollen Sie das alles nach so langer Zeit wissen?«

Ohne auf die Nachfrage Frau Brauners einzugehen, fragte er weiter: »Sagen Sie, warum wurde das nicht in Ihre Aussage aufgenommen? Jedenfalls finde ich nichts davon in der Niederschrift.«

»Weiß ich nicht. War ja auch alles nur am Telefon. Man klärte mich lapidar darüber auf, dass für mich jetzt alles erledigt sei und die Schüsse, die ich gehört hätte, wahrscheinlich von der Jagd stammen würden. Na ja, und da habe ich es auch nicht weiter für wichtig befunden. Man nahm meine Personalien auf, und damit hatte sich das Ganze. Ach ja, man sagte mir, dass sich in den nächsten Tagen ein Beamter bei mir melden würde, um meine Aussage noch schriftlich aufzunehmen. Aber dieser Beamte ist nie aufgetaucht.«

»Verstehe. Vielen Dank, Frau Brauner, Sie haben mir damit wirklich sehr geholfen. Auf Wiederhören.«

Seeberg steckte sein Handy zurück in die Manteltasche und blickte ungläubig von der Erhöhung hinunter nach Kaltengrund.

Drei Schüsse. In langen Abständen.

Auf dem Weg zurück in die Hütte grübelte der Kommissar über die Möglichkeiten, wie sich der Schussverlauf abgespielt haben könnte. Er kam zu keinem schlüssigen Ergebnis. Zurück in der Hütte nahm er sich die Unterlagen. Wenn der erste Schuss ein Warnschuss gewesen war, den die Grenzer laut Vorgabe immer zuerst abgeben mussten, und der Flüchtige nicht stehen geblieben war, warum sollten sie dann geschlagene zehn Minuten mit der Abgabe des gezielten zweiten Schusses gewartet haben? Und wie konnte diese eine Kugel gleich zwei Verletzungen verursacht haben? Und warum sollte man dann noch einmal eine Viertelstunde später einen möglichen dritten Schuss abgeben? Zumal der Augenzeuge Sippel überhaupt nichts von drei Schüssen erwähnt hatte, sondern nur von einem Warnschuss und kurz darauf von einem weiteren gezielten Schuss sprach.

»Moment mal«, dachte Seeberg laut und blätterte in den Unterlagen, bis er auf den Bericht von Wingenfeld stieß. Vielleicht erlaubte dies Rückschlüsse auf die Richtigkeit der Angaben von Frau Brauner. Mit zittriger Hand überflog er den ausführlichen Text. Wingenfeld hatte sogar noch eine Zeichnung mit medizinischen Fachbegriffen angefertigt, welche die Einschüsse zeigte. Demnach wies der Körper des Opfers tatsächlich zwei Einschüsse auf. Einen Steckschuss zwischen *scapula* und dem *musculus trapezius* und einen Einschuss, der knapp über dem rechten Augenbogen eintrat und etwa einen Zentimeter über dem Atlas-Wirbelbogen wieder austrat. Der Kommissar hatte oft genug solche Berichte lesen müssen, um zu wissen, welche Muskeln, Knochen und Wirbel gemeint waren. Ein Schuss traf den Grenzer demnach in Höhe des Schulterblatts und blieb dort im Muskelgewebe stecken. Ein zweiter Treffer hatte eine ungleich brachialere Wirkung und hatte den Schädel durchschlagen und war durch die große Wucht am Nacken wieder ausgetreten. Einen solchen Treffer überlebte man nicht, und der Tod musste unmittelbar eingetreten sein. Ein herbeigerufener Arzt des Bundesgrenzschutzes hatte das Projektil aus dem Rücken einer Kalaschnikow Modell 47 zugeordnet. Das war die übliche Waffe, welche von den Grenztruppen der DDR benutzt wurde. Das Geschoss des Kalibers 7,62 x 39 mm hatte zwar eine stark blutende Wunde verursacht, war aber nicht tödlich gewesen. Das Projektil, das in Einzel- oder Dauerfeuer abgegeben werden konnte, hatte noch in dem Schusskanal in Höhe des Schulterblatts gesteckt. Das Projektil des zweiten Schusses war auf der Nackenseite wieder ausgetreten und konnte sonstwo in der Gegend gelandet sein. Man hatte es jedenfalls nicht finden können. Es waren also definitiv zwei Treffer, sagte der Kommissar zu sich selbst und strich sich dabei über seinen stacheligen Zehn-Tage-Bart.

Der Schussverlauf des tödlichen Projektils, das über die Stirn eingetreten war, erinnerte ihn eher an eine Hinrichtung als an einen gezielten Fernschuss über eine beachtliche Distanz. Und warum hatte der Schuss den Flüchtenden überhaupt von vorne treffen können? Hatte sich das spätere Opfer zu den Todesschützen umgedreht? Wer würde das auf einer Flucht, wenige Meter vor dem rettenden Ziel, machen? Der tödliche Schuss trat knapp über dem rechten Auge ein und in Höhe des ersten Halswirbels wieder aus. Der andere Schuss traf den Flüchtigen im Rücken. Entweder war also der Warnschuss auf den Flüchtigen ebenfalls ein gezielter Schuss, der ihn im Schulterblatt traf, oder die Aussage Sippels stimmte nicht mit den festgestellten Schusskanälen überein. Außerdem fehlte dann immer noch der dritte Schuss, auf dem Frau Brauner beharrte. In aller Ruhe las er sich erneut Wingenfelds Aufzeichnungen durch.

Eine Kugel traf das Opfer im Rücken (Projektil wurde sichergestellt und einer NVA-Maschinenpistole AK-47 zugewiesen) und bildete hier einen sogenannten Steckschuss, der zu einem starken Blutverlust, jedoch nicht zum sofortigen Tod führte. Ein zweiter Einschuss trat frontal in den Schädel ein/Eintrittswunde zirca zwei Zentimeter über Auge rechts – Austritt 1. Halswirbel (Atlas). Projektil absent.

»Okay«, erklärte sich der Kommissar die Erkenntnis noch einmal selbst. »Also von vorn. Das ist schlichtweg unmöglich. Es kann sich keinesfalls so abgespielt haben, wie Sippel berichtet hatte. Demnach lügst du also, mein Freund. Und ich werde herausfinden, warum.« Der Kommissar blätterte auf die Seite von Sippels Aussage und tippte zufrieden auf das untere Ende des Blattes. Dort stand immerhin eine alte Adresse. Mit ein wenig Glück würde der Zeuge dort immer noch wohnen. »Ach, was soll's«, sagte er und griff erneut nach seinem Mantel. »Schlafen kann ich eh nicht.«

Kapitel 14

Peter Sippel war ein menschliches Wrack. Sein ergrautes Haar war filzig, seine langen Fingernägel vom Kettenrauchen gelb verfärbt. Und obwohl er noch keine fünfzig Jahre alt war, wirkte er ausgezehrt und greisenhaft. Er bewohnte einen kleinen ehemaligen Büroraum in der Holzfabrik. Das hatte den Vorteil, dass er hier kaum Miete zahlen musste und dass er sich ab und an etwas Geld als Aushilfsarbeiter dazuverdienen konnte, wenn er gerade nicht zu betrunken dafür war. Meistens saß er allerdings, genau wie an diesem Abend, stumm in seiner Wohnung und versuchte sich mithilfe von Hochprozentigem zu betäuben. Er goss sich gerade den letzten Rest einer Flasche Korn in ein Glas, als es an der Tür klopfte. Überrascht hielt er inne und sah auf die Uhr. Es war bereits spät am Abend und Besuch bekam er sowieso nie. Er musste husten, was aufgrund seiner Raucherlunge ein erbärmliches Geräusch erzeugte, und ging zur Haustür, um nachzuschauen, wer ihn dort störte.

*

Als der Kommissar an der angegebenen Adresse angekommen war, schaute er zur Kontrolle noch einmal in die Unterlagen. Unter dieser Adresse befand sich kein Wohnhaus, sondern das Sägewerk von Katrin Dänners Vater. Er sah sich um und konnte tatsächlich in einem Fenster unter dem Dach Licht erkenne. Eine steile Außentreppe führte dort hinauf. Seeberg stieg die eingeschneiten Stufen empor und erkannte ein vergilbtes Türschild, auf dem ein ausgebleichter Name stand: *P. Sippel.*

Seeberg klopfte. Ihm wurde geöffnet und ein heruntergekommener Mann sah ihn fragend an. Sofort schlug dem Kommissar eine Mischung aus Zigarettenrauch, Alkohol und beißendem Körpergeruch entgegen. Trotz der eisigen Temperatur trug der Mann vor ihm lediglich einen zotteligen Pulli und eine schmutzige Unterhose.

»Ja?«

»Sind Sie Peter Sippel?«

Der Kerl deutete auf das Türschild. »Denken Sie, dass ich mir zum Spaß den Namen an die Tür schreibe? Was wollen Sie von mir?«

»Mein Name ist Klaus Seeberg. Ich bin von der Kriminalpolizei Fulda.«

»Habe ich irgendeine Rechnung nicht bezahlt? Wenn Sie deswegen hier sind, können Sie sich gerne hier umschauen, aber Verwertbares werden Sie nicht finden.«

»Ich bin nicht wegen Ihrer Finanzen oder Schulden hier, Herr Sippel. Ich würde mich gerne mit Ihnen über etwas anderes unterhalten. Könnte ich wohl hereinkommen?«

Sippel atmete genervt aus und nahm einen tiefen Zug von seiner Zigarette. »Wenn es sein muss.«

Erst jetzt, nachdem ihm der Kommissar in die Wohnung gefolgt war, schlüpfte er in eine langbeinige Sporthose, die er unter einem Stoß Kleidung fand. Fahrig klemmte er die halbaufgerauchte Zigarette in seinen Mundwinkel, während er sich anzog und Seeberg argwöhnisch musterte.

»Sie müssen die Unordnung entschuldigen. Ich bekomme selten Besuch.«

Der Kommissar glaubte ihm aufs Wort und suchte nach einem freien Fleck, auf den er sich setzen konnte. »Darf ich?«

Ohne auf eine Antwort zu warten, schob er einige Flaschen zur Seite, legte seine Unterlagen auf dem Tisch ab und setzte sich auf die Couch. Das Wohnzimmer glich einer Müllhalde, und über dem Couchtisch hing ein klebriger Fliegenfänger von der Decke herab. Mindestens ein Dutzend Stubenfliegen waren an dem gut 50 Zentimeter langen und fünf Zentimeter dicken Pappklebestreifen verendet und wirkten wie eine öffentliche Leichenschau.

»Also, was wollen Sie?«

»Erinnern Sie sich noch an die Todesschüsse im Jahre 1982? Als der Grenzer oben am Fuchskopf getötet wurde?«

Der ungepflegte Mann hielt für einen kurzen Moment inne, als hätte er im Kommissar plötzlich jemanden erkannt, den er lieber nicht sehen wollte. Dann drückte er seine Kippe in einem Aschenbecher aus, der bereits von Stummeln unzähliger Zigaretten überquoll. Umgehend zündete sich Sippel eine neue Zigarette an und blies dazu eine Rauchsäule mit der geübten Selbstverständlichkeit eines Kettenrauchers aus dem Mund.

»Natürlich. Was ist damit?«

»Nun ja. Sie hatten damals eine Aussage dazu gemacht. Es gibt da allerdings ein paar Ungereimtheiten, die mich stutzig machen. Vielleicht können Sie mir helfen, die Dinge besser zu verstehen.«

Sippel zuckte mit den Schultern. »Ist lange her.«

»Ich würde Sie dennoch bitten, sich zu bemühen, sich daran zu erinnern.«

»Wenn es sein muss. Was wollen Sie denn wissen?«

Durch all seine Vernehmungen wusste Seeberg, dass es von Vorteil war, seinem Gegenüber zunächst einfache Fragen zu stellen, auf die er ohne Probleme antworten würde. Erst dann würde er die entscheidenden Fragen einstreuen und darauf hoffen, dass es dem Befragten daraufhin sichtlich schwerer fiel, ihn anzulügen oder ganz zu schweigen. »Warum waren Sie an diesem Morgen eigentlich allein dort oben unterwegs? Sie haben wohl nicht an der Jagd teilgenommen?«

»Doch, aber wir hatten am Abend zuvor gefeiert. Einer aus unserer Clique war Vater geworden. Da haben wir ordentlich gebechert. Und als es früh zur Jagd ging, habe ich halt verschlafen. Die anderen waren schon weg.«

»Sie sind den anderen dann also hinterhergegangen?«

»Bei der Sommerbockjagd geht man immer in Gruppen. Ich wollte quer durch den Wald gehen und etwas abkürzen, um schneller zu ihnen zu kommen … und da habe ich das Ganze dann gesehen.«

»Verstehe. Sie haben damals weiter ausgesagt, dass Sie beobachtet hätten, wie der Grenzer über die Schaufel des Baggers geklettert und auf der anderen Seite heruntergesprungen sei. Ist das so weit richtig?«

»Ja, genau so war es.«

»Trug der Grenzer dabei ein Gewehr bei sich?«

Er hatte bereits in der Aussage gelesen, dass Sippel kein Gewehr gesehen hatte. Dennoch stellte er die Frage, die ebenfalls dazu beitragen sollte, sein Gegenüber zum Reden zu bekommen.

»Nein, ich habe jedenfalls keins gesehen. Er machte einen Satz über den Zaun, fiel zu Boden und lief wie ein Hase über das freie Feld.«

»Er hatte bestimmt ziemlich Angst, was?«, fragte Seeberg und wiegte sein Gegenüber mit einem Lächeln in Sicherheit. Sippel grinste zurück und fühlte sich anscheinend sicher.

»Kann man wohl sagen. Er hat einen Haken nach dem anderen geschlagen.«

»Wie weit lief er in das Feld?«

»Was weiß ich … dreißig, vierzig Meter.«

»Lief er schnell oder langsam?«

»Schnell.«

»Und dann fielen die Schüsse?«

Seeberg nutzte die schnellen Antworten, um nun die erste wichtige Frage beinahe beiläufig dazwischenzustreuen.

»Ja, dann fielen die Schüsse.«

»Zwei. Kurz hintereinander?«

»Genau, das ging alles ganz schnell. Der erste war wohl als Warnschuss gedacht, und der zweite traf ihn dann von hinten in den Rücken.«

Laut Aussage von Frau Brauner wurde der erste Schuss mindestens eine Viertelstunde vor dem zweiten abgegeben. Seeberg konnte sich nicht daran erinnern, jemals davon gehört zu haben, dass eine Viertelstunde nach einem Warnschuss ein zweiter, gezielter Schuss auf einen Flüchtigen abgegeben wurde. Ganz zu schweigen von dem dritten Schuss und der tödlichen Wunde im Schädel des Grenzers. Dennoch wollte Seeberg ganz sichergehen.

»Der erste Schuss ging also nur in die Luft? Er traf den Flüchtigen nicht?«

Sippel schüttelte den Kopf und nahm einen tiefen Zug.

»Nein. Der Warnschuss knallte, aber der Grenzer lief weiter und *peng* traf ihn auch schon das nächste Geschoss im Rücken. Die haben da nicht lange gefackelt.«

»Und mit ›die‹ meinen Sie die anderen Ost-Grenzer?«

»Wen denn sonst?«

»Drehte sich der Mann denn zwischen den Schüssen um?«

»Nein, der lief, wie gesagt, wie ein Hase auf der Flucht. Immer weiter Richtung Wald.«

»Verstehe. Und der tödliche Schuss traf ihn noch auf offenem Feld, nicht im Wald?«

»Soweit ich mich erinnere, ja.«

»Und dann?«

»Was dann?«

»Na ja, was geschah dann? Lief der Flüchtige weiter, stürzte er ...?«

Sippel beugte sich zum Tisch und schenkte sich einen Korn ein.

»Auch einen, Herr Kommissar?«

»Nein, danke. Bitte antworten Sie auf meine Frage.«

»Lassen Sie mich überlegen.« Sippel trank den Korn in einem Zug und stellte das Glas zurück neben den Aschenbecher auf den Tisch. »Jetzt weiß ich es wieder. Der Grenzer sackte kurz zusammen, raffte sich noch mal auf und schaffte es bis in den Wald. Und ich lief dann los, um die Polizei zu rufen.«

»Und es fielen keine weiteren Schüsse?«

»Nein. Warum auch? Sie hatten ihn ja getroffen.«

»Ja, natürlich.« Seeberg lächelte. »Blöde Frage.«

Wieder grinste Sippel zurück und zog an seiner Zigarette, deren Aschespitze rot aufglühte. Er wirkte zufrieden mit seinen Antworten. Jetzt war der richtige

Zeitpunkt, um ihn in die Enge zu treiben und zu verwirren. Seeberg lehnte sich zurück und kreuzte die Arme hinter seinem Kopf. »Wissen Sie, was mich dann wundert?«

Sippel ließ den Rauch durch einen Mundwinkel aus den Lungen entweichen.

»Keine Ahnung, Herr Kommissar. Verraten Sie es mir.«

»Wenn der erste Schuss ein Warnschuss war, über den Kopf zischte und der Grenzer unbeirrt weiterlief, der zweite Schuss ihn im Rücken traf … wie konnte sich dann im Schädel des Toten dieser zweite Schusskanal befinden?«

Sippel war der Schock deutlich anzusehen. Er wurde noch blasser, als er eh schon war, und traute sich nicht einmal mehr zu atmen. Das Einzige, was sich noch bewegte, war der Rauch, der von seiner Zigarette aufstieg.

»Wie meinen Sie das?«

»Na, die zweite Kugel, die ihn traf.«

»Welche zweite Kugel?«

»Ja, laut Bericht haben ihn zwei Kugeln getroffen. Wobei nur die im Kopf tödlich war. Das andere Projektil, das ihn im Rücken traf, war ein Steckschuss. Zwar gefährlich, aber nicht tödlich.«

Der Kommissar beobachtete sein Gegenüber scharf und genau. Die Überraschung, die sich im Gesicht des Mannes zeigte, war echt. Allerdings hatte sie nicht den vom Kommissar erwarteten Ursprung. Sippel wirkte nicht ertappt, vielmehr tatsächlich überrascht. Er schien wirklich keine Ahnung davon zu haben, dass es zwei Treffer gegeben hatte.

»Das, das …«, stotterte er stattdessen und sah unsicher am Kommissar vorbei zum Boden, »das habe ich nicht …«

»Ach, das haben Sie gar nicht gewusst? Aber Sie waren doch dabei. Wie erklären Sie sich das Ganze dann?«

»Na ja, vielleicht … vielleicht traf ihn ja doch der Warnschuss.«

»Aber Sie sagten doch gerade, dass das nicht der Fall war.«

»Vielleicht habe ich es nicht richtig gesehen.«

»Ach so, Sie haben es also nicht richtig gesehen? Das klang aber eben ganz anders.«

»Es ist halt schon so lange her. Vielleicht hatte ihn der Warnschuss ja doch getroffen, und ich hab es nur nicht richtig gesehen.«

»Ja, natürlich. Und dann lief der getroffene Grenzer mit der Kugel im Kopf weiter, als sei nichts gewesen, nicht wahr?« Seeberg schmunzelte innerlich und machte eine Pause, die Sippel unendlich lang vorkommen musste. »Nein, nein, Herr Sippel. So ein Projektil haut den stärksten Mann von den Beinen. So ein Schuss ist sofort tödlich.«

Die Asche fiel von der Zigarettenspitze und Sippel klopfte sie sich fluchend vom Oberkörper.

»Scheiße. Dann weiß ich eben auch nicht, wo diese verflixte zweite Kugel herkam.«

Seeberg saß einfach nur schweigend vor Sippel und schaute ihn an, ohne ein Wort zu sagen. Dieser goss sich einen weiteren Schnaps ein und wartete nervös darauf, dass der Kommissar wieder etwas sagte. Doch der fixierte ihn lediglich.

»Sonst noch was?«

»Das frage ich Sie, Herr Sippel.«

Wieder entstand eine Pause.

Dann kratzte sich Sippel an der Hand und schüttelte unruhig den Kopf.

»Gehen Sie jetzt besser.«

»Gut. Falls Ihnen noch etwas einfällt, können Sie es mir jederzeit sagen. Hier ist meine Karte. Zwar ist das Mobilfunknetz momentan zusammengebrochen und Empfang hat man hier wohl eh kaum, aber vielleicht haben wir ja Glück. Ansonsten finden Sie mich oben in der alten Jagdhütte.«

»In der alten Jagdhütte?«, wiederholte Sippel.

»Ja. Kennen Sie die?«

»Natürlich, die gehört doch den Dänners.«

»Katrin Dänner. Ja, genau. Kennen Sie sie?«

»Logisch. Wegen der haben wir ja damals am Abend davor einen getrunken.«

Nun weiteten sich die Augen des Kommissars vor Überraschung.

»Katrin Dänner. Sie war das Mädchen?«

»Klar. Ihr Vater, der Dänners Georg, war auch mit in der Jagdgruppe. Bei ihm haben wir davor gefeiert.«

»Wer war denn noch alles in dieser ominösen Jagdgruppe?«

Sippel zögerte. Hatte er doch gerade behauptet, dass er verschlafen hatte und die Jagdgruppe ohne ihn aufgebrochen war. Er bemerkte, dass er diese Auskunft besser verschwiegen hätte. Er hatte jetzt schon zu viel gesagt. Wie eine unsichtbare Hand, die ihm eine Ohrfeige gab, traf ihn diese Erkenntnis und er verzerrte seinen Mund.

»Das … das weiß ich nicht mehr so genau. Die anderen waren ja schon aufgebrochen. Außer mir und dem Dänner waren jedenfalls noch ein paar andere in unsere Gruppe eingeteilt.«

»Sie können sich noch an die Schussfolge, aber nicht mehr daran erinnern, wer alles bei Ihnen in der Jagdgruppe eingeteilt war?«

Sippel schien bereits zu bereuen, dass er den Kommissar überhaupt in seine Wohnung gelassen und etwas gesagt hatte. Er fuhr sich durch seine zerzausten Haare.

»Wie ich schon sagte, ist es halt lange her. So, und jetzt würde ich Sie wirklich bitten zu gehen, ich habe noch ein paar Dinge zu erledigen.«

Hastig wurde der Rest der Zigarette in dem Aschenbecher auf dem Tisch ausgedrückt.

»Natürlich.« Seeberg stand auf, noch bevor sich Sippel erhoben hatte, und deutete an, dass dieser ruhig sitzen bleiben solle. »Sie brauchen mich nicht zu begleiten. Ich finde den Weg hinaus. Einen schönen Abend noch!«

Als der Kommissar vor der Wohnung stand und die lange Holztreppe hinunterging, war er zufrieden mit sich und dem Gesprächsverlauf. Langsam setzte sich das Puzzle zusammen. Er war sicher, dass hinter der Geschichte von Sippel noch mehr steckte. Er hatte ihn aufgeschreckt, und nun würde Sippel sich in Bewegung setzen und die anderen aus der Jagdgruppe versuchen zu warnen. Jeden Einzelnen. Und jeder war ein potenzieller Mörder. Und jeder konnte der Schlüssel zu Lauras Tod sein. Er musste nur auf Sippels Fersen bleiben.

Kapitel 15

»Wir kommen alle ins Gefängnis.« Peter war der Erste, der nach dem aufgestauten Entsetzen wieder Worte fand und das aussprach, was alle dachten. »Alle, wie wir hier stehen. Wir sind Fluchthelfer. Nein, viel schlimmer noch … wir sind Mörder.«

»Jetzt beruhig dich erst mal und schrei hier nicht so

rum«, herrschte Wolf ihn an. Er wirkte erstaunlich ruhig und schien sogar auf eine eigentümliche Weise fasziniert von dem zu sein, was gerade vorgefallen war.

»Beruhigen? Wir haben einen Menschen erschossen. Und als ob das noch nicht genügen würde, ist es auch noch ein Grenzer. Ein toter Ost-Grenzer auf westdeutschem Gebiet. Ist dir klar, dass wir vielleicht gerade einen Krieg ausgelöst haben?«

»Red keinen Schwachsinn, Peter!« Wolf winkte ab. »Der Kerl hätte überhaupt nicht hier sein dürfen. Wir sind hier schließlich auf Westgebiet und somit ist er ein Eindringling und nicht wir.«

»Aber Peter hat nicht ganz unrecht«, meldete sich Georg zu Wort, der noch immer kreidebleich war und sein Gewehr verkrampft in den Händen hielt. »Ich habe einen Menschen erschossen. Wer glaubt mir schon, dass das ein Unfall war? Außerdem haben wir alle Schnaps getrunken und sind besoffen. Mensch, Wolf, ich werde bald Vater. Meine Tochter wird mich nur im Knast besuchen können.«

Wolf dachte nach. In der Tat konnte man die Sache nicht einfach abtun. Sie mussten jetzt schnell und doch besonnen handeln. »Wir machen Folgendes. Peter, du läufst jetzt zusammen mit Uwe zurück ins Dorf, rufst bei der Polizei an und sagst, dass du Schüsse von der Grenze gehört hast. Du wolltest mit uns auf die Jagd, hast aber verschlafen und wolltest nachkommen. Sag ihnen, dass du gesehen hast, wie sich ein Grenzpolizist in den Westen absetzen wollte und dabei von seinen eigenen Kollegen erschossen wurde.« Er wandte sich an den Familienvater. »Wie genau sind Sie über den Grenzzaun gekommen?«

Der Mann richtete sich auf. »Wollt ihr das wirklich machen?«

»Wir haben wohl keine andere Wahl. Also, wie sind Sie über den Grenzzaun gekommen?«

»Ich wusste, dass gerade Arbeiten an den Anlagen im Grenzgebiet stattfinden. Die Firma, für die ich arbeite, hat die Gerätschaften geliefert. Während der Arbeiten sind die Selbstschussvorrichtungen entschärft und die Wege gekennzeichnet worden, die minenfrei sind. Wir haben uns die Nacht über im Wald versteckt und sind dann im Morgengrauen über eine aufgestellte Baggerschaufel geklettert und ins Gebiet jenseits des Zaunes gesprungen. Dennoch hat man uns irgendwie bemerkt. Sie feuerten einen Warnschuss über unsere Köpfe, und dann ist uns der Grenzer auf dem gleichen Weg über den Bagger hinterher, um uns zu stellen. Na ja, und den Rest habt ihr ja selbst mitbekommen.«

Wolf wandte sich wieder an Peter. »Genau das erzählst du dem Bundesgrenzschutz, Peter. Hörst du? Du sagst, dass der Grenzer bei seiner Flucht über die Baggerschaufel gesprungen ist, die anderen Grenzer haben ihn sofort mit einem Schuss in die Luft gewarnt. Und dann erzählst du, dass ihn der nächste Schuss in den Rücken getroffen hat und er sich noch bis in den Wald geschleppt hat. Das ist wichtig.«

»Aber …«

»Nichts aber. Wir haben keine andere Wahl. Du hast doch selbst gesagt, wie tief wir in der Scheiße sitzen. Oder willst du ins Gefängnis?«

»Nein.«

Wolf war nun in seinem Element und wies auch die anderen an. »Uwe, du gehst ganz normal nach Haus. Wenn dich deine Eltern erwischen und fragen, warum du schon wieder zu Hause bist, dann sagst du halt, dass dir unwohl ist, weil du so viel gesoffen hast auf die Geburt von Georgs Kind. Wichtig ist nur, dass ihr alle die Schnauze haltet, ist das klar?« Reihum nickten alle. »Wenn nur einer von euch was Falsches sagt, gehen alle anderen mit unter. Wenn wir aber ruhig bleiben, passiert keinem was. Ich kümmere mich um den Rest.«

Uwe nickte. Er hätte alles akzeptiert, wenn er nur nie wieder mit der Sache zu tun haben würde. Ihm war es, wie allen anderen, recht, dass Wolf sich um den Rest kümmern wollte.

»Und ich?«, fragte Georg kreidebleich. »Schließlich habe ich ihn …«

Wolf legte ihm beide Hände auf die Schultern und sah ihn durchdringend an.

»Vertraust du mir?«

Das war eine berechtigte Frage. Konnte er Wolfram Abel vertrauen? Georg wusste nicht viel über den muskulösen Jungen vom Abelshof. Doch immerhin hatte er ihn zunächst einmal nicht verpfiffen und versuchte, ihn nun sogar vor einer Verurteilung zu retten. Wem konnte man in so einem Moment schon vertrauen? Da spielte es keine Rolle, ob die Person Uwe, Peter oder Wolf hieß. Also nickte auch er.

»Ja.«

»Gut. Ich habe nämlich eine Idee. Aber dafür brauche ich dich.«

»Was hast du vor?«

»Es wird in den nächsten Tagen sicher einige Polizei in Kaltengrund auflaufen. Also müssen wir alle das Gleiche erzählen. Das ist schon mal das Erste.«

»Okay.«

»Passt auf! Wir drei sind spontan woanders hingegangen, um zu jagen, weiter runter ins Tal. Der Peter hat das nicht mitbekommen und ist, wie ursprünglich besprochen, hier zum Fuchskopf rauf. Habt ihr das verstanden? Nur der Peter war hier. Er hat alles gesehen und hat dann direkt den Bundesgrenzschutz angerufen.«

Alle nickten, und Wolf schien zufrieden. Dann trat er näher und begann zu flüstern, so dass die Flüchtlingsfamilie nichts hören konnte.

»Die können wir aber auf keinen Fall einfach so bei uns im Dorf herumlaufen lassen. Das fällt sofort auf.«

Uwe blieb geschockt stehen. Würden sie die einzigen Zeugen töten müssen, damit sie sie zum Schweigen bekämen? »Du … du willst doch nicht … ich meine, da mache ich nicht mit.«

»Nein«, herrschte Wolf ihn an und zog ihn wieder zu sich. »Natürlich nicht. Deswegen habe ich ja einen Plan. Und wenn wir alle an einem Strang ziehen, wird niemals jemand davon erfahren. Seid ihr dabei?«

Alle stimmten zu.

»Georg, deine Eltern haben doch die alte Jagdhütte oben am Wald, oder?«

»Ja.«

»Ist die leer?«

»Wir haben ein paar Sachen aus dem Sägewerk dort gelagert. Ansonsten ist sie leer.«

»Sehr gut. Du besorgst die Schlüssel dafür und bringst die Familie dorthin. Danach kommst du zu mir zum Abelshof.«

»Was soll ich da?«

»Das zeige ich dir dann, wenn du da bist.«

»Mach nicht so ein Geheimnis daraus. Nun sag schon.«

»Das kann ich nicht. Wichtig ist aber, dass du so schnell wie möglich kommst. Wir haben nur ein paar Stunden. Morgen früh wird hier bestimmt schon alles voller Polizei hier. Bis dahin müssen wir fertig sein.«

»Mit was denn fertig sein? Nun sag schon.«

Wolf grinste. »Ich rette dir dein verdammtes Leben. Also, stell nicht so viele Fragen, sondern bring die Familie in die Jagdhütte und sei einfach in einer Stunde bei uns am Abelshof. Und jetzt beeilt euch.«

»Aber was machen wir mit denen?« Georg deutete auf die Flüchtlinge. »Wenn die sich irgendwo melden, fliegt doch alles auf. Wir können sie ja nicht ewig in der Hütte behalten.«

»Das werden wir auch nicht. Lass das nur mal meine Sorge sein.«

Bald darauf liefen Peter und Uwe los in Richtung Kaltengrund und waren schnell zwischen den Bäumen verschwunden. Nun waren Wolf und Georg allein mit der Familie und dem Grenzer, der vor ihnen auf dem Waldboden lag. Der Familienvater trat auf Wolf zu.

»Hört mal, Jungs, ich weiß nicht, ob das wirklich so eine gute Idee ist. Das hat doch alles keinen Sinn. Man wird uns früher oder später finden.« Er deutete auf den Grenzer zu ihren Füßen. »Aber das hier ist doch eine ganz andere Sache. Es wird uns allen den Kopf kosten. Wir werden alle mindestens wegen Mithilfe zum Totschlag angezeigt werden.«

»Nein, das werden wir nicht.«

»Und wie willst du das verhindern, Junge?«

»Sie gehen jetzt mit Georg los, er wird Sie in ein sicheres Versteck bringen. Ich kümmere mich hier um den Grenzer.«

»Ich weiß nicht. Das klingt alles nicht richtig.«

»Nicht richtig?«, erzürnte sich Wolf. Mit einem Mal wirkte er dünnhäutig und gar nicht mehr so besorgt um das Heil aller Beteiligten. Etwas Scharfes und Bedrohliches lag in seiner Stimme. »Sagen Sie, was wollen Sie eigentlich? Wollen Sie Ihre Familie schützen oder heute und hier in diesem Wald alles verlieren?«

In Wolfs Kopf war mittlerweile eine fixe Idee gereift. Wenn er es clever anstellen würde, könnte er aus dieser verfahrenen Situation sogar seinen Gewinn ziehen. Doch dazu musste er nun geschickt vorgehen und bei jedem Schritt wohlbedacht agieren. Keiner durfte aus der Reihe tanzen. Er musste die Kontrolle behalten. Mit allen Mitteln.

»Ich will natürlich meine Familie retten. Aber was sollen wir machen? Wo sollen wir hin? Wir können uns doch nicht ein Leben lang verstecken.«

Wolf nickte zustimmend. »Ja, das stimmt. Das geht nicht. Ich schlage Ihnen ein Geschäft vor.«

»Ein Geschäft?«

»Ganz genau. Sie helfen mir, und ich helfe Ihnen.«

»Um welch ein Geschäft handelt es sich denn dabei?«

»Das erkläre ich Ihnen zu gegebener Zeit. Jetzt werden Sie erst mal mit Georg losgehen. Und Sie sollten sich beeilen, der Bundesgrenzschutz kann jeden Moment hier sein.«

»Und du?«, fragte Georg.

»Ich komme nach.«

Die Sekunden dehnten sich zu gefühlten Minuten. Der Mann zögerte, ließ seinen Blick zu seiner Frau und seinem Sohn wandern. Ihm war bewusst, wie schnell die Zeit verstrich und er hier und jetzt eine schicksalhafte Entscheidung treffen musste. Er musste sein Leben und das seiner gesamten Familie dem hünenhaften fremden Jungen in die Hände legen. Das gefiel ihm ganz und gar nicht, doch die Alternative gefiel ihm noch viel weniger.

»Also gut, wir machen es so, wie du gesagt hast.«

»Na, sehen Sie? War das jetzt so schwer?«

Der Mann antwortete nicht, doch sonderlich wohl war ihm nicht in seiner Haut. Die Angst vor dem Ungewissen war ihm anzusehen. Das war ganz in Wolfs Sinn. Angst war eine ideale Voraussetzung, um seinen Plan umzusetzen. Aus Angst entstand Verzweiflung und aus Verzweiflung die Bereitschaft, Dinge zu tun, die man unter normalen Umständen niemals getan hätte. Er schickte alle los, und als auch der Letzte zwischen den Bäumen verschwunden war, drehte er sich zu dem toten Grenzer und spürte, wie sich sein Puls erhöhte. Die Zeit war gekommen, um sein eigenes Leben wieder in Ordnung zu bringen.

Kapitel 16

»Sie sehen schon viel besser aus, Frau Doktor«, befand Seeberg mit einem Augenzwinkern, als er am frühen Morgen mit Brennholz von draußen wieder zu Franziska Hellmich in die Stube trat. Diese saß mit einer Tasse heißen Kaffees am Küchentisch und blätterte in einer alten Zeitschrift, die sie gefunden hatte. Sie sah hinter der Zeitschrift auf, und ihre Blicke trafen sich.

»Danke, ich fühle mich auch schon wieder deutlich besser.« Ihre Blicke verweilten einen Moment zu lange beieinander, so dass es beiden unangenehm war. Seeberg versuchte sich an einem weiteren Lächeln, und sie klemmte sich unsicher eine Strähne hinters Ohr. Sicher, er hatte sie schon immer attraktiv gefunden, doch erst jetzt bemerkte er, dass diese Sympathie wohl auf Gegenseitigkeit beruhte. Trotz der Strapazen der letzten Stunden strahlte sie mit einer inneren Schönheit, die ihn verwirrte. Er atmete einmal durch und räusperte sich.

»Katrin ist nicht da?«

Hellmich schüttelte ihre blonden Haare. »Sie wollte zu ihren Eltern nach Kaltengrund hinunter. Angeblich funktionieren im Dorf die Telefone wieder. Sie wollte mit dem Kindergarten telefonieren und ein paar andere Dinge klären. Sie wird wohl erst wieder gegen

Nachmittag zurück sein. Wir sind also ganz auf uns allein gestellt.«

Der letzte Satz sollte lustig wirken, doch kaum dass sie ihn ausgesprochen hatte, biss sie sich auf die Zunge. Denn es klang viel eher danach, als ob sie zwei Teenager wären und sie ihn darauf hinweisen wollte, dass sie nun sturmfreie Bude hätten. Doch zu ihrer Beruhigung ging der Kommissar nicht näher darauf ein und legte stattdessen seinen Mantel über den Stuhl.

»Gibt's noch was von dem Kaffee?«

Sie legte die Zeitschrift beiseite und füllte eine weitere Tasse mit dem Kaffee. »Schwarz?«

»Ja, bitte.«

Schon komisch, dachte sich Seeberg und musste sich eingestehen, dass er diesen Moment gerade als wirklich schön empfand. Schnell schob er den Gedanken wieder weg. Er sollte sich besser nicht ablenken lassen und sich lieber auf seine Arbeit konzentrieren.

»Ich war gestern Abend übrigens bei diesem Peter Sippel. Er war damals der Augenzeuge, der bei dem Bundesgrenzschutz anrief und alles gemeldet hat.«

Hellmichs Gesicht wurde sogleich ernster, beinahe professionell fragend. »Und, konnte er sich noch an Details erinnern?«

»Na ja«, seufzte er, »je nachdem, wie man es sehen möchte. Er wirkt ziemlich heruntergekommen. Er trinkt, und seine Aussagen werfen mehr Fragen auf, als sie Antworten geben.«

Sie runzelte die Stirn. »Was meinst du damit?«

»Ich denke, dass er sich nicht richtig erinnern konnte, da er überhaupt nichts zum Erinnern hat.«

Sie überlegte, dann schüttelte sie den Kopf. »Verstehe ich nicht. Ist er dement?«

»Nein, nein«, antwortete Seeberg. »Ich denke, er lügt. Es könnte gut sein, dass er damals gar nichts gesehen hat. Es gibt jedenfalls einige Dinge, die dafür sprechen.« Er erklärte ihr den Sachverhalt der beiden Schusswunden, die man festgestellt hatte, und die dazu widersprüchlichen Beobachtungen, die Sippel und Brauner zur Aussage gegeben hatten.

Die Psychologin setzte sich aufrecht. »Aber warum sollte er das tun? Denkst du, dass er sich nur wichtigmachen wollte? Vielleicht so eine Art pubertäre Mutprobe?«

»Entweder das, oder er deckt jemanden. Ich denke, er weiß mehr, als er zugeben möchte. Übrigens gehörte er damals zu einer Jagdgruppe mit weiteren Personen. Und nun rate mal, wer auch dabei war …«

Hellmich musste nicht lange überlegen, um zumindest einen Namen sofort zuordnen zu können. »Wolfram Abel.«

Der Kommissar nickte. »Aber nicht nur er. Außerdem noch der Vater von Katrin, Georg Dänner. Ihm gehört auch das Sägewerk in Kaltengrund. Vielleicht waren sogar noch mehr dabei. Ich bin mir sicher, dass diese Herren irgendetwas verschweigen. Und wenn ich das herausfinde, weiß ich auch, warum meine Tochter sterben musste.«

Er nippte an dem Kaffee. Seine Gesichtszüge wirkten mit einem Mal wieder hart und kantig. Die Psychologin nutzte den Moment, um eine weitere Frage zu stellen. »Ich würde gerne mit dir über Laura sprechen.« Noch bevor er aufstöhnen konnte, fiel ihm die Psychologin ins Wort. »Ich weiß, dass du keine Lust dazu hast und denkst, dass du mir schon genug erzählt hast.«

»Warum fragst du dann, wenn du meine Antwort schon kennst?«

»Weil ich denke, dass du eigentlich sehr gerne mal mit jemandem darüber sprechen würdest. Nur denkst du, dass du dann schwach und unmännlich wirken könntest.«

»Ich bin nicht so ein Möchtegern-Macho, wie du glaubst, Franziska. Ich habe kein Problem damit, über meine Gefühle zu sprechen, nur denke ich, dass es damit irgendwann auch einmal gut sein muss.«

Das war eine glatte Lüge. Noch nie hatte er mit irgendwem über seine Gefühle in diesem Zusammenhang gesprochen. Überhaupt hatte er stets über seine Gefühle geschwiegen. In seiner gescheiterten Ehe und erst recht nach dem Tod Lauras.

»Du kannst deine Gefühle aber nicht unter einem Haufen Schweigen begraben. Sie kommen irgendwann so oder so wieder. Und ich denke, dass jetzt ein guter Zeitpunkt dafür wäre.«

»Hier?« Seeberg schaute sich in der Jagdhütte um. »Am Arsch der Welt, eingeschneit und in dem Haus einer Fremden?«

»Warum nicht? Du bist aus deinem gewohnten Umfeld raus. Das macht dich sensibel. So hast du zumindest nicht deine gewohnten Schutzmauern um dich. Oder hast du Angst?«

Er wusste, dass sie ihn mit dieser Frage nur provozieren wollte. Es gelang ihr auch. »Angst?« Er schmunzelte. »Vor dir etwa?«

»Zum Beispiel.«

Er zog die Augenbrauen nach oben. »Also gut, was willst du wissen?«

»Beschreib mir deine Art der Gefühle, wenn du an Laura denkst.«

Er atmete langsam ein. Dann schloss er die Augen und suchte nach den passenden Worten. Gern hätte er ihr irgendeine Geschichte erzählt. Eine, die sie als Psychologin gerne hören würde. An der sie ansetzen konnte, um ihre schlauen Ratschläge anzubringen. Floskeln wie die, dass Kinder nicht vor ihren Eltern sterben sollten. Dass man durch Krankheit oder Alter sterben sollte, nicht aber durch die Hände eines anderen.

Doch stattdessen konnte er plötzlich den Schmerz des ersten Tages spüren und hörte sich im nächsten Augenblick selbst reden. »Machtlosigkeit. Ich habe versagt. Ich habe sie ins Leben geworfen und konnte sie nicht davor beschützen.«

»Niemand kann einen anderen Menschen die ganze Zeit vor den Gefahren da draußen beschützen. Auch nicht ein Vater seine Tochter. Ich bin mir sicher, dass Laura dir keinerlei Vorwürfe machen würde. Was war sie für ein Charakter?«

»Laura?« Der Kommissar öffnete nun langsam wieder die Augen. Man konnte im Glanz darin die schönen Erinnerungen ablesen, die sich dort unauslöschlich eingebrannt hatten. »Sie war schlagfertig, daran erinnere ich mich am besten. Kaum dass sie reden konnte, hatte sie immer das letzte Wort.«

Hellmich schmunzelte.

»Hat sie wohl von ihrem Vater.«

»Vielleicht ja.« Er dachte einen Moment nach. »Aber sie hatte noch viele andere Talente. Sie war viel intelligenter als ich. Diplomatischer. Wenn meine Exfrau und ich uns stritten, kam sie zu uns. Brachte mir ein Bier und meiner Frau einen Teller Kekse, die sie gerne mochte. Laura wusste, wie sie uns beide wieder beruhigen konnte. Manchmal denke ich, dass sie die einzige Erwachsene in unserer Familie war.«

»Das klingt nach einem intelligenten, empathischen

Mädchen. Aber, Klaus, du musst wieder zurück in das Leben kommen. Laura wird immer ein Teil von dir bleiben, aber du musst auch wieder ein Teil der Gesellschaft werden. Denkst du nicht, dass das deine Tochter lieber gehabt hätte?« Hellmich nahm seine Hand. Er ließ es zu. »Ich will, dass du leben willst. Für Laura, aber vor allen Dingen auch für dich selbst. Du bist ein wunderbarer Mensch. Manchmal etwas grob und unausstehlich ... aber im Großen und Ganzen doch wunderbar.«

»Grob und unausstehlich?«, fragte er, und sie lächelte zurück.

»Das war noch die charmanteste Umschreibung.«

Beide lachten auf. Ob es vielleicht tatsächlich doch noch einen anderen Sinn in seinem Leben geben konnte, als den Mord an seiner Tochter vollends zu klären? Vielleicht sogar ein Leben mit einer neuen Frau an seiner Seite? Franziska Hellmich sah ihn wieder mit diesem Blick an. Doch diesmal wich er ihm nicht aus, sondern hielt ihm stand. Mehr noch, er beugte sich zu ihr. Er dachte nicht nach, sondern ließ es einfach geschehen. Wie in Zeitlupe näherten sie sich einander, bis sich ihre Lippen berührten. Zunächst waren ihre Küsse sanft und vorsichtig, doch schnell wurden sie leidenschaftlich und fordernd.

Kapitel 17

Ihre Körper lagen erschöpft nebeneinander. Die letzte Stunde war wie im Flug vergangen. Nur langsam beruhigten sich ihre Atmung und ihr Puls wieder. Sie schwiegen.

»Und«, fragte sie schließlich, »war das jetzt so schlimm für dich?«

»Wie meinst du das?«

»Na ja, war es jetzt so schwierig für dich, einmal ein wenig Nähe zuzulassen?«

Er richtete sich auf.

»War das jetzt so 'ne Art Therapieversuch, oder was?«

Sie schüttelte den Kopf.

»Nein. Quatsch.«

Er ließ sich beruhigt wieder neben sie in das Federbett sinken. Nach einer Weile fragte er schließlich in ihre Richtung. »Und?«

»Was, und?«

»Na ja, du weißt schon …«

Sie kicherte. »Du willst jetzt nicht wirklich wissen, wie du warst, oder?«

Seine Antwort klang bitter. »Wäre das denn so schlimm? Ich bin da etwas aus der Übung.«

»Hast du das Gefühl, dass es mir nicht gefallen hat?«

»Nein, eigentlich nicht. Ich meinte ja nur … ach, vergiss es.«

Wieder verging etwas Zeit, bis Franziska Hellmich erneut nachfragte.

»Wie war das mit deiner Frau?«

»Der Sex?«

»Nein.« Sie gab ihm einen leichten Stupser. »Ich meine überhaupt. Wie war eure Beziehung? Oder habt ihr nur wegen eures gemeinsamen Kindes geheiratet?«

Seeberg verschränkte die Arme hinter dem Kopf. »Nein. Wir liebten uns, aber es konnte auf Dauer nicht gut gehen. Es war alles sehr intensiv. Am Anfang war alles toll und verrückt. Sie ist Künstlerin, weißt du?«

»Und dann war es irgendwann nicht mehr so intensiv?«

»Doch, aber leider nur noch aus negativer Sicht. Wir haben oft gestritten, und uns wurde ziemlich schnell klar, dass das mit uns keine große Zukunft haben wird.«

Ein ohrenbetäubender Lärm drang plötzlich von außerhalb des Hauses her und unterbrach ihr Gespräch. Der Kommissar stand auf, nahm die Gardine etwas zur Seite und sah zum Fenster hinaus. Zu seinem Entsetzen stellte er fest, dass ein Schneemobil vor dem Haus abgestellt wurde. Dann erkannte er die Stimme der kleinen Paula, die sich darauf am Rücken ihrer Mutter festklammerte und vergnügt quiekte.

»Scheiße.«

»Was ist los?«, fragte Franziska Hellmich.

»Das sind Katrin und ihre Tochter. Die beiden haben ihren Besuch in Kaltengrund wohl schon etwas früher als geplant beendet.«

»Mist.« Jetzt sprang auch die Psychologin aus dem Bett und versuchte sich in Windeseile anzukleiden. Derweil war Seeberg halbnackt ins Bad geflüchtet, während die Stimmen aus der Wohnstube lauter wurden.

»Herr Kommissar? Sind Sie da? Franziska?«

»Moment«, rief er, ließ sich kaltes Wasser in die Hände laufen und tauchte sein Gesicht einige Male hinein. Er wollte nicht, dass Katrin erkannte, was zwischen ihm und Franziska Hellmich vorgefallen war. Fast wie abgesprochen, traten die beiden zur gleichen Zeit zu Katrin ins Wohnzimmer, so dass sie im Türrahmen aneinanderstießen.

»Schon zurück, Katrin?« Franziska Hellmich versuchte Normalität zu heucheln und strich sich dabei eine Strähne hinters Ohr, was sie stets tat, wenn sie unsicher war. Dabei bemerkte sie, dass ihr ein Ohrring fehlte. Schnell legte sie die Strähne wieder zurück über das Ohr, so dass man das Fehlen des Ohrrings nicht erkennen konnte.

»Schön … das ist … schön«, pflichtete der Kommissar bei und hätte sich für die Sinnlosigkeit dieser Feststellung selbst ohrfeigen können. Er kam sich schrecklich dumm vor. Katrin zögerte einen Moment und sah die beiden verwirrt an, die wie zwei Lausbuben vor ihr standen. Es erinnerte sie wohl an ihre kleine Tochter, wenn sie Paula bei einer Dummheit ertappt hatte und die Kleine versuchte, sich nichts anmerken zu lassen.

»Alles okay bei euch?«

»Bei uns? Ja, natürlich. Was soll schon sein?« Franziska Hellmich lachte auf, und der Kommissar stimmte mit ein.

»Weiß nicht, irgendwie seid ihr komisch.«

»Sie haben sich ein wettertaugliches Gefährt zugelegt.« Der Kommissar versuchte das Gespräch schnell auf etwas anderes zu lenken und deutete nach draußen.

»Das Schneemobil? Ach, das ist von meinem Vater. Es hat ihm im Winter schon oft gute Dienste erwiesen. Er meinte, ich könne es nehmen, damit ich nicht immer zu Fuß bis ins Dorf runtergehen muss. Zumindest solange die Straßen noch dicht sind. Aber wenigstens geht das Telefon wieder. Allerdings nur unten im Dorf.«

»Das … das ist gut«, stotterte Seeberg noch immer vor sich hin.

»Mama, erzählst du den beiden jetzt von dem Unfall?« Paula zupfte ihre Mutter am Ärmel ihres Mantels.

»Ein Unfall?«, fragte Hellmich.

»Ja, es ist schrecklich.« Katrin Dänner gab ihrer Tochter einen Kuss auf die Stirn. »Schätzchen, geh doch schon mal ins Bad und zieh die nassen Sachen aus. Ich komme gleich nach.«

Das kleine Mädchen rannte los und war Sekunden später im Bad verschwunden. Katrin Dänner kontrollierte noch mal, ob sie nicht doch lauschte, dann drehte sie sich zu den beiden.

»Es ist was ganz Furchtbares passiert. Deswegen bin ich auch schon so früh wieder zurück. Sie müssen nach Kaltengrund hinunterkommen, Herr Kommissar. Man hat den Sippel gefunden. Das ist ein alter Bekannter meines Vaters. Die beiden kennen sich schon seit Kindheitstagen. Ein Alkoholiker, der bei uns im Sägewerk wohnt. Er ist wohl im Rausch ausgerutscht und hat sich das Genick gebrochen.«

»Was?« Sofort war Seeberg wieder in seinem Element. Noch gestern hatte er Sippel besucht und ihn zu den Vorgängen von einst befragt. Er wollte ihn aus der Reserve locken, und jetzt war er tot? »Wo hat man ihn denn gefunden?«

»Im Sägewerk. Die Leute im Dorf quatschen wieder nur so einen Stuss zusammen und mutmaßen. Meine Mutter meint, dass ich Sie schnell holen soll. Sie sind doch Polizist. Bitte fahren Sie runter ins Dorf und schauen Sie sich das an. Würden Sie das bitte machen?«

»Ja, klar. Natürlich. Ich gehe gleich los.«

»Nehmen Sie das Schneemobil. Das geht schneller.«

»Sie meinen, mit diesem Ding da draußen?«

»Das geht ganz leicht, ich zeige es Ihnen.«

Noch bevor Seeberg einen weiteren Einwand anbringen konnte, war Katrin Dänner bereits wieder hinausgeeilt. Er wollte hinterher, als Franziska ihn am Arm packte. »Warte, ich komme mit.«

»Du? Kommt gar nicht in Frage. Du musst dich noch schonen.«

Sie lächelte. »Ach, auf einmal. Das war dir eben aber noch egal. Also, warte draußen auf mich, ich hole nur schnell unsere Jacken.«

Ein gutes Argument, wie er zugeben musste. Also sagte er nichts, sondern ging hinaus zu Katrin Dänner, die vor dem Schneemobil stand.

»Also, wie funktioniert das Ding?«

»Ist ganz einfach, im Prinzip wie Motorrad fahren.«

Er sah sie fragend an. »Sehe ich etwas so aus, als ob ich ein Rocker wäre?«

Katrin Dänner lächelte und setzte sich auf das Schneemobil.

»Also, das hier ist der Startknopf. Damit lassen Sie den Motor an und schalten ihn auch wieder aus. Hier rechts ist Gas und auch die Handbremse, außerdem haben Sie hier unten noch mit dem Fuß die Möglichkeit zu bremsen. So weit klar?«

Er zuckte wenig überzeugt die Schultern.

»Ich kann das fahren«, erklärte Franziska Hellmich,

die gerade in ihre Jacke schlüpfte und zu den beiden nach draußen trat.

»Du?«, drehte sich Seeberg zu ihr.

»Ja, ich bin schon öfter im Urlaub Jet-Ski gefahren. Das ist doch fast das Gleiche.«

»Sie hat Recht, das ist wie Jet-Ski-Fahren«, pflichtete Katrin Dänner bei. »Oder haben Sie ein Problem damit, dass eine Frau fährt?«

»Nein … nein, natürlich nicht«, antwortete der Kommissar dünn, doch seine Miene sprach eine gänzlich andere Sprache.

»Na, dann los.«

Während Hellmich mit einem Satz hinter den Lenker rutschte, stieg Seeberg deutlich zögerlicher auf die lange Sitzbank hinter sie.

»Ich zeig dir den Weg runter ins Dorf. Ich bin ihn ja schon zu Fuß gegangen.«

»Okay.« Der Motor heulte auf und Franziska Hellmich gab langsam Gas. »Ach ja, halt dich besser an mir fest! Das kann sicher etwas holprig werden.«

»Das könnte dir so …«

Noch bevor er den Satz zu Ende gesprochen hatte, machte das Schneemobil einen Sprung nach vorn und Seeberg versuchte, wie auf einem Rodeo-Pferd das Gleichgewicht zu halten. Auch wenn es ihm unangenehm war, klammerte er sich nun doch, zum bessern Halt, an ihr fest.

»Bist du verrückt geworden?«

»Sorry, aber ich hab dich ja gewarnt.«

Das Schneemobil zischte über den Schnee hinaus aufs freie Feld. Seeberg hasste Motorräder. Und auch wenn er Schneemobile bislang noch nicht kennengelernt hatte, ordnete er sie schon jetzt in der gleichen Kategorie ein. In jeder Kurve hielt er die Luft an, biss die Zähne aufeinander und kniff die Augen gegen den spritzenden Schnee zusammen. Immer wenn es einige Meter geradeaus ging, schnappte er hingegen gierig nach Luft und lugte aus den Augenwinkeln, um zu erkennen, wo sie sich befanden und wie lange sein Martyrium noch dauern würde. Ihm schoss bei jedem einzelnen Schlenker das Adrenalin ins Blut, und er klammerte sich um die Hüften seiner Fahrerin.

»Wenn du willst, dass dieser Sippel die einzige Leiche bleibt, solltest du vielleicht etwas vorsichtiger fahren.«

Franziska Hellmich lachte auf. »Hast du Schiss? Das macht doch Spaß.«

Der aufspritzende Schnee klatschte in sein Gesicht und verhinderte seine Antwort, während das Schneemobil über eine Schneewehe schoss, die Hellmich erneut vergnügt aufschreien ließ. Ihr schien das Ganze sichtlich Spaß zu machen. Klaus Seeberg konnte das nicht von sich behaupten.

Kapitel 18

Der Fahrtwind schnitt eiskalt ins Gesicht. Seeberg deutete über Hellmichs Schulter hinweg nach vorn in Richtung des Sägewerks. Sie nickte, obwohl sie selbst längst erkannt hatte, wo ihr Ziel lag, und gab Gas. Eine kleine Gruppe in dicke Wintersachen gepackte Personen stand vor dem Gebäude und wartete auf das Eintreffen Seebergs. Auf die Schnelle machte der Kommissar fünf Personen aus. Zwei Frauen und drei Männer.

Das Schneemobil stoppte direkt vor dem Gebäude, in dem Seeberg gestern noch Sippel aufgesucht und befragt hatte. Er überlegte, ob dies tatsächlich alles nur ein Zufall war oder ob es vielleicht doch einen Zusammenhang zwischen dem Tod Sippels und seinem gestrigen Besuch gab. Andererseits würde es ihn auch nicht wundern, wenn dieser verwahrloste Mann im Rausch ausgerutscht wäre und sich zu Tode gestürzt hätte.

Hellmich stieg vom Schneemobil und schüttelte sich etwas Schnee aus den blonden Locken. Sie lächelte ihn an.

»Na, alles okay bei dir?«

Seeberg rollte mit den Augen und schlug den Kragen seines Mantels auf.

»Zurück laufe ich. Das ist ja eine Höllenmaschine.«

Argwöhnisch beobachtete derweil die Gruppe der

Wartenden die beiden, als sie näher zu ihnen traten. Als sie nur noch einige wenige Schritte entfernt waren, senkten die Männer ihre Blicke und die kleine Menschentraube glitt sternförmig um den Toten auseinander, der zu ihren Füßen lag. Nur eine der Frauen stand noch unbeirrt da und starrte den Kommissar mit offenem Mund an. Dann trat auch sie zur Seite. Sofort erkannte der Kommissar den toten Sippel, wie er mit verdrehten Gliedmaßen im Schnee lag. Seine Haut war blau gefroren, und um seinen Kopf herum hatte sich der Schnee blutrot gefärbt. Viel schlimmer als dieser Anblick war jedoch die Tatsache, dass alle Spuren eines möglichen Täters durch die Umstehenden niedergetrampelt und somit zerstört worden waren. Seeberg holte tief Luft und baute sich vor der Gruppe auf.

»Wer hat ihn gefunden?«

»Das war ich.« Die ältere der beiden Frauen trat hervor. Sie wirkte äußerlich ruhig, doch ihre Hände zitterten beim Reden. »Ich schau immer mal nach dem Peter. Mach ihm manchmal auch die Wäsche oder bringe ihm etwas Warmes zu essen.«

»Und Sie sind …«

»Elisabeth Dänner.«

»Sie waren es, die nach uns gerufen hat.«

»Nein, das war ich«, trat nun die jüngere der beiden Frauen nach vorn. »Elisabeth ist die Großmutter von Katrin. Ich bin ihre Mutter und ich dachte, wenn wir schon einen Polizisten hier bei uns haben, dann sollten wir den auch holen, wenn sich so was Furchtbares wie das hier ereignet.«

»Das war richtig. Und wer sind Sie alle?«

Der Kommissar deutete in die Runde. Einer der Männer räusperte sich und schien für alle anderen zu sprechen.

»Wir sind alles Angestellte des Sägewerks. Wir wollten gerade anfangen, als wir die alte Dännerin schreien gehört haben. Wir sind dann rausgerannt und da lag er … der Sippel.«

»Haben Sie irgendwas verändert?«

»Wie meinen Sie das?«

»Haben Sie am Fundort irgendwas verändert?« Die Meute senkte verlegen die Köpfe. Dem Kommissar war bewusst, dass keiner von ihnen etwas zugeben würde, selbst wenn es so gewesen wäre. Dennoch fragte er weiter nach. »Okay, verstehe. Hat irgendjemand vielleicht etwas im Schnee bemerkt? Gegenstände, Fußspuren … irgendwas?«

Wieder erntete er lediglich Schulterzucken. Auch der Mann, der als Sprecher fungierte, konnte sich an nichts Auffälliges erinnern.

»Da haben wir nicht drauf geachtet. Nicht, dass ich wüsste. Wir sind ja auch erst einige Zeit hier. Wohingegen der Sippel wohl schon die ganze Nacht hier gelegen hat.«

»Ja, sieht so aus«, pflichtete der Kommissar bei und trat einen Schritt zurück. Er sah zu den Stufen, die zur Wohnung Sippels hinaufführten. Die Entfernung zwischen Leichnam und Gebäude entsprach durchaus der eines Sturzes. Der Sprecher der Gruppe trat neben den Kommissar und sah ebenfalls zum Ende des Treppengeländers hinauf.

»Ist bestimmt besoffen oben ausgerutscht und ist dann über das Geländer abgestürzt. Der arme Kerl hat wohl die ganze Nacht hier gelegen. Er ist schon ganz verfroren im Gesicht. Und über das Blut hat's auch schon drübergeschneit.«

»Gut beobachtet. Ja, wahrscheinlich haben Sie recht«, pflichtete der Kommissar bei. »Weiß jemand, ob er Familie hatte?«

»Er ist seit über zwanzig Jahren geschieden«, antwortete die alte Dännerin und kicherte dabei auf eine seltsam entrückte Weise. »Seine Frau hat ihn kurz nach der Geburt ihres gemeinsamen Kinds verlassen. Sie hielt seine Sauferei nicht aus.«

Wieder lachte sie auf. Franziska Hellmich tippte Seeberg auf die Schulter und wirkte so, als wollte sie ihm etwas sagen, das für die anderen nicht bestimmt war.

»Ja?«

»Klaus, die alte Dännerin zeigt typische Reaktionen eines Schocks. Ich denke, es wäre besser, wenn ich mit ihr ins Haus gehe.«

Er nickte. Dann drehte er sich wieder zu den anderen um.

»Hat sonst noch jemand was zu sagen?« Alle sahen wie schon zuvor ausweichend hinunter zum Boden und schüttelten die Köpfe. »Gut, dann würde ich vorschlagen, dass Sie alle nach Hause gehen. Das hier ist ein Tatort, und somit muss dieser erst einmal auch so untersucht werden.«

»Ein Tatort?«, fragte die Dännerin entsetzt. »Ja, denken Sie denn, dass es kein Unfall war, sondern dass der Peter umgebracht wurde?«

»Das kann ich noch nicht sagen. Aber ausschließen kann ich es auch nicht. Und solange das nicht klar ist, wird hier auch nicht gearbeitet. Meine Herren, Sie haben heute frei, aber ich bitte Sie, sich für etwaige Fragen zur Verfügung zu halten. Guten Tag.«

Die Gruppe löste sich auf. Nur die alte Dännerin stand immer noch vor dem Toten und starrte ihn stumm an.

»Kommen Sie«, nahm Franziska Hellmich behutsam die Frau an den Schultern und drehte sie weg von der Leiche. »Wir gehen mal hinein ins Warme. Ihre Schwiegertochter kommt auch mit, sehen Sie?«

»Aber der Peter …«

»Der Kollege kümmert sich darum. Keine Angst.«

»Sie müssen wissen, dass der Peter kein Lump war. Er hatte es schwer im Leben. Aber er war kein schlechter Mensch. Wer sollte ihn denn umbringen wollen?«

»Das hat ja niemand gesagt, Frau Dänner. Kommen Sie, wir gehen jetzt erst mal hinein.«

Die drei Frauen verschwanden hinter einer mit Weihnachtsutensilien geschmückten Tür im Wohnhaus. Endlich war der Kommissar allein. Er beugte sich über die Leiche. Der Angestellte hatte recht. Der Neuschnee hatte sich wie ein leichter Schleier über das ausgetretene Blut gelegt. Er wischte etwas davon beiseite. Das satte Rot trat nun noch deutlicher hervor, doch war es bereits gefroren. Die Außentemperaturen verfälschten alle Anzeichen, anhand derer man dies hätte bestimmen können. Nur ein Experte konnte den Todeszeitpunkt genauer eingrenzen. Doch es gab keinen Experten in dieser Einöde. Der Einzige, dem dieses Prädikat am ehesten zukam, war er. Wahrscheinlich hatten die anderen Dorfbewohner sogar noch nie einen Toten gesehen, der auf eine solche Weise gestorben war. So wie Sippel vor ihm im Schnee lag, vermutete er, dass dieser sich beim Sturz entweder das Genick gebrochen hatte oder an den Folgen des Sturzes verblutet war.

Der Kommissar trat erneut zurück und sah hinauf. Sippels Körper lag genau unterhalb der Treppe. Er zweifelte nicht daran, dass der Sturz den Tod verursacht hatte. Doch war er unachtsam gewesen und selbst gestürzt oder war er gestoßen worden? Die Holztreppe verlief komplett im Freien an der Hauswand entlang bis nach oben zu Sippels Wohnung. Erst gestern war er selbst die Stufen hinauf, und später wieder hinuntergelaufen. Er ging zum Treppenaufgang hinüber und hoffte darauf, vielleicht Fußspuren zu finden, die darauf hinwiesen, dass mehr als nur Sippels Abdrücke dort zu erkennen wären. Doch zu seiner Überraschung waren die Stufen mit keiner Schicht Schnee überzogen, sie waren gefegt worden. Das verwunderte den Kommissar, da es immerhin den Morgen über wieder etwas geschneit hatte. Er war sich zudem sicher, dass der Schnee dort gestern deutlich höher gelegen hatte. Wenn Sippel nicht noch nach seinem Besuch den plötzlichen Einfall bekommen hatte, die Stufen vom Schnee zu befreien, musste das heute früh jemand anderes gemacht haben. Jemand, der etwas beseitigen wollte. Wahrscheinlich seine eigenen Spuren.

Er blickte sich nach einem Besen oder einem Schneeschieber um, mit dem der Schnee entfernt worden war. Der Kommissar ging um die Ecke des Gebäudes und erkannte einen Verschlag, in dem man eventuell Besen oder Schaufel verstauen konnte. An der Ecke befand sich eine Art Geräteschuppen. Als er näher kam, glaubte er Geräusche aus dem Inneren zu hören. Hatten sie den möglichen Täter vielleicht aufgeschreckt, der sich nun noch immer im Schuppen versteckte? Instinktiv griff er nach seiner Waffe. Doch diese war noch immer im Wrack des Wagens, das irgendwo entfernt auf einem Feld weit außerhalb des Dorfs lag.

»Verdammt«, entfuhr es Seeberg. Er überlegte, ob er Hellmich verständigen sollte, entschied sich aber dagegen und lauschte weiter. Es war wieder still geworden. Vorsichtig schob er die Holztür auf und schrak sofort zurück. Um ihn herum flatterte es wild durcheinander. Erst auf den zweiten Blick erkannte er den Grund der Geräuschkulisse. In dem Verschlag waren Tauben untergebracht. Überall um ihn herum flatterte und gurrte es, so dass er keine zwei Meter Sicht hatte. Er konnte Tauben nicht ausstehen. Mit einer Hand schützte er sein Gesicht und versuchte sich zu orientieren. Langsam ging er weiter und erkannte, dass es am Ende des Verschlags noch eine weitere Tür gab. Gerade als er diese öffnen wollte, ertönte eine Stimme direkt hinter ihm.

»Was machen Sie da?«

Seeberg erschrak und drehte sich ruckartig zu der Stimme. Direkt vor ihm stand ein kräftig gebauter Mann mit Hosenträgern, dickem Strickpullover und Gummistiefeln. In der sehnigen Hand hielt er eine Schaufel, die er jeden Moment auch als Waffe nutzen konnte.

»Das könnte ich Sie genau so fragen. Wer sind Sie? Und könnten Sie bitte die Schaufel beiseitelegen?«

»Zuerst sagen Sie mir, was Sie hier drin zu suchen

haben? Das ist Privatbesitz. Und da es mein Privatbesitz ist, kann es nicht Ihrer sein. Das bedeutet, dass Sie hier nichts verloren haben.«

»Sie sind Herr Georg Dänner, richtig? Mein Name ist Klaus Seeberg. Ihre Tochter hat uns in Ihrem Jagdhaus Unterschlupf gewährt.«

Der Mann antwortete nicht. Stattdessen rammte er die Schaufel in einen offenen Sack Futter und schleuderte die Körner im Anschluss über den Boden des Verschlags. Sofort pickten die Tauben gierig jedes Korn mit ihren Schnäbeln auf. Schließlich knurrte Dänner beiläufig etwas in Seebergs Richtung.

»Dachte ich mir schon.«

Die Geräuschkulisse schwoll immer mehr an, so dass man sein eigenes Wort nicht mehr verstehen konnte.

»Könnten wir vielleicht irgendwohin gehen, wo es ruhiger ist und wir reden können?«

Dänner würdigte ihn keines Blickes, zog seine Hosenträger nach und widmete sich den Vögeln.

»Ich muss mich um die Tauben kümmern. Wenn Sie was wissen wollen, fragen Sie.«

»Gut, dann eben hier.« Seeberg war schon froh darüber, dass die Schaufel nur für das Futter genutzt wurde. Da war das hektische Gurren um ihn herum das geringere Problem. »Sie machen nicht den Eindruck, dass Sie um Ihren Mitarbeiter trauern würden. Hat das einen besonderen Grund?«

»Der Sippels Peter war nicht mein Mitarbeiter. Er hat seinen Job schon vor Jahren verloren.«

»Dennoch ließen Sie ihn bei sich in der Fabrik wohnen.«

»Ja und? Ist das verboten?«

»Nein, es ist aber auch nicht selbstverständlich.«

»Nennen Sie es einen Freundschaftsdienst.«

»Sie waren also Freunde?«

»Wir sind zusammen aufgewachsen. Wissen Sie, der Peter war kein schlechter Kerl. Er hatte einfach etwas Pech. Die falschen Leute kennengelernt, die falsche Frau. Hat ihn noch vor der Geburt des Kinds verlassen. Und dann natürlich die Sauferei. Es wundert mich nicht, dass ihm das zum Verhängnis geworden ist. Ich habe ihm schon immer gesagt, dass das Zeug ihn früher oder später umbringen wird.«

»Das hat aber dann wohl doch jemand anderes übernommen.«

Georg Dänner unterbrach die Fütterung der Tiere, stützte seinen Körper auf der Schaufel ab und kniff die Augen zusammen.

»Was wollen Sie damit sagen? Meinen Sie, dass ihn jemand umgebracht hat und dass es vielleicht kein Unfall war?«

»Ist bislang nur so eine Vermutung. Hatte er denn irgendwelche Feinde?«

»Der Peter?« Dänner lachte auf. Sofort flatterten wieder einige Tauben auf. »Er war die Harmlosigkeit in Person. Er hätte keiner Fliege was zuleide tun können. Wissen Sie, hier oben kann man sich keine Feinde erlauben. Jeder hilft dem anderen, wo er kann.«

»Aber der Abel war anders.«

»Der Abel?« Dänner zwang sich zu einem Lächeln. Doch es wirkte starr. »Wie kommen Sie jetzt auf den?«

»Nur so.«

»Der Wolf Abel«, wiederholte er den Namen. »Ich habe schon gehört, dass er tot ist. Katrin hat es mir erzählt. Nach dem, was man hört, hatte er ja ganz schön Dreck am Stecken.«

»Sie scheinen nicht verwundert darüber, dass Wolfram Abel ein Mörder war.«

Dänner widmete sich wieder seiner Arbeit und zuckte die Schultern, während die Schaufel über den Boden kratzte. »Keine Ahnung. Ich habe ihn seit Jahren nicht mehr gesehen.«

»Sie waren gleichaltrig, oder?«

»Nicht ganz, er ist … ich meine, war etwas jünger. Wir hatten nie viel miteinander zu tun. Er war ein Einzelgänger.«

»Ist das in so einem kleinen Dorf nicht ungewöhnlich? Sie sagten doch gerade, dass man sich hier keine Feinde erlauben könne. Warum war Wolfram Abel da anders?«

Dänner zuckte erneut mit den Schultern. »Er war

halt einfach so. Und die anderen auch. Die ganze Familie hat sich seit Ewigkeiten nicht mehr hier unten im Dorf blicken lassen. Nicht in der Kirche, nicht auf den Festen, nirgends. Immer nur bei sich auf dem Hof. Ganz abgeschieden.«

»Warum denken Sie, dass die Abels sich so verhalten haben? Gab es einen Streit mit den anderen Dorfbewohnern?«

Dänner wendete sich ab und schüttete den Tauben eine letzte Schaufelspitze mit frischen Körnern auf den Boden. »Was weiß ich?! Es geht mich auch nichts an. Als Christ sollte man seinen Nachbarn nicht nachspionieren. Daran halte ich mich.«

»Sie sind gläubig?«

»Mein ganzes Leben bin ich fromm gewesen und habe mich an die Worte der Bibel gehalten.« Dänner sah kurz auf. »Sie nicht, das sehe ich.«

Der Kommissar sah seinem Gegenüber ungerührt in die Augen und fixierte ihn geradezu. »Und ob ich schon wanderte im finstern Tal, fürchte ich kein Unglück, denn du bist bei mir, dein Stecken und Stab trösten mich.«

Dänner schaute überrascht zu Seeberg und nickte zustimmend. Dabei wirkte er beinahe amüsiert. »Oh, da habe ich Sie wohl falsch eingeschätzt, Herr Kommissar.«

»Katholische Erziehung. Aber Sie haben dennoch

recht.« Seeberg nickte und deutete gen Himmel. »Ich habe so meine Probleme mit dem Big Boss da oben.«

»Muss jeder für sich selbst entscheiden.«

Seeberg musterte eine der Tauben, der ein Bein fehlte und die sich daher nur humpelnd fortbewegen konnte. »Noch was, Herr Dänner«, fügte der Kommissar an, nachdem eine kurze Zeit verstrichen war. »Wir müssten die Leiche Sippels irgendwo unterbringen, bis die Polizei und ein Bestatter mit dem Auto bis nach Kaltengrund durchkommen.«

Dänner schnaubte und nickte kurz angebunden. »Ich kümmere mich drum. Der Kehls Hannes hat einen Kühlraum auf seinem Hof, da werden wir ihn sicher hinbringen dürfen.«

»Danke.«

»Ist sonst noch was?«

»Nein.« Seeberg ging zur Tür, die hinausführte. »Ich werde mich jetzt noch mal in der Wohnung Sippels umschauen müssen, wenn's Recht ist.«

»Meinetwegen.«

»Ich bräuchte dazu aber die Zweitschlüssel.«

»Brauchen Sie nicht. Sie kommen dort so rein. Er hat nie abgeschlossen.«

»Tatsächlich. Warum das denn nicht?«

»Na, weil man das hier oben in der Rhön nicht braucht. Hier passiert nichts.«

Der Kommissar schob seine Augenbrauen zu zwei

spitzen Pfeilen zusammen und verließ den Schuppen, nicht ohne eine letzte Bemerkung zu hinterlassen.

»Mit dieser Meinung dürften Sie ab heute aber ziemlich alleine dastehen, Herr Dänner.«

Kapitel 19

Es stank widerlich. In der Luft lag eine beißende Mischung aus kaltem Rauch und getrocknetem Schweiß, die er schon am Vorabend wahrgenommen hatte. Im Tageslicht sah es gar noch schlimmer aus. Sippels Wohnung glich mehr einem notdürftigen Unterschlupf als der adäquaten Wohnung eines erwachsenen Mannes. In zwei Zimmern hatte der Tote all seine Habseligkeiten untergebracht. Es war so stickig, dass der Kommissar zunächst ein Fenster öffnete und frische Luft einströmen ließ. Am Fenster stehend, atmete er tief durch und begann im Anschluss damit, nach Anhaltspunkten zu suchen, die ihn weiterbringen könnten. Die alten Dielen des kurzen Flurs knarrten unter dem Gewicht des Kommissars, als er sich umsah. Vor ihm lag das Wohnzimmer, in dem er noch gestern gesessen hatte. Auf dem Tisch lag noch seine Visitenkarte neben dem Aschenbecher mit den Zigarettenstummeln, und darüber hing der Fliegenfänger mit all seinen kleinen Opfern. Die Ordnung des Raums zeugte davon, dass

Sippel schon seit sehr langer Zeit keine Anstalten mehr gemacht hatte, seine Wohnung aufzuräumen oder zu säubern.

Immerhin besitzt er aber wenigstens Möbel, stellte der Kommissar fest und musste damit erneut erkennen, wie erbärmlich sein eigenes Leben mittlerweile war. Seine Wohnung in Fulda bestand nur noch aus einigen Wänden und leeren Räumen, gefüllt mit Erinnerungen an eine bessere Zeit. Neue Erkenntnisse konnte der Kommissar jedoch auch in Sippels Wohnung gewinnen, die ihm am Vortag noch nicht aufgefallen waren. Sippel schien die Couch auch als Schlafplatz genutzt zu haben. Deutlich waren die Spuren im durchgelegenen Möbel zu erkennen. Dazu war eine filzige Decke zurückgeschlagen worden und lag zerknüllt neben ein paar Kissen. Eines davon wies einen dunklen Fleck in der Größe eines Kopfes auf, wie er nur durch jahrelange Nutzung entstehen konnte. Der Kommissar strich mit den Fingerspitzen darüber und glaubte, einige helle, getrocknete Speichelflecken auszumachen, zumindest hoffte er, dass es sich dabei lediglich um Speichel handelte. Er legte es etwas angewidert zurück und sah sich weiter im Zimmer um.

Ein Holzkreuz mit einem kleinen getrockneten Zweig hing über der Tür zur Wohnküche. Seeberg trat ein. Es war ersichtlich, dass Sippel diesen Raum am meisten genutzt hatte. Auf der Spüle stapelten sich einige Zeitschriften sowie benutztes Geschirr, und über einem Stuhl hing schmutzige Kleidung. Auf dem Küchentisch befand sich zudem ebenfalls ein Aschenbecher. Hier steckte sogar noch immer eine Zigarette in der kleinen Aussparung, in der man abaschte. Vielmehr war es der Rest einer Zigarette. Man hatte sie dort abgelegt und wohl vergessen. Der Tabak war langsam abgebrannt und hatte einen erkalteten Ascheast hinterlassen, der sich noch immer mit letzter Kraft an den Filter klammerte. Vielleicht war Sippel ja während des Rauchens gestört worden und hatte noch einen weiteren unerwarteten Besuch erhalten? Hatte dieser Gast Sippels Aufmerksamkeit so sehr erregt, dass er darüber seine Zigarette in der Küche vergessen hatte?

Der Kommissar ging in die Knie und öffnete eine der Türen des Unterschranks. Putzutensilien standen hier angestaubt nebeneinander aufgereiht. Doch weiter hinten, unter der Spüle, befand sich ein brauner Karton. Seeberg stellte ihn auf die Tischplatte vor sich und nahm den Deckel ab. Banküberweisungen und diverse Belege befanden sich oben auf dem Stapel. Kontoauszüge, die verdeutlichten, dass Sippel nicht gerade auf großem Fuß lebte, und Mahnungen, die ihn an die Zahlung seiner Versicherungen erinnerten. Am Boden des Kartons stieß der Kommissar auf ein Kuvert, wie sie Fotografen ihren Kunden mitgeben, in dem sich Abzüge bestellter Fotos befinden. Es war eine wilde Sammlung von Fotos, die aus längst vergangenen Zeiten stammten. Einige zeigten wohl Familienmitglieder und waren bereits aufgrund des Alters vergilbt. Eines zeigte Sippel im schicken Anzug neben einer jungen Frau mit Brautkleid und schwangerem Bauch. Auf einem anderen war er bei einem Ausflug zu sehen. Es folgten Landschaftsaufnahmen, die er wohl selbst geschossen hatte. Sippel hatte gar kein schlechtes Auge für die Fotografie, und manche Aufnahmen waren sogar von erstaunlich guter Qualität. Dann stockte Seeberg, als er ein Bild mit einigen Jugendlichen in den Händen hielt. Es waren vier junge Burschen, die sich wohl gerade zu einer Jagd aufmachten. Zumindest trugen die meisten passende Jagdkleidung und hatten ihre Gewehre neben sich stehen. Er drehte es um und konnte auf der Rückseite ein Datum ausmachen, das mit Bleistift geschrieben war: 18. Juli 1982. Das war nicht nur das Datum der Aufnahme, sondern auch zugleich exakt der Tag, an dem sich der Zwischenfall an der Grenze abgespielt hatte. Obwohl das Foto alt war und die Burschen darauf heute erwachsene Männer sein mussten, konnte er die einzelnen Gesichter ohne Probleme zuordnen. Links außen stand Dänner lächelnd und schnitt eine Grimasse, daneben Sippel und ein weiterer junger Mann, den Seeberg nicht kannte. Doch viel mehr stach ihm der vierte Halbwüchsige, der die anderen um mehrere Köpfe überragte, sofort ins Auge.

Wolfram Abel. Was hatten die Jungen mit dem Tod des Grenzers zu tun? Es konnte kein Zufall sein, dass das Foto genau an diesem Tag entstanden war. Eines war nun zumindest schon einmal klar. Sippels Aussage triefte von Widersprüchen und Lügen. Denn er hatte nicht verschlafen und war erst später zu der Gruppe gestoßen. Das Foto bewies, dass die Jagdgruppe zusammen aufgebrochen war. Und wenn Sippel den Vorfall bezeugt hatte, mussten es die anderen ebenfalls gesehen haben.

Seeberg nahm das Foto an sich und verließ die Wohnung kurz darauf. Draußen konnte er Hellmich sehen, wie sie die Leiche Sippels mit einem Bettlaken abdeckte. Es musste dringend veranlasst werden, dass der Tote weggebracht wurde. Seeberg stapfte durch den Schnee zum Wohnhaus der Dänners. Wie lang würde es wohl noch dauern, bis endlich diese verdammten Zufahrtswege frei geräumt sein würden?

Kapitel 20

Der Morgen hatte seine Unschuld verloren. Der Regen hatte, wie erwartet, in voller Kraft eingesetzt. Doch kühlte er keineswegs. Ganz im Gegenteil. Wie aus Scham über das Vorgefallene legte der junge Tag ein dickes Regenband über das Waldstück. Die Schwüle drückte mit unablässiger Macht auf alles, was sich unter ihr befand. Selbst die Tiere auf den Weiden hatten unter Bäumen und Verschlägen Unterschlupf gesucht und sahen Georg Dänner an, als er schnellen Schritts an ihnen vorbeihastete. Der Regen lief ihm in kleinen Rinnsalen über das Gesicht und durchtränkte seine gesamte Kleidung. Doch von all dem nahm er keine Notiz. Ihn beschäftigte nur ein einziger Gedanke: Ich habe einen Menschen erschossen! Angst durchflutete ihn.

In seinen Händen hielt er den Schlüssel des Jagdhauses fest umschlossen. Er hatte alles so gemacht wie besprochen und hatte die Familie im Jagdhaus seiner Eltern untergebracht. Nun zersprang sein Hirn beinahe vor hämmernden Kopfschmerzen, und die Luft rasselte in seinen Lungen bei jedem Schritt. Er sah auf, kniff die Augen zum Schutz vor dem Regen zusammen und erkannte von weitem die Konturen des Abelshofs. Sein Herz pumpte nun noch schneller, schaufelte dabei wie wild Sauerstoff in seinen Körper. Die Gedanken kreisten um den Unfall. *Es war doch ein Unfall gewesen?*, fragte er sich selbst und hatte Angst davor, dass er zu einer anderen Antwort gelangen könnte. Ein leises Winseln brach aus ihm heraus, und einige Tränen mischten sich unter die Regentropfen auf seinem Gesicht, doch sofort riss er sich wieder zusammen und stapfte weiter. Wie hatte das nur alles passieren können? Ein kleiner Moment der Unachtsamkeit hatte sein Leben von einer Sekunde auf die andere aus den Fugen geraten lassen. Nun lagen sein weiteres Leben und das seiner ganzen Familie in den Händen eines Kerls, den er nicht einmal sonderlich leiden konnte. Er wusste ja eigentlich auch überhaupt nichts über ihn. Von Kind an war Wolfram Abel für die anderen Jungen im Dorf ein Sonderling gewesen. Nie hatte er an Feierlichkeiten teilgenommen, am Kirchtag in Tann war er ebenso nie zu sehen gewesen. Weder an Sonntagen noch an irgendeinem anderen Feiertag wie Ostern oder Weihnachten. Georg konnte sich nicht einmal daran erinnern, dass Wolf zur ersten heiligen Kommunion gegangen war. Auf den Gruppenfotos war er jedenfalls nie zu finden gewesen. Und nun hing alles an diesem Kerl. Der Gedanke ließ ihn trotz der schwülen Hitze schaudern.

Und welchen Plan hatte Wolf geschmiedet? Es musste irgendetwas sein, das er nicht vor Uwe und den anderen hatte sagen wollen. Georgs Finger griffen wieder in der Hosentasche nach dem Schlüssel des Jagdhauses. Wie lange hatte Wolf vor, die Flüchtlingsfamilie dort zu beherbergen? Und wie sollte es dann weitergehen? Irgendwo mussten diese sich früher oder später melden. Bei einem Amt, irgendeiner öffentlichen Anstalt. Und dann würden Fragen aufkommen. Viele Fragen. Woher sie kämen, wohin sie wollten und vor allen Dingen wie sie hierhergekommen waren. Es bedurfte nur wenig Phantasie, um eins und eins zusammenzuzählen, und schon würde man die offensichtlichen Parallelen zu dem toten Grenzer erkennen. Und somit zu Georg.

»Scheiße«, fluchte er laut und stakste weiter durch den schlammigen Untergrund, der sich mittlerweile auf dem unbefestigten Weg gebildet hatte. Wie sollte er das Ganze jemals seiner Frau erklären? Oder seiner Tochter, die ihn im Gefängnis besuchen würde. Nein, er durfte es auf keinen Fall so weit kommen lassen. Er musste alles tun, um dies zu verhindern. Er wischte sich mit dem Handrücken den Regen aus dem Gesicht und hoffte, dass alles gut werden würde. Und seine einzig verbliebene Hoffnung trug einen Namen: Wolfram Abel.

Kapitel 21

»Denkst du, es war ein Unfall?«

Der Kommissar sah Hellmich überrascht an. Nachdem sie mit dem Schneemobil wieder zurück in die alte Jagdhütte gefahren waren, hatte er sich zunächst zurückgezogen, ohne weitere Worte über den Tod Sippels zu verlieren. Er wollte sich zunächst seine eigenen Gedanken dazu machen. Nach dem Abendbrot war Katrin Dänner mit ihrer Tochter zu Bett gegangen, und nun saß Seeberg zusammen mit Hellmich vor dem knisternden Kamin und starrte in die auflodernden Flammen.

»Ich bin mir nicht sicher, Franziska. Was haben die Frauen für einen Eindruck auf dich gemacht?«

Hellmich zog ihre Stirn kraus. »Die standen unter Schock. Niemand kann sich vorstellen, aus welchem Grund man so einen armen Schlucker wie Sippel umbringen sollte. Dennoch wäre es doch wohl ein großer Zufall, wenn der Sippel sich gerade dann zu Tode stürzt, als du ihn kurz vorher zu dem Tod des Grenzers befragt hast. Vielleicht hat das irgendjemandem nicht gepasst.«

»Möglich.« Seeberg gab sich einsilbig.

Doch Hellmich dachte nicht daran, das Thema zu beenden, und stellte ihre eigene These vor. »Vielleicht hatte dieser Jemand ja Angst, dass Sippel unter deinen Fragen einbricht und sich verplappert. Hat er denn gar nichts Interessantes gesagt?«

Klaus Seeberg streckte sich und setzte sich auf. Vielleicht lag sie mit dieser Meinung gar nicht so falsch. Zumindest war klar, dass Sippel gelogen hatte. »Er hat sich in seiner Aussage ziemlich widersprochen. Allerdings ist das Ganze auch schon einige Jahre her. Es könnte also auch durchaus sein, dass er Dinge verwechselt oder vertauscht hat. Es ist nicht selten, dass Zeugen sich an Sachen erinnern, die so gar nicht stattgefunden haben, und nach Banküberfällen von drei statt zwei Tätern sprechen. Oder von einem roten Fahrzeug anstatt eines weißen. Passiert alles unterbewusst.«

»Ach, tatsächlich?«

Hellmichs Antwort klang zynisch, und Seeberg erkannte, dass er der Psychologin dieses Phänomen sicher nicht erklären musste. Sie war in diesen Dingen die größere Expertin. »Sorry. Was ich damit meine, ist, dass Sippel behauptete, nur zwei Schüsse gehört zu haben. Der erste sei ein Warnschuss gewesen, um den flüchtigen Grenzer zum Anhalten zu zwingen. Erst der zweite traf ihn angeblich im Rücken. Laut Zeugenaussage von Frau Brauner waren es aber drei. Diese fielen zeitlich versetzt. Ein Schuss fiel demnach sogar mindestens zehn Minuten später als der erste.«

»Und wem glaubst du?«

»Laut Aufzeichnungen gibt es zwei Schussverletzungen. Es muss also mindestens zwei Schüsse gegeben haben, die den Grenzer getroffen haben. Somit kann an der Aussage Sippels etwas nicht stimmen. Außerdem hat er mich bezüglich der Jagdgruppe angelogen. Die Jungen sind damals alle gemeinsam losgezogen.«

Einen Moment herrschte Schweigen im Raum.

»Was hat Sippel zu den zwei Schussverletzungen gesagt? Du hast ihn doch darauf angesprochen, oder?«

»Natürlich. Er wirkte ernsthaft überrascht, als ich ihm sagte, dass es einen zweiten Schusskanal im Schädel gegeben habe und dass das der Schuss war, der zum Tod des Grenzers geführt hat. Obwohl ich weiß, dass er mich in allen anderen Dingen anlog, schien er in diesem Punkt glaubhaft von einer einzigen Schussverletzung ausgegangen zu sein. Das macht alles wenig Sinn.«

»Vielleicht trifft auf ihn genau das zu, was du meintest. Unterbewusste Wahrnehmungsverschiebung.«

»Ja, vielleicht«, seufzte Seeberg, »vielleicht auch nicht. Komische Leute sind das hier oben, oder?«

»Wenn du mich als Psychologin fragst, hat das ganze Dorf eine Art Kollektiv-Trauma. Jeder hat Geheimnisse vor dem anderen, und keiner traut sich etwas zu sagen, um nicht von den anderen geächtet zu werden. Da ist es nur nachvollziehbar, dass sie verschüchtert und argwöhnisch gegenüber jedem Fremden sind, der in ihre Gemeinschaft eindringt. Ist wie ein Rudel, das sich gegen Eindringlinge von außen schützen will. Die Eltern geben so was unbewusst an ihre Kinder weiter, die wiederum an ihre … und so geht das über Generationen, ohne dass man weiß, warum man eigentlich so verschlossen gegenüber Fremden ist.«

»Mag sein.«

»Dennoch ist es erstaunlich, wie sehr dieser Vorfall vor über dreißig Jahren noch heute die Dorfgemeinschaft prägt. Oder ist es am Ende gar nicht wegen des toten Grenzers?«

»Gute Frage. Vielleicht steckt mehr dahinter, als wir ahnen. Immerhin sind mit Abel und Sippel jetzt schon zwei Personen aus dem Dorf zu Tode gekommen. Wenn man bedenkt, wie wenig Menschen hier leben, ist das eine verdammt hohe Quote.«

»Ja, aber bei Sippel wissen wir nicht, ob er gewaltsam zu Tode gekommen ist.«

»Stimmt. Was ist eigentlich mit der alten Dännerin?«

»Die Großmutter von Katrin?«

»Ja.«

»Wie gesagt, sie hat einen Schock erlitten. Nichts Schlimmes, aber der Anblick des Toten hat sie schon ziemlich mitgenommen. Sie wohnt mit ihrem Mann in einem Nebenhaus des Sägewerks, direkt an der Hauptstraße. Und die Eltern Katrins in dem Haus daneben. Also alles schön eng beisammen. Ich kann Katrin schon verstehen, dass sie eine Zeitlang hier rausmusste.«

Seeberg erinnerte sich daran, die Großmutter schon einmal gesehen zu haben, als er das erste Mal in Kaltengrund war und nach dem Abelshof gefragt hatte. Damals hatte sie ihn an der Haustür abgewimmelt.

»Daher kenne ich sie. Das Gesicht kam mir gleich so bekannt vor. Und der Großvater Dänner? Was ist das für einer?«

»Ihr Mann? Der ist schlecht zu Fuß und sitzt anscheinend den ganzen Tag im Haus. Er schikaniert sie und meckert an allem herum. Als ich sie nach Haus gebracht habe, hat er sie angefahren, dass sie sich nicht so anstellen solle.«

»Ich würde gerne mal mit den beiden sprechen. Sie kennen doch sicherlich die Abels am längsten. Irgendjemand muss doch was über sie wissen. Irgendetwas ist an diesem Tag, an dem der Grenzer starb, dort oben geschehen. Und die Einzigen, die etwas wissen und noch am Leben sind, sind die Dänners, der alte Abel und die Jungen auf dem Foto. Wobei zwei davon schon tot sind. Wir müssen die Übrigen unbedingt befragen, Franziska.«

»Dann bedank dich mal bei Katrin.«

»Warum?«

»Weil Katrin mir vorhin erzählte, dass wir morgen zum Mittagessen bei den Dänners eingeladen sind. Es ist Sonntag. Der dritte Advent. Und sie wollte nicht, dass wir hier alleine herumsitzen.«

»Warum nicht? Ich sitze sonntags immer alleine zu Hause.«

»Du schon. Du bist ja auch nicht normal. Aber im Advent besucht man nun mal die Menschen, die einem lieb sind.«

Er schwieg. Alle Menschen die er je geliebt hatte, waren entweder tot oder schon lange Zeit nicht mehr seine »Lieben«.

Kapitel 22

Er war ganz vorsichtig, setzte einen Fuß vor den anderen. Nachdem Klaus Seeberg am nächsten Morgen aufgewacht war, schlich er sich aus dem Zimmer von Franziska Hellmich. Katrin Dänner und die kleine Paula sollten nichts von dem Tête-à-Tête mitbekommen. Er wollte es so. Hellmich fand es lächerlich, fügte sich aber seinem Willen. Seeberg meinte, dass das ein schlechtes Bild auf die Polizeiarbeit werfen würde. Sie fragte, wieso er das denke, schließlich würden sie doch wohl gegen keine Gesetze verstoßen, und er antwortete mit einem verunsicherten »Es ist halt einfach so«.

Er zog sich seine Sachen über und trat zunächst hinaus vor die Tür, um ein wenig frische Luft zu schnappen. Gerne hätte er einen Schluck Alkohol zu sich genommen, doch diesen Drang verspürte er zum Glück immer seltener. Auch der Medikamentenentzug hatte ihn die letzten beiden Tage weniger Kraft gekostet als zuvor. Es ging ihm besser. In tiefen Zügen sog er den Sauerstoff in seine Lungen und atmete entspannt wieder aus. Auf eine seltsame Art gefiel es ihm hier oben in der Rhön. Sicher, der Anlass war kein angenehmer, aber die Hektik der Stadt blieb hier außen vor und man konnte sich auf die wesentlichen Dinge konzentrieren. Vielleicht sollte er nach seiner Rückkehr seinen Dienst endgültig quittieren. Polizei-Vize Bornemann und der Staatsanwalt Pinnow würden das sicher begrüßen. Wahrscheinlich würde Bornemann ihn sogar noch kurzerhand befördern, damit er eine verbesserte Sofortpension erhalten würde, nur um ihn endlich loszuwerden. Er musste bei dem Gedanken daran schmunzeln. Doch im nächsten Moment erinnerte er sich selbst daran, dass sein Plan doch eigentlich ein ganz anderer gewesen war. Er wollte diesen Fall lösen und damit endlich die ganze Wahrheit über Lauras Tod erfahren, um sich dann im Anschluss das Leben zu nehmen. Doch irgendwie hatten die letzten Tage mit Franziska alles verändert. Er freute sich jedes Mal, wenn sie ihn heimlich anlachte und sich dabei verlegen eine Haarsträhne hinter das Ohr klemmte.

»Na, schon wach?«

Die Stimme Katrin Dänners riss ihn zurück aus seinen Gedanken und er drehte sich zu ihr.

»Ach, Katrin. Guten Morgen. Ja, ich, äh, ich habe einen leichten Schlaf.«

Sie lächelte.

»Und ich dachte schon, Sie sind extra so früh aufgestanden, um wieder auf der Couch Ihre Decke zu zerwühlen.«

Ertappt, dachte sich Seeberg, als er zu seiner Schlafcouch hinübersah. Decke und Kissen waren unberührt.

»Was? Warum …?«

»Na, damit es so aussieht, als ob Sie hier auch geschlafen hätten.«

»Wie kommen Sie darauf, dass ich das nicht tun würde?«

»Geben Sie sich keine Mühe, Herr Seeberg. Ich bin kein kleines Kind mehr. Oder denken Sie, dass Paula ein Geschenk des Himmels war?«

Sie wusste es also. Es war ihm sichtlich peinlich, und er glaubte sogar rot zu werden. Hilflos suchte er nach einer Erklärung, doch alle Ideen, die ihm einfielen, klangen lächerlich. Katrin erlöste ihn, indem sie das Thema wechselte.

»Auch einen Kaffee?«

»Ja, sehr gerne … danke.«

Seeberg setzte sich an den Holztisch, während Katrin den Kaffee zubereitete. Als der Duft des Kaffees in die Stube waberte, hatte er sich wieder gefangen und wagte es, ihr in die Augen zu schauen, ohne zu erröten.

»Wir sind heute Abend also bei Ihren Eltern eingeladen?«

»Ja. Heute ist der dritte Advent. Da sollte man nicht alleine sitzen. Und solange Sie meine Gäste sind, werde ich das auch nicht zulassen.«

»Das ist sehr freundlich von Ihnen.«

Sie stellte einen Pott heißen Kaffee vor ihm ab und

setzte sich gegenüber auf den Stuhl. »Freuen Sie sich nicht zu früh.«

»Wie meinen Sie das?«

»Ich weiß ja nicht, wie es bei Ihnen zugeht, aber bei uns sind Familienfeste oft eine eher zähe Veranstaltung. Meine Familie ist nicht gerade weltoffen und verständnisvoll. Sie haben ja schon ein paar kennengelernt. Ich muss Ihnen also eigentlich danken, wenn Sie mir heute Abend beistehen.«

Er schmunzelte. »So schlimm?«

»Na ja. Meine Großeltern sind etwas starrsinnig und zanken sich oft. Mein Vater sagt nicht viel, und meine Mutter versucht, es allen recht zu machen. Das klassische Bild, würde ich sagen.«

Nun lachten beide auf.

»He, hier ist ja schon richtig gute Stimmung.« Franziska Hellmich steckte den Kopf um die Ecke.

»Oh, haben wir dich geweckt?«

»Nein, nein. Alles gut. Aber zu so einem Kaffee würde ich nicht nein sagen.«

»Gerne.« Katrin Dänner stand auf und überließ Hellmich ihren Stuhl. Dazu füllte sie noch eine Tasse Kaffee und stellte sie dampfend auf den Tisch. »So bitte, ich muss mich eh mal um Paula kümmern.«

»Danke.« Hellmich setzte sich neben den Kommissar, gähnte noch einmal und band sich ihre Haare mit einem Gummiband zusammen. Dann nahm sie einen

Schluck Kaffee, wärmte ihre Hände an der Tasse und sah ihn an. »Alles in Ordnung? Du schaust so irritiert.«

»Sie weiß es.«

»Wer weiß was?«, stellte sie überrascht die Tasse ab.

»Katrin. Das mit uns.«

Franziska Hellmich konnte nicht anders und musste loslachen. Ihr war es schon längst klar, dass die Nähe zwischen ihr und dem Kommissar Katrin nicht verborgen geblieben war. »Und das beschäftigt dich jetzt so?«

»Ja.«

»Ist es dir peinlich?«, fragte sie.

»Nein, natürlich nicht, aber …«

»… aber eigentlich doch.«

Er wusste nicht, wie er reagieren sollte.

»Also pass auf, Klaus. Nur um das mal klarzustellen. Was immer zwischen uns ist, sollte dich nicht belasten. Du gehst hier keine Verpflichtungen ein, wenn dich das beruhigt.«

»Versteh das nicht falsch, Franziska, es ist nur, weil … na ja, es ist ungewohnt für mich.« Er fühlte sich unwohl. In zwischenmenschlichen Dingen war er nie gut gewesen. Dennoch versuchte er sich zu erklären. »Es ist das erste Mal seit Lauras Tod … und eigentlich seit Jahren. Mit Lauras Mutter lebte ich am Ende nur noch wegen der Kleinen zusammen.«

Sie legte eine Hand auf seine. »Ich weiß schon, was

du sagen willst. Es ist alles okay. Mach dir keine Gedanken.« Es folgte ein kurzer Kuss. »Ich wünsche dir einen schönen dritten Advent.«

Kapitel 23

Georg war sichtlich außer Puste. Schweiß und Regen strömten ihm über die Stirn, als er von Wolf ins Haus gelassen wurde. Er hatte die restliche Strecke im Laufschritt hinter sich gelassen. Nun stand er durchnässt im Flur und zitterte am ganzen Leib. »Okay, hier bin ich. Ich habe die Familie ins Jagdhaus gebracht, so, wie du es wolltest. Was hast du jetzt vor?«

»Komm erst einmal rein.«

»Verdammt, Wolf. Was sollen wir nur machen? Dort oben liegt ein Toter im Wald. Sollten wir nicht lieber zur Polizei gehen und denen erklären, was passiert ist? Es war doch ein Unfall.«

»Und du glaubst, dass die dir das abnehmen?«

»Warum nicht?«

»Wie hört sich das für dich an, wenn du hören würdest, dass ein Ost-Grenzer auf westlichem Gebiet im Wald erschossen wurde? Willst du denen sagen, dass du ihn für einen Hirsch gehalten hast?«

Wolf hatte recht. Man würde einen Schuldigen suchen. Und er war ein dankbares Opfer. Zumal er Alkohol getrunken hatte und somit alle Erklärungen mit einem großen Fragezeichen behaftet wären. Selbst wenn man ihm den Unfall abnehmen würde. Ihm würde zumindest eine Anklage wegen fahrlässiger Tötung unter Alkoholeinfluss bevorstehen. Wie sollte er als junger Vater damit leben? Er und seine ganze Familie wären für immer gebrandmarkt. Nackte Angst ergriff ihn, und schlagartig brach ihm der kalte Schweiß aus.

»Was dann? Ich kann nicht in den Knast, Wolf. Was wird aus meiner Frau und meiner Tochter?«

Mit stechendem Blick fixierte Wolf ihn. In seinem Kopf schien sich etwas abzuspielen, das ihm gefiel. Denn schließlich lächelte er und legte Georg die Hände auf die Schultern.

»Ich kümmere mich darum. Versprochen, Georg. Aber im Gegenzug musst du mir auch helfen. Versprichst du mir das?«

»Meinetwegen. Ich tue alles. Hauptsache, ich muss nicht ins Gefängnis.«

»Dann ist gut.« Wolf nahm die Hände wieder von Georgs Schultern und wandte sich von ihm ab. Er ging einige Schritte in Richtung der Wohnstube. Dann hielt er an und winkte ihn zu sich. »Komm, ich will dir was zeigen.«

Georg folgte ihm. Sein Atem hatte sich wieder etwas beruhigt. Irgendwie traute er Wolf tatsächlich zu, ihm aus dieser Bredouille zu helfen. In Gedanken versunken, trat er in die Stube und blieb wie angewurzelt im Türbogen stehen. Zunächst verbot ihm sein Verstand zu glauben, was seine Augen ihm dort zeigten. Das Bild vor ihm wirkte wie eine Szene aus einem Horrorfilm. Doch nach einigen Sekunden musste er die grausige Realität anerkennen und zugeben, dass ihm seine Phantasie keinen Streich spielte. Ihm stockte der Atem und ihm wurde schlagartig schwindelig. Er taumelte, und Übelkeit überkam ihn. Am liebsten wäre er weglaufen, doch seine Beine schienen ihm nicht zu gehorchen.

»Was zum Teufel …?«

Weiter kam er nicht. Plötzlich war Wolf neben ihm. Trotz seiner mächtigen Statur war Wolf flinker, als er es vermutet hatte. Er packte ihn mit der einen Hand am Kragen, die andere umklammerte seine Kehle. Mit einem Mal hatte er selbst Todesangst. Was hatte Wolf mit ihm vor? Der Griff um seinen Hals war fest, und Georg fühlte sich wie in einem Schraubstock gefangen. Er schnappte nach Luft und schaute Wolf in die blitzenden Augen. Der Blick ging ihm durch Mark und Bein. Seine Augen zeigten trotz der Anstrengung keinerlei Regung. Unbeeindruckt zog er Georg nah an sich heran. Ihre Gesichter berührten sich beinahe, und Georg konnte den Atem von Wolf riechen, als er zu reden begann.

»Hör mir jetzt ganz genau zu. Wenn du nicht willst, dass du für deinen Mord ins Gefängnis gehst, dann wirst du jetzt genau das tun, was ich dir sage. Ich habe dir geholfen, und jetzt hilfst du mir. Wenn du es schon nicht für dich tun kannst, dann tu es wenigstens für deine Tochter. Hast du das verstanden?«

Die Luft in seinen Lungen genügte nicht mehr zum Antworten, stattdessen nickte er so gut es ging und musste erkennen, dass er keine andere Wahl hatte. Seine Augen füllten sich mit Tränen, und sein Blick wanderte immer wieder von Wolf zu dem entsetzlichen Bild, das sich ihm in der Stube bot. Plötzlich wurde er von Wolf in die Ecke geschleudert. Seine Hände fingen den Sturz nur schwach ab, und er bemerkte die Flüssigkeit auf dem Dielenboden. Es war Blut. Viel Blut. Er sah wieder auf und blickte in die toten Augen, die ihn unablässig anstarrten. Erst jetzt verstand er, dass es hier um weit mehr als nur sein Leben ging.

Kapitel 24

Die Stube der Dänners war großzügig geschnitten und zumindest im Vergleich zu Sippels Behausung geradezu luxuriös eingerichtet. Das Interieur war rustikal, doch die Küche verfügte über alle modernen Geräte, die man zum Kochen und Backen benötigen konnte. Das Haus der Dänners war von ländlichem Charme geprägt und strahlte Gemütlichkeit aus. Vor dem Kamin hatte es sich Katrins Hund Carlos bequem gemacht, der Rest saß um den schweren Bauerntisch herum. Neben Georg und seiner Frau Christa waren auch die Großeltern Dänner zum Abendessen herübergekommen. Klaus Seeberg saß zwischen Franziska Hellmich und der kleinen Paula, die ihn irgendwie ins Herz geschlossen zu haben schien. Immer wieder ließ sie ihre kleinen Fingerspitzen auf seinem Handrücken tanzen oder zeigte ihm, was sie für tolle Grimassen schneiden konnte.

»Paula, nun setz dich mal anständig hin und hör auf, solch furchtbare Fratzen zu schneiden«, herrschte der Großvater die Kleine an. »Wir wollen jetzt essen, da hampelt man nicht so herum.«

Christa Dänner hatte die dampfenden Töpfe auf den Tisch gestellt, in denen Hirschgulasch, Kartoffeln und Karottengemüse darauf warteten, verspeist zu werden. Gerade wollte Seeberg ihr seinen Teller reichen, damit er gefüllt werden konnte, da nahm sie Platz und alle aus der Familie senkten den Kopf. Der alte Dänner faltete seine von schwerer Arbeit gezeichneten Hände und sprach das Tischgebet.

»Komm, Herr Jesus, sei unser Gast und segne, was du uns bescheret hast, Amen.«

»Amen«, antwortete die Tischgruppe unisono, und auch der Kommissar stimmte mit ein, obwohl er seinen Glauben schon lange verloren hatte.

»Das sieht aber lecker aus.« Franziska Hellmich rieb sich voller Vorfreude die Hände.

»Alles aus eigenem Anbau«, erklärte Christa Dänner stolz ihren Gästen, während sie nacheinander alle Teller gereicht bekam. »Nur den Hirsch, den haben wir nicht selbst geschossen. Den haben wir noch im Tiefkühler gehabt. Vom Markt oben in Tann.«

»Sind Sie denn nicht Jäger, Herr Dänner?«, fragte Seeberg.

»Nein. Ich bin nicht sonderlich gut im Umgang mit dem Gewehr.«

»Mein Mann isst auch gar kein Fleisch«, unterbrach Christa Dänner, während sie ihrem Mann Kartoffeln und Gemüse servierte. »Er mag es einfach nicht.«

»Ach, Sie sind Vegetarier? Das wundert mich aber. Und ich dachte, dass man hier oben regelmäßig gemeinsam zur Jagd geht und Wild schießt.«

»Früher war das so«, antwortete die alte Dännerin plötzlich vom anderen Tischende, »da trafen sich die Männer aus dem ganzen Dorf und gingen zweimal im Jahr auf die Jagd. Als junger Bursche ging der Georg noch gerne schießen. Da hat er auch noch Fleisch gegessen.«

Die Blicke Georg Dänners unterbanden die Ausführung seiner Mutter. »Fang nicht wieder damit an, Mutter.«

»Doch, das würde mich wirklich interessieren«, erklärte der Kommissar, während er sich eine Gabel duftenden Gulasch einverleibte. »Mit wem sind Sie da denn immer so losgezogen?«

Georg Dänner schüttelte den Kopf, ohne aufzublicken. »Ist zu lange her. Das weiß ich nicht mehr.«

Der Kommissar holte aus seiner Hosentasche wie selbstverständlich das Foto aus Sippels Wohnung hervor und legte es vor ihn auf den Tisch.

»Das habe ich bei Sippel in der Wohnung gefunden. Vielleicht hilft Ihnen das ja auf die Sprünge. Gesichter kann ich mir auch immer besser merken als Namen.«

Georg Dänner stoppte für einen Moment mit dem Essen, dann spießte er ein weiteres Stück Kartoffel auf, steckte es sich in den Mund und begann zu kauen. »Tut mir leid, ist wirklich zu lange her.«

Die alte Dännerin nahm das Foto an sich, setzte sich ihre Brille auf die Nase und tippte mit ihren starren Fingern darauf.

»Aber Georg, natürlich weißt du das noch. Das sind die Jungs aus dem Dorf. Ihr hattet doch immer eure eigene Jagdgruppe bei der Sommerbockjagd.«

»Wenn du es sagst, Mutter.«

»Aber ja. Hier, der außen ist der Sippel, Gott sei seiner Seele gnädig. Und daneben steht der Bleuel Uwe.«

»Wer ist dieser Bleuel Uwe?« Der Kommissar wandte sich zu der alten Frau. »Wo kann ich den finden?«

»Das geht nimmer. Der ist tot.«

»Tot? Wie ist das passiert?«

Es trat kurzes Schweigen ein, die Alte legte das Bild zurück auf den Tisch, dann erhob der alte Dänner das Wort.

»Er hat tot in der Scheune seines Vaters gehangen. Aufgehängt hat er sich.«

»Weiß man, warum?«

»Er war schon als Kind sensibel. Irgendwann als junger Mann hat er plötzlich das Stottern angefangen.«

Ein Stotterer! Konnte er derjenige gewesen sein, der damals den anonymen Anruf bei der Polizei getätigt hatte?

»Sagen Sie, wann hat er sich genau umgebracht?«

»Das war so vor einem halben Jahr.«

»Also letzten Sommer?«

»Das dürfte ungefähr passen. Und jetzt geben Sie halt Ruhe. Wir reden nicht gerne am Tisch darüber. Wir wollen hier essen.«

»Natürlich. Entschuldigen Sie.«

Letzten Sommer. Das war genau der Zeitpunkt, als der anonyme Anruf bei der Polizei eingegangen war und Laura entführt und getötet wurde. Der Mörder hatte also zunächst dafür gesorgt, dass er nicht die Ermittlungen in Kaltengrund aufnehmen würde, und hatte sich danach eines Belastungszeugen entledigt. Der Kommissar befahl sich, den Gedanken an Laura loszulassen, und widmete sich wieder dem Foto.

»Nur noch eine letzte kleine Frage. Den hier, kennen Sie den auch?«

Die alte Frau griff nach dem Foto, setzte sich ein weiteres Mal die Brille auf die Nase, kniff erneut die Augen zusammen und musterte die vierte Person auf dem Foto. »Der? Ach ja, der Große ist der Abel. Der war aber nicht oft bei der Jagd mit dabei, soweit ich mich erinnern kann.«

»Wolfram Abel?«, fragte Seeberg nach, obwohl er natürlich schon die Antwort wusste. »Das ist ja interessant.«

»Ja, ich habe ja immer zu Georg gesagt, dass er sich von denen da oben fernhalten soll. Wer sich mit Dreck wäscht, wird nicht sauber, verstehen Sie?«

»Mutter«, rügte Georg erneut und wandte sich an seinen Vater. »Sag doch auch mal was!«

»Was soll ich da sagen, mein Sohn? Sie hat ja recht. Die Abels sind nie so gewesen wie wir hier unten im Dorf.«

»Wie meinen Sie das?«, fragte Seeberg zögerlich.

Der alte Dänner nahm sich eine Scheibe Brot und brach sie in zwei Teile. Dann begann er damit, sie in kleine Stücke zu rupfen und in seinen Gulasch zu rühren.

»Na ja, die Abels leben halt schon immer sehr zurückgezogen. Hab sie seit ewigen Zeiten nicht mehr gesehen. Ich wüsste nicht einmal mehr, ob ich sie erkennen würde, wenn ich sie sehen würde.«

»Sie wissen also gar nicht, dass Frau Abel gestorben ist?«

Die Dänners wechselten untereinander einige Blicke.

»Nein, das ist das erste Mal, dass wir davon hören.«

Christa Dänner nickte zustimmend.

»Aber das wundert mich nicht. Der Abel hat sie wahrscheinlich heimlich verbrannt und im Garten verstreut. Dem traue ich alles zu.«

Sie wissen nicht, wie nah sie damit an der Wahrheit sind, dachte Seeberg.

»Richtig«, pflichtete stattdessen ihre Schwiegermutter bei. »Das sind Heiden. Die haben's bestimmt mit dem Teufel dort oben auf dem Hof.«

»Ach, Oma«, ereiferte sich Katrin über ihre Großmutter. »Nur weil man nicht jeden Sonntag in die Kirche rennt wie du, hat man es doch nicht gleich mit dem Teufel.«

Die alte Frau hob drohend den Zeigefinger.

»Ich weiß schon, dass du auch keine Kirchgängerin bist, aber ich sag's dir, Katrin. Halt dich fern von denen da oben auf dem Abelshof. Du bist allein. Hast ein Kind. Schnell haben sie dich verhext. Wer weiß, was die mit der Paula machen.«

»Was machen die mit mir?« Die kleine Paula war bei der Nennung ihres Namens hellhörig geworden. Ihre Mutter gab ihr einen Kuss auf die Stirn.

»Nichts, Paula. Die Uroma hat das nur so gesagt.«

Georg Dänner legte seine Hand auf die seiner Mutter.

»Lass gut sein, Mutter. Verschreck mir nicht die Kleine.«

Am Tisch wurde eine Weile geschwiegen, bevor nachgefragt wurde, wer noch etwas von den Kartoffeln wolle. Franziska hob dankbar ihren Teller.

»Für mich gerne.«

Doch Seeberg wollte es noch nicht gut sein lassen. Er musste Druck machen, wenn er in der Sache weiterkommen wollte. Und er spürte, dass hier am Tisch mindestens einer mehr wusste als die anderen. Und den galt es aus der Reserve zu locken. Also hakte er nach.

»Sagen Sie, geschah das Unglück mit dem Grenzer damals nicht auch während einer Jagd?«

Jetzt knallte Georg Dänner genervt sein Besteck auf den Teller.

»Herr Kommissar, das wissen Sie doch schon längst. Sie sind Gast in diesem Haus, aber ich setze Sie auch vor die Tür, wenn es sein muss. Wenn Sie also Fragen haben, dann fragen Sie einfach, was Sie wirklich wissen wollen, anstatt hier so herumzudrucksen.«

»Papa.«

Katrin wusste gar nicht, wie ihr geschah. Hatte sie nun in Form von Seeberg den Feind ins eigene Haus geholt oder verschwieg ihr Vater irgendetwas? Seeberg tupfte sich mit der Serviette den Mund ab und stand auf.

»Gut, wenn Ihnen das lieber ist. Vielleicht sollten wir aber dazu lieber nach nebenan gehen, wo man ungestört reden kann.«

Kapitel 25

Das Blut war mittlerweile verkrustet. Ein süßlicher Geruch lag wie ein unsichtbarer Schleier in der Stube der Abels. Georg hatte den Vater und die Mutter von Wolf zuvor nicht oft gesehen, aber er wusste, dass es ihre Leichen waren, die hier am Tisch vor ihm saßen. Oder zumindest das, was von ihnen übrig geblieben war. Sie waren tot. Ihre Kleider blutbesudelt. Die Körper steif. Und sie blickten ihn aus ihren toten Augen starr an. Ansonsten wirkten sie beinahe unversehrt. Das Ganze schien einer Szene aus einem Theaterstück zu gleichen. Wolf hatte seine Eltern so arrangiert, dass sie stumm an den jeweiligen Kopfenden des Tisches in der Stube saßen, als würden sie lediglich darauf warten, endlich aufstehen und gehen zu dürfen. Ihre Augen waren geöffnet, der Blick starr, und man konnte fast die letzten Sekunden ihres Lebens nachempfinden. Sie mussten während des Abendbrots umgebracht worden sein. Dazu hatte man ihnen die Kehle mit einem einzigen sauberen Schnitt durchtrennt, und sie waren ausgeblutet. Man konnte das versteinerte Entsetzten noch erkennen, das in ihren Blicken lag. Unter ihren Sitzen hatte sich ein riesiger dunkelroter Fleck gebildet, der nunmehr zu einer klebrigen schwarzen Masse verkrustet war und den halben Raum überzog. Nur langsam kam Georg wieder zu sich.

»Was zur Hölle … ich meine, warst du …?«

»Ob ich das gewesen bin?« Wolf zuckte die Schultern. »Ist doch eigentlich egal. Dinge geschehen nun mal. Genau wie die Sache mit dir und dem Grenzer.«

»Aber das sind deine Eltern.«

Wolf lachte auf.

»Macht es das jetzt besser oder schlechter?«

»Aber wie konntest du das tun?«

Georg bekam keine Antwort darauf. Vielmehr machte sich Wolf bereits daran, sich vor seinem toten Vater aufzubauen.

»Was hast du vor?«

»Du wirst mir nun helfen, deinen und meinen Arsch zu retten. Los, fass an!« Mit einem Ruck hatte Wolf den ersten Leichnam geschultert. »Du kannst meine Mutter nehmen, die ist nicht so schwer. Und jetzt beeil dich, wir haben nicht viel Zeit.«

Zunächst glaubte Georg, nicht recht verstanden zu haben, doch was blieb ihm anderes übrig. Es ging hier um sein eigenes Leben, und er stand noch immer unter Schock. Er hatte sich schuldig gemacht, und das war nun demnach seine Strafe dafür, dass er weiter mit seiner Frau und Tochter leben durfte. Also schulterte er angewidert die tote Frau. Der Geruch des getrockneten Bluts und der Verwesung strömte in seine Nase, und er hielt die Luft an. Er folgte Wolf hinaus aus dem Haus in den Regen. Dieser peitschte noch immer, und in den Baumwipfeln verfingen sich rauschende Windböen, die die passende schaurige Musik zu ihrem Schaffen spielten.

»Hier rüber«, hörte er Wolfs Stimme, die ihn zu einem kleinen Nebengebäude dirigierte, wie sie viele Höfe hatten, die Vieh züchteten. Als er hinter Wolf eintrat und das Licht aufflackerte, wusste Georg sofort, was der grauenhafte Plan als Nächstes für ihn vorgesehen hatte.

»Das ist nicht dein Ernst.«

»Hast du eine bessere Idee?«

»Aber du kannst doch nicht …«

»Doch, ich kann. Und du wirst mir dabei helfen.« Wolf wischte sich mit dem Handrücken über den Mund. »Hilf mir mal.«

Gemeinsam entkleideten sie die beiden Toten und hingen sie an zwei Fleischerhaken an der Decke. Schon zu zweit war es kaum zu schaffen – allein wäre es beinahe unmöglich gewesen. Nach einigen Vorbereitungen nahmen sie den ersten Körper wieder von seinem Haken und legten ihn auf die Schlachtbank vor sich.

Neben Wolf blitzte bereits eine Auswahl an Beilen und Messern zum Zerteilen und Ausweiden von Schlachtvieh. Georg sah an sich hinab. Sein Shirt war blutverschmiert und er verspürte den Drang, es sofort auszuziehen. Wie angewurzelt verfolgte er die weiteren Schritte Wolfs. Das Zurechtlegen der Extremitäten und der Gelenke, die sich am leichtesten vom Torso trennen ließen. Wolf sah ab und an zu ihm herüber und lächelte.

»Es ist im Grunde wie bei den Viechern.«

Dann sauste die blitzende Klinge eines mächtigen Hackbeils nieder und trennte den Oberarm mit einem gezielten Hieb vom Kugelgelenk der Schulter ab.

Georg Dänner rannte hinaus ins Freie und übergab sich.

Kapitel 26

»Was wollen Sie wirklich von mir, Herr Seeberg?«

Die beiden Männer waren nach nebenan in das Büro des Sägewerks gegangen. Beide saßen sich an einem großen Schreibtisch gegenüber. Dieser war ebenso akkurat aufgeräumt wie das gesamte Büro. Die Rechnungsakten standen mit fein säuberlich beschrifteten Rücken in den Regalen und waren darüber hinaus nach Farben geordnet. Alles wirkte penibel sortiert. Man hatte wohl genug Zeit, um sich um die exakte Ablage zu kümmern. Dazu wirkten die meisten der Ordner nicht gerade prall gefüllt, sondern leer und verwaist.

»Ihre Geschäfte laufen nicht so gut, oder?«, antwortete der Kommissar daher mit einer Gegenfrage.

»Für so ein kleines Unternehmen, wie wir es sind, ist es immer schwer. Aber wir setzen auf Verlässlichkeit und faire Preise.«

Der Kommissar lächelte.

»Verlässlichkeit und Fairness. Das Leben ist nicht immer fair, nicht wahr, Herr Dänner?«

»Sprechen wir noch immer vom Holzhandel oder von etwas anderem?«

Seeberg griff erneut nach dem Foto und legte es gut sichtbar vor Dänner.

»Finden Sie es nicht auch unfair, dass drei dieser vier Personen auf dem Foto mittlerweile tot sind? Allesamt Freunde von Ihnen. An Ihrer Stelle würde ich mir Sorgen machen, der Nächste zu sein. Es sei denn …«

»Es sei denn … was?«, fragte Dänner mit grimmigem Blick.

Seeberg legte eine wirkungsvolle Pause ein, dann fügte er den Rest des Satzes an.

»Es sei denn, Sie müssen sich darüber keine Gedanken machen.«

»Was wollen Sie damit andeuten?«

Das Herz des Kommissars pochte. Es war ein gewagtes Spiel, das er hier trieb. Doch nun gab es kein Zurück mehr. Er hatte nicht mehr viel Zeit, um den Fall zu lösen. Bald würden die Straßen wieder frei und die Polizei vor Ort sein. Dann hätte er seinen Vorteil verspielt. Doch hatte er hier tatsächlich den Mann vor sich, der ihn über die Zusammenhänge zwischen dem toten Grenzer und dem Mord an seiner Tochter aufklären konnte?

»Das kann ich Ihnen sagen. An dem Tag, an dem Sie mit den drei anderen jungen Männern auf diesem Bild zur Jagd aufgebrochen sind, starb ein Grenzer dort oben im Wald, richtig?«

»Richtig. Das sind keine neuen Erkenntnisse. Nur, was habe ich damit zu tun?«

»Sagen Sie es mir. Sie wissen das sicherlich besser als ich. Ich weiß nur, dass an dieser ganzen Geschichte etwas gewaltig stinkt, und Sie wissen, warum das so ist.«

Sein Gegenüber machte keine Anstalten, sich aus der Reserve locken zu lassen. Dänner verschränkte die Arme vor der Brust.

»Tut mir leid, ich weiß nicht, was Sie meinen.«

»Sie sind damals alle vernommen worden. Und alle haben Sie die gleiche Geschichte erzählt. Dass niemand außer Sippel etwas gesehen hatte, weil er die Gruppe verpasst hatte und durch den Wald abkürzen wollte.«

»Das war keine Geschichte, sondern die Wahrheit.«

»Erzählen Sie keinen Scheiß, Dänner. Demnach ist

Sippel allein zur Jagd aufgebrochen, weil Sie alle schon weg waren. Und Sie hatten sich mit den anderen Jungen spontan für einen anderen Platz zum Jagen entschieden.«

»So war es.«

»Und er ist dann also allein zum Fuchskopf hinauf und hat dort gesehen, wie der Grenzer erschossen wurde. Ist das immer noch Ihre Version?«

»Genau. Er hatte wohl verschlafen, war besoffen vom Vorabend. Wir hatten gefeiert wegen …«

»… wegen der Geburt von Katrin.« Seeberg unterbrach ihn und schlug mit der Faust auf das Foto. »Ja, ja … ersparen Sie mir das. Und wie erklären Sie sich dann dieses Foto hier? Das sieht mir verdammt noch mal nicht danach aus, als wäre Sippel zu spät zum Treffpunkt gekommen. Und hier, auf der Rückseite hat Sippel sogar noch das genaue Datum aufgeschrieben.«

Dänner schluckte.

»Wenn Sie mich fragen, sieht das ziemlich übel für Sie aus. Schließlich waren Sie damals dabei und sind der Einzige, der noch am Leben ist. Zufall? Wohl kaum.«

»Ich weiß nicht, worauf Sie hinauswollen.«

»Oh doch, das wissen Sie sehr wohl, Herr Dänner. Spielen Sie nicht den einfältigen Idioten. Ich will damit sagen, dass das damalige Opfer nicht von seinen Grenzerkollegen erschossen worden ist. Vielleicht geht das alles auf Ihre Rechnung. Und Sie haben sich nun nacheinander Ihrer Zeugen entledigt. Wahrscheinlich hat Sippel Sie erpresst. Wollte er zu viel Geld, dass er dafür nun zum Schweigen gebracht werden musste?«

Dänner löste seine Arme vor der Brust und beugte sich zum Kommissar.

»Sie verstehen das nicht.«

»Doch, ich verstehe das sogar sehr gut, Herr Dänner. Es passt nichts von den Aussagen Sippels zusammen. Es ist vollkommen widersprüchlich. Ich war dort oben und habe mir den Tatort angesehen. Es sind von der Grenze mindestens fünfzig Meter bis zum Wald. In der morgendlichen Dämmerung ein bewegtes Ziel zu treffen, ist fast unmöglich. Außerdem stimmt der Winkel der Schussbahn nicht. Es sieht eher so aus, als wäre der Grenzer aus kurzer Distanz hingerichtet worden. Dazu hätten die anderen Grenzer schon selbst in westdeutsches Gebiet vordringen müssen, und wir wissen beide, dass das ziemlich unwahrscheinlich ist. Es hätte unabsehbare Folgen nach sich gezogen, das Risiko wäre weder ein westdeutscher noch ein ostdeutscher Grenzer eingegangen.«

»Was ist dann Ihre These?«

»Na ja«, meinte Seeberg, »es spricht vieles dafür, dass Sie, Bleuel, Sippel und Abel eine Falschaussage gemacht haben. Die Frage ist nur, warum? Doch wohl nur aus dem Grund, um Ihre eigene Haut zu retten. Als Sippel auspacken wollte, haben Sie ihn dann die Treppe hinuntergestoßen.«

»Nein, das können Sie vergessen, Herr Kommissar. Das hängen Sie mir nicht an.«

»Ach nein? Sie hatten damals die Nacht zuvor gefeiert, waren betrunken. Vielleicht war es eine Art Mutprobe, vielleicht ein Unfall, was weiß ich. Jedenfalls stecken Sie bis zum Hals in der Scheiße, Dänner. Ich werde dafür sorgen, dass Sie wegen Mordes angeklagt werden.«

Dänner schwieg.

Der Kommissar spürte, dass er kurz davor war, etwas aus ihm herauszubekommen. Dänner wusste etwas. Er musste ihn in die Enge treiben. Also ging er noch einen Schritt weiter. »Es wird sicher hart, wenn die kleine Paula irgendwann von der Polizei erfährt, dass der eigene Großvater ein eiskalter Mörder ist.«

»Nein, nein.«, Dänner hob abwehrend beide Hände, stand von seinem Stuhl auf und ging zum Fenster. Der Kommissar hatte einen Volltreffer gelandet. »Hören Sie auf! So war das nicht.«

»Wie war es dann?«

Dänner blickte hinaus in die pechschwarze Nacht. Dennoch entging ihm nicht, dass der Kommissar ihn aus den Augenwinkeln heraus aufmerksam beobachtete. Er konnte förmlich spüren, wie seine Blicke versuchten, in seinen Kopf einzudringen und seine Gedanken zu lesen.

»Ich möchte Sie nun bitten, mein Haus zu verlassen.«

Seeberg zögerte. Dann stand er auf. »Das wird Ihnen nichts nutzen. Ich werde wiederkommen. Mit einem Haftbefehl.«

Er nahm das Foto vom Tisch und ging zur Tür. Dort blieb er stehen und wandte sich noch ein letztes Mal um. »Es gibt da noch etwas, das Sie wissen sollten. Wolfram Abel war der Mörder meiner Tochter. Sie hieß Laura. Er hat sie letzten Sommer umgebracht, um mich schon damals davon abzuhalten, nach Kaltengrund zu kommen und hier den Fall des toten Grenzers zu untersuchen. Es deckt sich übrigens erstaunlich gut mit dem Zeitraum, in dem Bleuel sich erhängt haben soll, nicht wahr?«

Noch immer starrte Dänner hinaus und machte keine Anstalten, sich zu ihm herumzudrehen. Doch glaubte Seeberg zu erkennen, wie Dänner mit seinen Tränen kämpfte und seine Mundwinkel bebten.

»Vielleicht verstehen Sie mich jetzt, warum ich nie damit aufhören werde, Fragen zu stellen. Ganz gleich, ob Sie dazu schweigen oder nicht. Ich werde immer wieder zu Ihnen kommen, um herauszufinden, warum meine Tochter sterben musste und was damals wirklich dort oben an der Grenze vorgefallen ist. Immer wieder. Und wenn es das Letzte ist, was ich tue.«

Seeberg zog die Tür hinter sich ins Schloss und verließ das Haus der Dänners. Draußen atmete er tief durch und spürte, wie ihm seine eigenen Worte den Hals schnürten. So stand er einige Zeit reglos in der Kälte und überlegte, ob er jemals diesen Fall klären konnte. Ohne Tatwaffe, Geständnis und weitere Zeugen würde es schwer werden.

»Hier, du holst dir sonst den Tod.« Franziska Hellmich war nach draußen gekommen und hielt ihm seine Jacke entgegen. Er nahm sie wortlos entgegen und schlüpfte hinein, während Franziska Hellmich ihn vorwurfsvoll ansah. »War das nötig?«

»Was meinst du?«

»Na, die Sache mit Dänner. Immerhin sind wir hier zum Essen am dritten Advent eingeladen, und du beschuldigst ihn permanent und stellst all diese unangenehmen Fragen.«

Er sah sie an und lächelte.

»Das ist mein Job. Manchmal muss man eben provozieren, wenn man dem Ziel näher kommen will.«

»Bist du das denn?«

»Vielleicht«, antwortete er kryptisch und sah hinauf. Über ihnen breitete sich in der wolkenfreien Nacht der Sternenhimmel aus. Hier, auf dem Land, wirkte er fast greifbar nah.

»Nun sag schon, was hat Dänner gesagt?«

»Nichts.«

»Nichts?«

»Nein. Aber das ist okay. Ich habe ihn vergiftet.«

»Du hast was?«

Hellmich sah ihn aus weit aufgerissenen Augen an.

»Keine Angst, ich habe ihn nicht richtig vergiftet. Aber ich habe ihn mit Worten vergiftet, die nun langsam in ihm arbeiten und wirken werden. Er ist Vater wie ich. Das wird an ihm nagen, ganz sicher.«

»Geht es vielleicht ein klein bisschen genauer? Über was habt ihr euch denn unterhalten?«

»Ich habe ihm von Laura erzählt.«

»Von Laura? Und du denkst, dass das wirken wird?«

»Du bist die Psychologin von uns. Was denkst du? Er ist Familienvater und sogar Großvater eines kleinen Mädchens. Wenn er etwas weiß, wird er irgendwann unter der Last seiner Lüge zusammenbrechen und gestehen, vertrau mir.«

Sie gingen zusammen über die Straße, während der Schnee laut unter ihren Schuhen knirschte. Bis zur Jagdhütte war es ein ordentlicher Fußmarsch, doch mit Franziska an seiner Seite kam er ihm nicht lang vor. Er legte seinen Arm um sie und hoffte, dass er mit seiner Aussage recht behalten würde.

Kapitel 27

Sie hatten die ganze Nacht hindurch gearbeitet. Alles war noch viel schlimmer gekommen, als Georg es sich vorgestellt hatte. Nachdem sie die Körper in möglichst kleine Stücke zerteilt hatten, war er davon ausgegangen, dass sie die Leichenteile irgendwo vergraben würden. Doch Wolf hatte auch hier schon vorgesorgt und sich einen ebenso abscheulichen wie genialen Plan dazu ausgedacht, wie er die Leichen und mit ihnen alle Beweise verschwinden lassen konnte. Er hatte die Körper so weit zerteilt, dass sie ohne große Probleme in den großen Fleischwolf passten, und sie immer weiter zerkleinert. Im Anschluss hatten sie alles in eine große Wanne gegeben und es mit bloßen Armen mit reichlich Schweinehack vermischt. Bis zu den Ellenbogen steckten sie in der Masse und walkten sie immer wieder durch. Georg ahnte zu diesem Zeitpunkt bereits, wie Wolfs weiterer Plan aussah. Sie sprachen allerdings die ganze Zeit über kein Wort miteinander. Georg wurde es immer wieder übel, und er musste immer wieder hinaus, um sich zu übergeben, da der Geruch des halb verwesten Menschenfleischs so penetrant war.

Nachdem Wolf die üblichen Gewürze untergemischt hatte, befüllten sie gemeinsam die Wurstdärme mit dem fertigen Brät und hängten die rohen Würste im Anschluss zum Trocknen auf. Nach einigen Stunden würden sie an einem langen Stab in die Räucherkammer gehangen werden, wo sie dann ihr Raucharoma erhalten sollten. Neben einigen Knochen waren nur noch die Schädel der beiden Erwachsenen übrig und lachten sie während der gesamten Zeit wie zwei groteske Fratzen vom oberen Ende der Schlachtbank an. Außerdem hatte Wolf den beiden zuvor die Zungen herausgeschnitten und gesagt, dass er sie als Erinnerung behalten würde. Er habe im Schulunterricht gelernt, wie man sie konservieren könnte. Georg wollte von all dem nichts wissen. Er wollte nur noch weg von diesem Ort, dieser Arbeit, diesem Monster.

Als sie die Schlachtkammer verließen, graute bereits der Morgen. Wie in Trance hatte Georg die letzten Stunden erlebt und jegliche Gefühle, die in ihm aufkamen, versucht, so gut es ging zu unterdrücken. Nun taumelte er über den Hof, wusch sich in einer Regentonne das Blut und das überschüssige Brät von den Armen und wollte sich endlich auf den Weg nach Hause machen, als Wolfs bedrohliche Stimme über den Hof schallte.

»He, wir sind noch nicht fertig.«

Langsam drehte sich Georg um. Völlig entkräftet sah er zu Wolf zurück, der im Türrahmen stand und sich auf dem Gewehr des toten Grenzers abstützte. Georg nahm all seinen Mut zusammen und deutete in Richtung der Räucherkammer.

»Genügt dir das etwa noch nicht?«

»Nein«, grinste Wolf.

»Ich bitte dich, lass es gut sein. Ich habe doch alles gemacht, was du wolltest.«

»Es gibt aber noch was zu tun. Eine letzte Kleinigkeit.«

»Was?«, antwortete Georg und war sich nicht sicher, ob er die Antwort wirklich hören wollte. »Was willst du denn noch von mir?«

»Du gehst jetzt hinauf zur Jagdhütte und holst die Flüchtlingsfamilie.«

Kapitel 28

In dieser Nacht schlief er unruhig. Wieder und wieder drehte er sich von einer Seite auf die andere. Nach einer kurzen Schlafphase wachte er erneut auf. Der Kommissar fluchte und rieb sich genervt die übermüdeten Augen. Wütend über sich selbst griff er nach seiner Uhr, deren fluoreszierende Zeiger ihn wissen ließen, dass es kurz vor fünf war. Neben ihm lag Franziska Hellmich und schlief tief und fest. Er konnte noch nicht aufstehen. Er sank mit einem Seufzer zurück in das weiche Kopfkissen und schloss die Augen. In wilder Abfolge schossen ihm kurze Sequenzen seines Lebens mit Laura durch den Kopf. Bei einigen musste er schmunzeln. Andere machten ihn unendlich traurig, wie eine Begebenheit aus ihrer Kindheit.

Laura war sieben Jahre alt gewesen, und sie waren zusammen in die verschneite Rhön, genauer gesagt an das Grabenhöfchen, gefahren. Der dortige Hang war ideal, um Schlitten zu fahren. Sie war verrückt danach gewesen und hatte trotz des steilen Gefälles keinerlei Angst vor der schnellen Abfahrt ins Tal. Im tiefen Schnee waren sie gemeinsam den kleinen Berg hinaufgestapft, bis sie ganz oben angelangt waren. Kaum dass sie kurz verschnauft hatten, saß Laura auch schon auf dem Schlitten und forderte ihn auf sich hinzusetzen, damit sie losfahren konnten. Die Kufen drückten sich durch sein Gewicht tiefer in den Schnee. Er schob den Schlitten mit den Füßen an. Zunächst setzte dieser sich nur langsam in Bewegung, doch dann nahm er immer mehr Tempo auf. Die Fahrspuren der vorigen Schlitten hatten die Bahn spiegelglatt gemacht und an manchen Stellen war sie mit vereisten Platten durchzogen. Laura schrie vor ihm vergnügt auf, doch er selbst merkte, wie er immer mehr die Kontrolle über den Schlitten verlor. In einer scharfen Linkskurve, in der Nähe einiger Bäume, konnte er ihn schließlich nicht mehr in der Spur halten, und der Schlitten brach aus. Eine kleine Unebenheit des Bodens katapultierte die beiden in die Luft. Er landete unsanft auf dem Steiß, und ein stechender Schmerz fuhr ihm durch den gesamten Körper.

Doch als er sich aufsetzte und zu Laura hinübersah, waren seine Schmerzen vergessen. Das kleine Mädchen lag bewegungslos neben einem Baumstamm, und als er sich mit pochendem Herzen neben sie kniete, sah er, dass ihr Blut den Schnee rot gefärbt hatte. Panisch rief er nach Hilfe, und gleichzeitig lähmte ihn die Sorge um seine Tochter. Als ärztliche Hilfe eintraf, schnürte die Angst ihm die Kehle so zu, dass er keine Worte herausbrachte, als die Sanitäter ihn befragten. Im Notarztwagen stellte sich dann heraus, dass Laura nur bewusstlos war, eine leichte Gehirnerschütterung und sich einen Schneidezahn ausgeschlagen hatte.

Doch unter seine Erleichterung mischten sich Selbstvorwürfe. Laura hatte ihm vertraut und er hatte sie in diese Gefahr gebracht. In diesem Moment hatte er sich geschworen, dass er sie nie wieder einer solchen Gefahr aussetzen wollte und sie vor allem Bösen beschützen würde. Es gelang ihm, bis zu dem Sommermorgen, an dem er versagte und sie für immer aus seinem Leben verschwand.

*

Ein Knarren weckte ihn. Sein leichter Schlaf tat ein Übriges, und er setzte sich auf. Knarren und Knacken waren nichts Ungewöhnliches in dem alten Jagdhaus. Das hatte er mittlerweile schon dutzende Male nachts gehört. Doch dieses Geräusch war anders. Er konnte nicht sagen, durch was es sich von den übrigen Geräuschen unterschied, doch irgendwas daran versetzte ihn sofort in Alarmbereitschaft. Vorsichtig stieg er aus dem Bett und lauschte.

Stille. Er wartete. Dann hörte er das Geräusch erneut. Es klang nun näher und kam definitiv von außerhalb des Hauses. Er deckte Franziska mit der Federdecke zu und ging so leise wie möglich über den Holzfußboden hinüber zum Stuhl, auf dem seine Kleider lagen. Er zog Hose und Hemd über und schlüpfte mit nackten Füßen in seine Schuhe.

Wieder lauschte er. Nichts war zu vernehmen. Seeberg hob den Kopf und spitze seine Ohren wie ein Luchs. Doch das Geräusch war verschwunden. Hatte er es sich doch nur eingebildet? Er überlegte, ob er sich einfach wieder ins Bett legen sollte. Andererseits war er nun schon angezogen. Was schadete es da, auf Nummer sicher zu gehen und genauer nachzuschauen? Er ging in den Wohnbereich, wo die ausgebrannten Holzscheite noch glutrot im Kamin leuchteten. Carlos lag schlummernd auf dem Boden und hatte es sich in der angenehmen Wärme gemütlich gemacht. Er hob kurz den Kopf und sah zu Seeberg auf, als dieser eintrat, legte sich dann aber zurück in die angestammte Position. Zunächst versicherte sich der Kommissar, dass alle Fenster verschlossen waren. Er überprüfte jedes einzelne, doch sie waren allesamt verriegelt. Dann entschloss er sich dazu, einen Blick vor die Tür zu werfen. Er griff nach dem Schüreisen des Kamins, ging zur Tür und spähte vorsichtig durch den Spalt nach draußen. Es hatte wieder zu schneien begonnen, und er konnte kaum einen Meter weit sehen. Mit zusammengekniffenen Augen versuchte er, etwas auszumachen, musste dann aber erkennen, dass dieses Vorhaben sinnlos war. Gerade als er entschied, wieder zurück in die Hütte zu gehen, nahm er aus den Augenwinkeln eine Bewegung wahr. Nicht mehr als ein Huschen. Er verharrte.

»Hallo?«

Anstatt einer Antwort hörte er Schritte im Schnee. Sie waren ganz deutlich zu vernehmen. War es ein Tier? Um sich besser gegen das Schneetreiben schützen zu können, legte er sich eine Hand an die Stirn, wie man es zum Salutieren tat, und trat einen Schritt hinaus.

»Hallo, ist da wer?«

Wieder knirschten Schritte, und er war sicher, dass diese keinesfalls von einem Tier stammen konnten. Die Schritte wurden lauter, und als die Gestalt mit einem Satz vor ihm war, blieb ihm keine Zeit für eine Reaktion. Ein wuchtiger Schlag traf ihn zwischen Ohr und Nacken. Das Schüreisen fiel aus Seebergs Hand, er sank auf die Knie und kämpfte gegen die drohende Ohnmacht. Er spürte den kalten Schnee zwischen seinen Fingern und versuchte, seinen Angreifer zu packen. Wild fuchtelnd fuhren seine Hände durch die Schneeflocken, ohne zu sehen, wohin er genau greifen sollte. Doch plötzlich spürte er etwas und bekam es zu fassen. Den Stoff einer Jacke. Der Kommissar nahm alle Kraft zusammen und krallte sich daran fest. Sein Gegenüber verlor ebenfalls das Gleichgewicht und stürzte neben ihm zu Boden. Doch der Fremde riss sich los und verpasste dem Kommissar einen weiteren Schlag. Der Hieb traf ihn diesmal im Gesicht und seine Lippe platzte auf. Umgehend breitete sich ein metallischer Geschmack in seinem Mund aus, und er schrie vor Schmerz auf. Seeberg tastete im Dunkeln auf dem kalten Boden nach dem Schüreisen. Der Hund bellte und war im nächsten Augenblick neben den beiden. Sein Gegenüber hatte es mittlerweile geschafft, ihn auf den Rücken zu drehen und sich mit seinem vollen Gewicht auf seinen Brustkorb zu setzen. Seeberg rang nach Luft, und er musste einsehen, dass er keine Chance gegen den Angreifer hatte. Das Letzte, was er sah, war die Klinge eines langen Messers, das vor seinem Gesicht aufblitzte.

Jetzt war es also so weit. Er würde zu Laura gehen. Er konnte den Schweiß des Angreifers riechen und dessen Atem auf seinem Gesicht spüren. Doch anstatt zuzustechen und davonzulaufen, zögerte dieser. Der Hund bellte immer noch, und in der Hütte ging das Licht an. Sofort fiel ein breiter Lichtkegel durch die offene Tür nach draußen und er konnte das Gesicht des Angreifers und die Klinge vor seinem Gesicht erkennen. Im nächsten Moment waren Franziska Hellmich und Katrin Dänner neben ihnen. Die junge Frau schüttelte ungläubig den Kopf.

»Papa, was zur Hölle …«

Georg Dänners Augen blickten zwar scharf, doch wirkten sie ebenso unentschlossen wie weinerlich. Er hielt noch einige Sekunden lang die Klinge bedrohlich nah an Seebergs Kehle, dann ließ er sich zur Seite in den Schnee fallen und begann zu weinen. Franziska stürzte sofort zu Seeberg, während Katrin wie angewurzelt in der Tür stand.

»Alles in Ordnung, Klaus? Sag was.«

»Mir geht's gut. Mir ist nichts passiert.«

»Du blutest.«

»Das ist nichts. Nur ein Kratzer.«

Er setzte sich auf und spuckte Blut aus seinem Mund in den Schnee.

»Papa …«, begann Katrin erneut einen Satz, ohne ihn zu Ende bringen zu können. »Was machst du hier? Was soll das?«

»Na los, Dänner!«, forderte der Kommissar Dänner auf. »Sagen Sie Ihrer Tochter, warum Sie mich umbringen wollten. Sagen Sie ihr, dass Sie hinter der Sache mit dem toten Grenzer stecken.«

Katrin verstand nicht, was der Kommissar damit andeuten wollte, und schüttelte ihren Vater.

»Sag, dass das nicht stimmt, Papa. Du bist doch kein Mörder, oder?«

Auf dem Rücken liegend, wischte Georg Dänner sich über die feuchten Augen.

»Doch, Katrin, es stimmt. Dein Vater ist ein Mörder.«

Obwohl alles darauf hingedeutet hatte, überraschte Seeberg die Aussage. Dänner war zwar ein Mann mit Geheimnissen, doch dass in ihm ein eiskalter Mörder steckte, passte nicht in das Gesamtbild. Aber er hatte in seiner Karriere oft Menschen vor sich sitzen sehen, denen er keine Gewalttat zugetraut hätte und die sich im Nachhinein als Vergewaltiger oder Mörder herausstellten. Allzu oft war ihm bewusst geworden, dass man nicht in das Hirn eines anderen schauen konnte.

»Mama, was macht Opa da draußen im Schnee?«

Die kleine Paula lehnte am Türrahmen und zwinkerte mit ihren müden Augen. Katrin Dänner erschrak bei den Worten. Ihre Tochter sollte dieses traurige Bild ihres Großvaters nicht mitansehen.

»Nichts, Schatz. Komm, ich bring dich wieder ins Bett.«

Seeberg versuchte aufzustehen, ohne dabei Dänner aus den Augen zu lassen, der immer noch heftig atmend im Schnee lag.

»Erzählen Sie uns jetzt, was damals wirklich geschehen ist?«

Dänner nickte.

»Ja, es wird wohl Zeit, dass endlich die Wahrheit ans Licht kommt.«

Kapitel 29

Die Familie stand vor dem Haupthaus des Abelshofs und schaute Wolf unsicher an. Verschlagen lächelnd öffnete dieser ihnen die Tür und bat sie einzutreten, während er hinter seinem Rücken immer noch das Gewehr des Grenzers hielt. Georg sah, wie Wolf es heimlich hinter der Tür abstellte, um sich dann wieder seinen Gästen zuzuwenden.

»Sie haben sicherlich Hunger und Durst, nicht wahr?«

Wolf führte sie in die Küche, und obwohl es niemand gewagt hatte zu antworten, stellte er ihnen Brot und Wurst auf den Tisch. Dazu ein paar Flaschen Bier und Wasser. »Greifen Sie zu. Fühlen Sie sich alle wie zu Hause.«

Argwöhnisch nahmen die Frau und der Junge einen Bissen vom Brot und füllten sich die Gläser mit Wasser.

Ja, sie hatten Hunger. Natürlich. Schließlich hatten sie seit dem gestrigen frühen Morgen nichts mehr getrunken und gegessen. In dunkler Nacht waren sie aufgebrochen, hatten nichts mitgenommen, was sie an der

Flucht hätte hindern können. Keinen Ballast, keine unnötigen Dinge. Selbst Fotos und Erinnerungen hatten sie zurückgelassen. Es sollte eine Flucht ohne Rückkehr sein. Also hatten sie nur das gepackt, was für einen neuen Start unerlässlich war. Ihre Papiere und das nackte Leben.

»Georg?« Wolf bot ihm ebenfalls Wurst an, doch er schüttelte den Kopf und kämpfte erneut gegen seine Übelkeit an.

»Was hast du mit uns vor?«, fragte der Familienvater.

Georg stand mit dem Rücken zur Wand und betete, dass Wolf nicht auch noch diese unschuldige Familie auslöschen würde. Seine Hände begannen wieder zu zittern. Er sah an sich hinab und erkannte das getrocknete Blut unter seinen Fingernägeln. Dabei hatte er sich viermal die Hände gewaschen, doch es wollte einfach nicht abgehen. Wie ein ewiger Makel klebte das Rot an ihm.

»Mit Ihnen?« Wolf lächelte. »Na ja, im Grunde meine ich es genau so, wie ich es sagte. Fühlen Sie sich hier wie zu Hause.«

Der Familienvater kniff fragend die Augenbrauen zusammen. Er versuchte zu verstehen, was diese Aussage bedeuten sollte. Dass Wolf in Rätseln zu ihnen sprach, gefiel ihm ganz und gar nicht. Mehr noch, es begann ihn aggressiv werden zu lassen. Daher klang auch seine erneute Nachfrage forscher.

»Was meinst du damit, Junge? Ich möchte eine klare

Antwort von dir haben. Und hör endlich auf, so herumzudrucksen. Dafür ist die Lage viel zu ernst.«

Doch Wolf reagierte nicht darauf. In aller Seelenruhe schnitt er sich mit seinem Jagdmesser ein großes Stück Wurst ab und befreite es von der Schale. Dann biss er davon ab und kaute es genüsslich, während alle anderen ungeduldig auf seine Antwort warteten.

»Wie viel Uhr haben wir jetzt?«

Georg sah auf seine Armbanduhr. »Viertel nach sechs.«

»Viertel nach sechs«, wiederholte Wolf. »Ich schätze mal, in nicht einmal einer Stunde wird es in ganz Kaltengrund von Polizisten nur so wimmeln. Und sie werden Fragen stellen. Viele Fragen. Schließlich liegt ein toter Ost-Grenzer dort oben im Wald. Man wird die üblichen Fragen stellen und nur wenige Antworten erhalten. Doch die Sache ist heiß. Also wird man versuchen, den ganzen Vorfall so schnell wie möglich hinter sich zu bringen.«

Der Sohn und die Frau sagten kein Wort und nahmen sich stattdessen verschüchtert noch etwas vom Brot. Nur der Mann schluckte schwer und versuchte beim Nachfragen seine Befürchtungen nicht durchklingen zu lassen.

»Und weiter?«

»Sie stehen vor dem Nichts«, antwortete Wolf emotionslos. »Sie haben kein Geld, keine Arbeit, nichts.

Und wenn Sie sagen, dass Sie heute Morgen geflüchtet sind, wird man Ihnen und Ihrer Familie den Tod des Grenzers anhängen.«

»Aber wir haben ihn nicht getötet. Das war er.«

Der Mann deutete auf Georg.

»Richtig, das hat glücklicherweise Georg für Sie übernommen.«

Georg wollte etwas darauf antworten, doch Wolf gab ihm mit einer Handbewegung zu verstehen, dass er nichts sagen solle.

»Keine Angst, dir wird nichts geschehen, Georg. Wenn unsere Gäste hier meinen, zur Polizei gehen zu müssen, werden wir unsere Aussagen schon so abstimmen, dass der gute Mann bis an sein Lebensende in den Bau wandern wird.«

Natürlich wusste der Mann, dass ihnen niemand die wahre Geschichte abnehmen würde. Sie waren tatsächlich auf die Jungen angewiesen.

»Was willst du von uns?«

Wolf rammte mit einer fließenden Bewegung sein Jagdmesser in den Holztisch. Alle schreckten zurück und blickten auf die scharfe Klinge, die vor ihren Augen im Holz wackelte. Wolf sah alle nacheinander mit furchteinflößender Miene an und zischte seine Antwort.

»Ich will, dass wir ein Spiel spielen. Jeder spielt doch gerne.«

Der Schweiß trat dem Familienvater auf die Stirn, doch er nahm allen Mut zusammen und versuchte durch seine Worte besänftigend zu wirken.

»Welches Spiel, Junge? Ich kenne mich mit Spielen nicht so gut aus.«

»Oh, da brauchen Sie keine Bedenken zu haben. Das Spiel kennt jeder. Man nennt es Vater, Mutter, Kind.«

Für einen kurzen Moment legte sich eine trügerische Stille über die Gruppe. Was sollte das nun wieder bedeuten? War Wolf nun endgültig verrückt geworden?

»Ich … ich verstehe nicht«, stotterte der Familienvater, und Wolfs Gesichtszüge entspannten sich wieder. Ein Grinsen umspielte seinen Mund, was jedoch nichts Gutes verhieß. So viel war allen klar.

»Ganz einfach. Meine Eltern leben … nennen wir es, sehr zurückgezogen.« Ein kurzer Blickwechsel zwischen Wolf und Georg, der nicht wusste, was Wolf vorhatte. Wolf fuhr unbeirrt fort. »Sie leben dermaßen zurückgezogen, dass seit Jahren keiner mehr aus dem Dorf meinen Vater oder meine Mutter zu Gesicht bekommen hat.«

»Jeder ist da eben anders. Aber was hat das mit uns zu tun?«

»Nun ja. Sie beide dürften etwa in dem Alter meiner Eltern sein. Und wenn ich Sie mir genau anschaue, sehen Sie ihnen sogar etwas ähnlich.« Wolf zog die Klinge aus der Tischplatte, dann deutete er mit der

Spitze zunächst auf die Frau, dann auf den Mann. »Also werde ich Sie beide für meine Eltern ausgeben, wenn die Polizei hier auftaucht. Das ist die perfekte Tarnung für Sie.«

»Was?« Der Familienvater lachte auf. »Das ist doch nicht dein Ernst.«

»Doch, genau das ist es.«

»Aber … aber was machen wir, falls deine Eltern auftauchen, wenn gerade die Polizei hier ist?«

»Oh, da können Sie ganz beruhigt sein. Das werden sie sicherlich nicht.«

»Aber das ist irrwitzig. Verrückt.«

Wolf grinste. Wie recht dieser Mann doch hatte. »Ja, so verrückt, dass es funktionieren wird.«

Der Familienvater schwankte zwischen der Beruhigung, dass dieser verrückte Junge ihnen nicht nach dem Leben trachtete, und dem Schrecken, in die Rolle einer anderen, einer fremden Person, zu schlüpfen.

»Also, ich weiß nicht. Ich halte das für keine gute Idee. Vielleicht sollten wir einfach gehen.«

»Ich glaube, Sie verstehen noch immer nicht. Das ist keine Bitte.«

Alle schauten zu Wolf. In seiner Aussage lag etwas sehr Bedrohliches.

»Du willst uns erpressen?«

»Sind wir doch mal ganz ehrlich.« Wieder trat eine Pause ein, bevor Wolf weitersprach. »Was bleibt Ihnen schon anderes übrig? Ihre Alternative heißt Gefängnis.«

Die Frau griff ängstlich nach der Hand ihres Mannes.

»Der Junge hat recht«, redete sie auf ihren Mann ein. »Das ist unsere einzige Chance. Es darf doch nicht alles umsonst gewesen sein. Lass es uns für unseren Sohn tun. Er hat doch noch sein ganzes Leben vor sich. Es ist doch nur der eine Tag. Wenn die Polizei wieder weg ist, fragt keiner mehr nach uns und wir können immer noch weiterziehen.«

»Was redest du da, Schatz? Merkst du denn nicht, dass er versucht mit uns zu spielen? Das Ganze ist utopisch. Verrückt. Und es ist auch nicht rechtens.«

Wolf lachte laut auf.

»Nicht rechtens? Mein Freund hat einen toten Mann auf dem Gewissen, weil er Ihnen geholfen hat. Wegen Ihrer Flucht. Halten Sie das vielleicht für rechtens? Denken Sie nicht, dass Sie verdammt noch mal in unserer Schuld stehen?«

Der Mann ließ seinen Blick zu seiner Frau und zu seinem Sohn wandern, der keinen Ton von sich gab.

»Bitte«, stammelte seine Frau. »Ich bitte dich. Nur dieses eine Mal.«

Dann kapitulierte er. »Also gut, wir machen es. Aber nur dieser eine Tag.«

Georg stand mit dem Rücken zur Wand und beobachtete, wie Wolf sich verhielt. Er war die ganze Zeit wie ein Fuchs um die Familie herumgeschlichen. Wollte er tatsächlich die beiden als seine eigenen Eltern ausgeben? Für die Eltern, die er mit ihm gemeinsam vor ein paar Stunden zerteilt hatte? Die er mit eigenen Händen durch den Fleischwolf gedreht hatte, um sie im Anschluss zu Wurstwaren zu verarbeiten und zu räuchern? Er war sich nicht sicher, was noch alles in dieser Nacht passieren würde. Nur eines wusste er: Er wollte keinesfalls ebenso enden.

Kapitel 30

Der Kommissar war zum Hügel hinaufgelaufen.

Er hatte Ammer in Fulda angerufen. Doch dieser war zu dieser frühen Stunde noch nicht im Polizeipräsidium gewesen. Also hatte er ihm auf die Mailbox gesprochen und ihm aufgetragen, Kohler, Bornemann und Pinnow zu benachrichtigen, dass er einen geständigen Täter gefunden habe und der alte Fall des toten Grenzers endlich gelöst sei und sie alles Nötige veranlassen sollten. Dann war er zurück in die Jagdhütte geeilt.

Katrin Dänner hatte sich inzwischen von ihrem Vater weggesetzt und neben dem Kamin Platz genommen. Sie hatte ein Scheit aufgelegt und schaute in die auflodernden Flammen, die das trockene Holz gierig verschlangen. Es tat Seeberg leid, dass er ihr diesen Schmerz bereiten musste, um seinen eigenen endgültig verbannen zu können. Und er fühlte sich nicht einmal besser. Während er zu ihr hinübersah, hielt er sich ein Handtuch mit Schnee gegen seine aufgeplatzte Lippe. Franziska Hellmich saß neben ihm. Ihnen gegenüber kauerte Dänner wie ein Häufchen Elend auf seinem Stuhl und knetete nervös seine Hände. Das sollte der abgebrühte Mann sein, wegen dem all die Morde geschehen waren? Weshalb Laura sterben musste? Seeberg konnte es selbst kaum fassen. Einem Monster wie Abel hätte er alles zugetraut, aber Dänner? Und wo war der Zusammenhang zwischen allem? Er legte das Handtuch zur Seite. Er wollte endlich Antworten.

»Also, was geschah damals wirklich oben im Wald?«

Dänner atmete schwer, nickte dann und schnäuzte sich kräftig in sein Taschentuch. Dann begann er zu erzählen. Angefangen bei der damaligen Feier zu Katrins Geburt über den verkaterten Morgen danach und die anstehende Jagd. Er berichtete von dem vielen Schnaps und dem Moment, als plötzlich eine Familie von Flüchtlingen vor ihnen im Wald gestanden hatte und der Grenzer sie bedrohte und zurück in den Osten zwingen wollte. Seeberg unterbrach ihn.

»Moment mal, der Grenzer hatte die Flüchtigen bis auf westdeutsches Gebiet verfolgt?«

Dänner nickte zustimmend. »Wir konnten es zuerst auch nicht glauben. Aber er war wie besessen davon, die Flüchtlingsfamilie wieder in die DDR zu bringen.«

»Also haben keine Grenzer auf ihren flüchtenden Kollegen geschossen?«

»Nein. Im Gegenteil. Der Kerl wollte ja wieder zurück. Und zwar mit der Familie, die abgehauen war.«

»Aber warum haben Sie ihn dann erschossen?«

»Das war keine Absicht. Herrgott, ich weiß es doch auch nicht mehr genau. Irgendwie hat sich ein Schuss gelöst. Ich wollte jedenfalls niemanden umbringen.«

»Und doch haben Sie es getan.«

Vom Kamin drang ein Schluchzen zu ihnen an den Tisch. Dänner drehte sich zu seiner Tochter. »Es tut mir leid, Katrin. Es war wirklich ein Unfall.«

»Warum hast du das dann nicht auch so der Polizei gesagt? Ihr wart doch zu viert. Sie hätten alle deine Aussage bestätigen können. Man hätte dir geglaubt.«

»Und wenn nicht? Hätte ich deine Mutter und dich allein lassen sollen? Nein, nein, ich musste doch für euch da sein – euch beschützen. Mal abgesehen davon, dass wir Angst hatten, einen Krieg auszulösen.«

Seeberg beugte sich auf seinem Stuhl vor und hob seine rechte Hand, um die beiden zu unterbrechen.

»Kommen wir zurück zu dem Schuss. Sie haben ihn also zunächst in den Rücken getroffen.«

»Ja. Er fiel um und war sofort …«

»Das verstehe ich nicht«, fiel ihm der Kommissar ins Wort.

»Was?«

»Wenn es doch ein Unfall war … warum haben Sie ihm dann noch den zweiten Schuss in den Schädel verpasst?«

»In den Schädel?«, wunderte sich Dänner.

»Man fand bei dem Toten zwei Einschüsse – einen im Rücken und einen im Kopf. Von vorn. Das Projektil trat über dem rechten Augenbogen ein und knapp über dem ersten Halswirbel wieder aus. Das Opfer muss vor ihnen gekniet haben. Tut mir leid, das klingt für mich eher nach einer Hinrichtung und weniger nach einem Unfall, Herr Dänner.«

»Nein.«

»Was nein?«

»Von einem zweiten Schuss weiß ich nichts.«

»Ach kommen Sie, Dänner, das bringt doch jetzt nichts mehr. Sippel spielte auch schon den Überraschten, genau wie Sie. Wollen Sie denn nicht langsam mal mit Ihrem Spiel aufhören?«

Dänner schlug sich mit der flachen Hand auf seinen Oberschenkel. Mit einem Mal wirkte er hellwach und entschlossen. »Davon weiß ich wirklich nichts. Warum sollte ich lügen? Ich gestehe doch den tödlichen Schuss auf den Grenzer. Mir doch egal, wie ich ihn umgebracht habe, wichtig ist nur, dass ich es habe. Einer Verurteilung kann ich sowieso nicht entgehen. Aber so, wie Sie es darstellen, war es nun mal nicht.«

Seeberg sah hinüber zu Hellmich. Er meinte, an ihren Augen ablesen zu können, dass sie Dänners Aussage Glauben schenkte.

»Sie wollen mir also ernsthaft glaubhaft machen, dass Sie tatsächlich nichts von einem zweiten Schuss wissen?«

»Wenn ich es Ihnen doch sage. Ein Schuss löste sich aus meinem Jagdgewehr. Kein zweiter, ich schwöre es bei meiner Tochter.«

Sie starrten einander an. Seeberg zögerte. Dann fuhr er ganz langsam fort: »Dann wissen Sie also auch nicht, dass der Rückenschuss nicht zum Tode führte?«

»Wie … wie meinen Sie das?« Dänner setzte sich auf. Seine Augen hatten etwas seltsam Leeres. Seeberg konnte nicht sagen, was es genau war. Es wirkte leblos, starr und der Welt entrückt.

»Der Grenzer starb nicht an der Schussverletzung im Rücken, sondern an dem erwähnten Kopfschuss. Das ist sicher.«

Georg Dänner sah Seeberg immer noch ungläubig an.

»Sie verarschen mich, oder?«

»Nein, das tue ich nicht. Das steht so in den Aufzeichnungen des BGS-Beamten, der den Toten als Erster fand. Ich habe es selbst gelesen. Und eine Zeugin sprach ebenfalls von mehreren Schüssen. Insgesamt von drei. Wobei der letzte Schuss deutlich später abgegeben wurde.«

»Davon erfahre ich zum ersten Mal. Wir hörten damals den Warnschuss, den der Grenzer auf die Familie abgegeben hatte. Und dann war da noch der Schuss, der sich aus meinem Jagdgewehr löste. Von einem dritten weiß ich nichts.«

»Wie erklären Sie sich, dass das Kaliber, das im Rücken gefunden wurde, der Munition entspricht, die von den Ost-Grenzern benutzt wurde. Kaliber 7,62 x 39 mm. Das ist nicht das Kaliber eines Jagdgewehrs.«

»Keine Ahnung. Das kann ich Ihnen nicht sagen. Aber Sie haben recht, denn ich hätte diese Munition mit meinem Jagdgewehr ja gar nicht abfeuern können. Ich habe immer nur mit 5,6 x 50 mm geschossen.«

Seeberg überlegte. Wenn man die tödliche Kugel mit dem Jagdgewehr Dänners abgleichen würde, konnte man diese Aussage überprüfen und ihn dadurch entlasten. Er wusste nicht, was er glauben sollte. Ihn beschäftigte die zeitliche Abfolge der Schüsse.

»Vielleicht haben Sie den Grenzer ja mit seinem eigenen Gewehr erschossen und es dann entsorgt?«

»Warum sollte ich ihm dann mit meinem Jagdgewehr noch in den Rücken schießen?«

Damit hatte Dänner recht. Das hätte wenig Sinn ergeben.

»Angenommen, ich würde Ihnen das abnehmen. Wie viel Zeit lag Ihrer Meinung nach zwischen dem ersten Schuss und dem zweiten?«

»Ich würde mal auf zehn, maximal fünfzehn Minuten tippen.«

»Zehn bis fünfzehn Minuten«, wiederholte Seeberg. Der ominöse dritte Schuss wurde mindestens noch einmal zwanzig Minuten später abgegeben. »Wo waren Sie denn zu diesem Zeitpunkt?«

»Na, wie ich es berichtet habe, war ich da schon nicht mehr am Fuchskopf. Ich musste ja die Familie hinauf ins Jagdhaus bringen.«

»Und was hatte Sippel mit der Sache zu tun?«

»Peter? Nicht viel, er und Uwe waren noch früher als ich wieder nach Kaltengrund zurückgelaufen. Wolf hatte diesen Plan, dass Peter die Falschaussage machen sollte, damit wir alle sauber aus der Sache rauskommen würden.«

Wieder machte der Kommissar eine Pause, bevor er mit seinen Fragen fortfuhr.

»Und warum haben Sie dann Sippel ermordet?«

»Ich? Den Sippel? Nein, nein, der war schon tot, als ich zu ihm ging.«

»Sie waren also bei ihm?«

Dänner nickte. »Er rief mich an, war ganz aufgelöst

nach dem Besuch von Ihnen gewesen und stammelte etwas von den Schüssen damals. Er meinte, dass er mich unbedingt unter vier Augen sprechen müsse, es sei ganz wichtig. Also ging ich zu ihm in die Wohnung. Es war bereits dunkel. Ich ging die Treppe hinauf, klopfte … aber niemand öffnete mir. Als ich wieder unten war, sah ich ihn im Schnee liegen.«

»Er war schon tot?«

»Er ist wahrscheinlich wirklich besoffen gewesen und bei der Glätte über das Geländer nach unten gestürzt.«

»Aber Sie haben dennoch Ihre eigenen Fußspuren auf der Treppe verwischt, nicht wahr?«

»Ja, ich gebe es zu, das habe ich. Ich wusste doch, wie das aussehen würde, wenn die Polizei Fragen stellt.«

Seeberg konnte keinerlei Anzeichen dafür erkennen, dass Dänner ihn anlog, und das machte ihm Angst. Es gab keinen Zweifel mehr daran, dass es einen weiteren, dritten Schuss gegeben hatte, den Dänner anscheinend nicht zu verantworten hatte. Und das andere Kaliber sprach ebenfalls für Dänners Aussage.

»Und Sie sind sich ganz sicher, dass es damals im Wald keinerlei weitere Schüsse gegeben hat?«

»Absolut. Der Grenzer lag vor uns auf dem Boden. Das Gesicht nach unten. Ich bin dann mit den Flüchtlingen hierher in die Jagdhütte gelaufen, um sie erst mal zu verstecken. Später habe ich mich dann wieder mit Wolf getroffen.«

»Und wo war der die ganze Zeit?«

»Wolf? Keine Ahnung … weiß ich nicht. Er sagte, dass er sich um den toten Grenzer kümmern würde. Ich denke, er war …« Dänner stockte in seiner Erklärung. Es entstand eine kurze Pause, in der jeder eins und eins zusammenzählen konnte. Allen war plötzlich klar, dass Wolf den tödlichen Schuss abgegeben haben könnte. »Verdammt.«

»Hatten Sie denn überhaupt überprüft, ob der Grenzer tot war nach Ihrem Schuss?«

»Nein, das haben wir nicht. Wir standen unter Schock.«

»Dann besteht also die Möglichkeit, dass der Grenzer noch gar nicht tot war.« Seeberg sprach aus, was alle dachten. »Irgendwann, als Sie weg waren und Abel allein mit ihm im Wald war, hat er wahrscheinlich bemerkt, dass der Grenzer gar nicht tot, sondern nur verwundet war, und hat es zu Ende gebracht.«

»Dieses Schwein«, schimpfte Franziska.

»Sie meinen, er hat ihn dann mit seiner eigenen Waffe erschossen?«, fragte Dänner.

»Ich würde es eher hingerichtet nennen, Herr Dänner. Wissen Sie vielleicht, wo die Waffe des Grenzers abgeblieben ist? Wenn wir die finden, könnte man mit der heutigen Forensik vielleicht beweisen, dass aus dieser Waffe der tödliche Schuss abgefeuert wurde und Sie unschuldig sind.«

»Ja, das weiß ich allerdings sehr genau. Ich habe sie damals zusammen mit Wolf entsorgt.«

Katrin wandte sich um. In ihrem verweinten Gesicht sah man die Hoffnung, dass ihr Vater zu unrecht all die Jahre in dem furchtbaren Glauben gelebt hatte, einen Mann umgebracht zu haben.

»Aber dann würde das ja bedeuten, dass du völlig unschuldig bist, Papa.«

Georg Dänner zögerte einen Moment.

»Du freust dich zu früh, Katrin. Ich bin alles andere als frei von Schuld. Es gibt da nämlich noch etwas, das ich erzählen muss. Aber dazu müssen wir hinauf zum Abelshof.«

Kapitel 31

»Herr Abel, hier ist die Polizei, öffnen Sie bitte die Tür.«

Es hatte dreimal an der Tür geklopft. Nachdem er Georg nach Hause geschickt hatte, hatte Wolf allen noch einmal eindringlich Anweisungen für ihr Verhalten gegeben. Nun war der Zeitpunkt gekommen, an dem sich zeigen würde, wie gut sein Plan wirklich war. Wolf stand auf und öffnete die Tür. Zwei Beamte in Uniform standen davor und musterten ihn. Er sah sie an und lächelte.

»Sie wollen sicher meinen Vater sprechen. Ich bin der Sohn, Wolfram Abel. Vielleicht kann ich Ihnen aber auch helfen. Um was geht's denn?«

»Wir würden lieber mit deinen Eltern sprechen.«

Dazu müssen Sie in die Räucherkammer, dachte er sich und konnte sich nur schwer ein Lächeln verkneifen.

»Gerne, kommen Sie doch rein«, antwortete er stattdessen und gab den Weg ins Haus frei. Die beiden Polizisten gingen vor ihm durch den kurzen Flur in die Stube. Wolf griff in seinen Hosenbund, wo er das Jagdmesser versteckt hielt. *Ich könnte dich und deinen Kollegen mit zwei gezielten Schnitten erledigen, wenn ich wollte.* Wenn du Idiot auch nur halb so viel auf dem Kasten hättest wie ich, müsstest du nicht hier oben in der Rhön Bauernhöfe abklappern, um Aussagen aufzunehmen, sondern wärst eine große Nummer in einer Polizeidienststelle in der Stadt, dachte er sich insgeheim und blieb in der Mitte des Zimmers stehen. »Papa, Mama, die Herren von der Polizei wollen euch sprechen.«

Auf dem Sofa saß das Flüchtlingsehepaar, das sich nun als seine Eltern ausgeben musste. Nur den Jungen hatte Wolf im Stall, auf dem Heuboden, versteckt.

»Guten Tag. Mein Name ist Leubecher von der Polizeidienststelle Tann, und das ist der Kollege Wingenfeld vom Bundesgrenzschutz.«

»Guten Tag«, erwiderte der Familienvater und versuchte, seine folgende Frage so belanglos wie möglich klingen zu lassen, »wie können wir Ihnen denn helfen?«

»Heute kam es am frühen Morgen oben am Fuchskopf zu einem Fluchtversuch aus der Ostzone. Dabei ist ein Grenzer zu Tode gekommen.«

»Tatsächlich? Du lieber Himmel. Weiß man denn schon, was da genau passiert ist?«

Der Polizist neigte den Kopf zur Seite. Natürlich durften sie keine Details verraten, doch die Fakten waren nun mal unumstößlich und würden alsbald sowieso wie ein Lauffeuer von Dorf zu Dorf wandern.

»Es scheint so, dass der Grenzer selbst einen Fluchtversuch unternommen hat und dabei mit Waffeneinsatz von seinen eigenen Kollegen daran gehindert wurde. Zumindest gibt es Hinweise darauf, dass es sich so abgespielt haben könnte.«

»Das ist ja furchtbar.«

»Ja, das ist es. Wir müssen nun alle Anwohner in diesem Gebiet befragen, ob sie irgendetwas gesehen oder gehört haben, um so möglichst alle anderen Todesursachen durch Dritte auszuschließen.«

»Verstehe …«

»Haben Sie in letzter Zeit Landstreicher oder andere verdächtige Personen gesehen?«

»Nein, niemanden.«

»Haben Sie von Bekannten oder Dritten gehört, dass sie derlei Beobachtungen gemacht haben?«

Wieder verneinte er.

»Können Sie sonst irgendwelche dienlichen Angaben zum Vorgang machen?«

Er schüttelte den Kopf. Wingenfeld notierte einige Angaben auf einem Papier und reichte es seinem Kollegen von der Polizei. »Gut, dann würde ich Sie bitten, Ihre Aussage noch einmal durchzulesen und unten zu unterschreiben. Ach ja, ich benötige noch Ihre Ausweisnummern.«

Die beiden Flüchtlinge sahen sich kurz an. Sie hatten nur ihre DDR-Ausweise. Sollte das das Ende der Scharade sein?

»Unsere Papiere … ja, ich weiß jetzt gar nicht, wo die sind.«

Die beiden Beamten sahen sich ebenfalls fragend an. »Aber Sie werden doch wissen, wo Ihre Papiere sind.«

»Schon … ja.« Er begann zu stottern. »Sie liegen bestimmt irgendwo zwischen den ganzen anderen Papieren.«

»Na, dann holen Sie sie«, erklärte der Polizist mit Nachdruck.

»Bleib ruhig sitzen, Papa«, sagte Wolf und lachte. »Ich hol die Papiere. Bin gleich wieder da.«

Wolf verschwand für einen Moment und kam tatsächlich mit den Ausweisen der Eltern zurück. Er legte sie vor den Beamten auf den Tisch, als sei nichts zu befürchten.

Leubecher lachte. »Na, so einen gut erzogenen Sohn hätte ich auch gerne. Wenn ich meinem Sprössling etwas zum Erledigen auftrage, motzt er immer nur rum. Sie haben einen wohlerzogenen Sohn, Herr Abel.«

»Ja, das haben wir«, antwortete der angebliche Herr Abel senior. Dabei versuchte er aus den Augenwinkeln zu erkennen, welcher Vorname in seinem Ausweis stand. Schließlich musste er ja für einen Wildfremden unterschreiben. Daher zitterte seine Hand vor Aufregung bei der Unterschrift so sehr, dass kaum eine Ähnlichkeit zu der Signatur im Ausweis bestand. Seiner Frau erging es nicht anders. Doch die beiden Beamten schenkten den Unterschriften keinerlei Aufmerksamkeit, sondern schrieben lediglich die Ausweisnummern ab und verstauten die Formulare direkt in ihrer Uniform.

»So, dann war es das auch schon.«

»Tut uns leid, dass wir Ihnen da nicht weiterhelfen können.«

»Schon in Ordnung. Die Angelegenheit ist ja eigentlich auch bereits geklärt und die Überprüfung nur reine Routine.«

Als die beiden Beamten sich wegdrehten, trat Wolf ihnen in den Weg und fragte neugierig nach.

»Sagen Sie, hat denn überhaupt irgendjemand aus

dem Dorf eine andere Aussage gemacht? Hat jemand was gesehen?«

Leubecher schüttelte den Kopf.

»Nein. Niemand. Es gibt einen Anrufer, der den Vorgang so schilderte, wie ich es Ihnen mitteilte. Wir können wirklich froh sein, dass der Russe nicht noch ein paar Kilometer weitermarschiert ist, sonst säßen wir alle hier auf der anderen Seite des Zauns.«

Wolf lachte auf. »Da haben Sie wohl recht.«

»Dann noch einen schönen Tag allerseits. Sollen ja heute wieder über dreißig Grad werden.«

Wolf lächelte freundlich und begleitete die Beamten zur Tür hinaus, während die angeblichen Herr und Frau Abel stumm zurückblieben.

»Danke, dass Sie vorbeigekommen sind. Auf Wiedersehen.«

Die beiden Beamten verließen den Abelshof, ohne einen Verdacht geschöpft zu haben. Wolfs Plan war aufgegangen. Er lauerte hinter der Gardine und wartete, bis der Streifenwagen vom Hof gerollt war, dann klatschte er in die Hände.

»Na, habe ich es nicht gesagt? Sie haben es gefressen.«

Das Flüchtlingspaar saß schweigend auf der Couch und hielt sich an den Händen. Eine große Last fiel von ihnen ab, glücklich wirkten sie dennoch nicht. In diesem Moment kam der Sohn der beiden vom Stall herübergelaufen und stürzte seinen Eltern weinend in die Arme.

»Ich dachte schon, dass die euch mitnehmen.«

Die Mutter tätschelte den Kopf des Jungen und küsste ihn auf die Stirn.

»Nein, es hat alles funktioniert, mein Schatz. Alles wird gut. Wir werden uns heute Nacht noch aufmachen.«

»Ach ja?« Wolf schien anderer Meinung zu sein.

»Ja«, antwortete der Familienvater. »Wir haben Verwandte im Westen. Zwar nur weitläufige Verwandte, aber immerhin. Sie werden uns sicher bei unserem Neunanfang helfen.«

»Sind Sie sich da sicher?«

»Ich denke, ja. Wir hatten in unserem alten Leben in der DDR keine Verwandten. Sowohl die Familie meiner Frau als auch meine sind leider schon gestorben, das hat uns den Abschied auch leicht gemacht. In Hannover lebt eine Tante meiner Großmutter. Sie ahnt zwar noch nichts von ihrem Glück, aber das wird schon werden.«

Wolf grinste und hob die Ausweise der Familie in die Höhe. Er hatte sie aus der einzigen Tasche der Flüchtlinge gestohlen. Der letzte Teil seines Plans würde nun in Kraft treten. Er hatte die Leichen seiner Eltern verschwinden lassen. Bei der endgültigen Entsorgung würden die Bewohner der Region noch über Wochen mithelfen, indem sie die *Spezialwürste* am Markt kaufen und verspeisen würden. Damit würden sie auch alle Beweise verschlingen. Er feierte sich für seine Idee. Nun galt es nur noch, die frei gewordenen Familienplätze wieder aufzufüllen. Und zwar nicht nur für diesen Tag. Denn wo keine Personen vermisst würden, gäbe es auch keine Nachforschungen der Polizei. Der perfekte Plan.

»Was würden Sie dazu sagen, wenn Sie Ihren Aufenthalt hier bei mir verlängern würden?«

»Wie meinst du das?«

»Na, das Spiel hat doch wunderbar funktioniert. Was spricht dagegen, wenn Sie hierbleiben und es weiterspielen? Einen besseren Start können Sie sich doch gar nicht wünschen. Sie hätten ein Haus, einen Beruf, genug Einkommen.«

Der Mann überlegte für einen kurzen Moment. Nicht, dass das Angebot schlecht gewesen wäre. Allerdings vertraute er weder dem jungen Abel, noch würden sie hier jemals ihren Frieden mit all dem Erlebten machen können. Nein, es kam nicht in Frage.

»Das ist ein sehr nettes Angebot, aber ich denke, wir werden lieber weiterziehen. Das war uns Aufregung genug.«

»Dachte ich mir«, antwortete Wolf. Er warf die Ausweise in die Spüle, entzündete ein Streichholz und grinste.

»Was zur Hölle tust du da?«

»Sie verstehen anscheinend immer noch nicht. Das war keine Bitte. Das ist Teil unseres Deals.«

»Welches Deals?«

»Des Deals, den Sie alle eingegangen sind, um Ihren Arsch vor dem Knast zu retten. Sie spielen hier weiter meine Familie, und meine Freunde und ich halten dafür die Schnauze. Tun Sie es für Ihren Sohn. Er kann eh nicht hierbleiben.«

»Wie meinst du das nun wieder?«

Wolf blies das Streichholz wieder aus und hob die Arme. Er hatte wohl eine bessere Idee. »Na, ich habe keinen Bruder. Jedenfalls nicht mehr. Er ist vor langer Zeit gestorben. Also gibt es auch keinen Platz für ihn in diesem Spiel. Also, entweder Sie schenken Ihrem Sohn die Freiheit und wir alle sind glücklich, oder …«

Wolf führte den Satz nicht zu Ende, doch sie verstanden auch so die Drohung. Zufrieden nahm er die Ausweise wieder als Rückversicherung an sich und ließ die anderen wortlos zurück in der Küche.

Kapitel 32

Der alte Abel öffnete, ohne zu zögern, die Tür.

Als der Kommissar das Haus betrat, verspürte er sogleich wieder das Unbehagen, das er von seinen vorherigen Besuchen auf dem Abelshof kannte. Eine Last, die beinahe greifbar schien. Diesmal hatte er jedoch den Vorteil, dass er nicht allein war, sondern mit Hellmich und Dänner. Katrin war mit der kleinen Paula in der Jagdhütte geblieben.

Dänner hatte den ganzen Weg über geschwiegen und wollte nichts mehr sagen, bevor sie nicht am Abelshof angekommen waren. Seeberg blieb im Hausflur stehen und wartete, bis der alte Abel andeutete, an dem Tisch in der Stube Platz zu nehmen. Dort lag das Geweih des Rehbocks, das sonst über der Tür zur Stube hing.

»Sie müssen entschuldigen. Ich war gerade dabei abzustauben. Man kommt ja das Jahr über zu nichts. Da bietet sich die Weihnachtszeit doch bestens an, nicht wahr?« Der Alte sah in die Gesichter, doch seinen Gästen war anscheinend nicht nach einem Plausch zumute. »Sie sind nicht hier, um mir einen Weihnachtsbesuch abzustatten, oder?«

»Nein«, antwortete Georg Dänner kurz. Es war das Erste, das er sagte, seit sie von der Jagdhütte aufgebrochen waren. »Sie wissen wahrscheinlich nicht mehr, wer ich bin, aber wir kennen uns. Von früher.«

»Helfen Sie mir auf die Sprünge.«

»Mein Name ist Dänner. Georg Dänner. Ich war damals mit im Wald oben am Fuchskopf.«

»Im Wald?« Abel ließ sich gegen die Stuhllehne sinken und verschränkte die Arme vor der Brust. »Was meinen Sie damit?«

»Sie wissen ganz genau, was ich meine. Ich meine den Tag, als der Grenzer erschossen wurde.«

»Der Grenzer?« Abel setzte sich auf und machte eine abwiegelnde Handbewegung. »Ach, das. Das ist lange her.«

»Eben drum.«

Der Kommissar schaltete sich ein.

»Es ist genug. Es sollte endlich die Wahrheit ans Licht kommen. Denken Sie nicht?«

Der Alte lachte kurz auf. Doch sogleich wurden seine Gesichtszüge wieder hart und versteinert.

»Die Wahrheit?« Er sank erneut zurück gegen die Stuhllehne. Aus dieser Haltung heraus sah er seine Gäste misstrauisch an. Doch alle hielten dem Blick Abels so lange stand, bis schließlich er wegsah. »Was ist schon die Wahrheit? Ein schlauer Mann sagte mal, dass die Geschichte der Wahrheit immer von den Gewinnern erzählt wird.«

»Sie verstehen anscheinend nicht: Es ist vorbei.« Dänner deutete auf Seeberg. »Der Kommissar weiß davon, dass der Grenzer nicht bei einem Fluchtversuch erschossen wurde, sondern wir damit zu tun hatten. Ich habe ihm alles erzählt. Nur die eine Sache noch nicht. Die sollen Sie ihm erzählen.«

Abels Augen fixierten Dänner ungläubig.

Seeberg war es leid, immer wieder gegen diese Wand des Schweigens anzurennen. Er war müde. Er wartete einen Moment, dann sprach er mit strengem, unfreundlichem Ton.

»Was zum Teufel ist damals außerdem passiert, Herr Abel? Wir wissen, dass Dänner damals versehentlich einen Schuss auf den Grenzer abgab. Aber wir wissen mittlerweile auch, dass dieser nicht tödlich war, sondern noch ein weiterer Schuss abgegeben wurde. Eine zweite Kugel, die einer Hinrichtung gleichkam. Erst diese Kugel hat den Schädel des Grenzers durchschlagen und ihn getötet.«

Abel sah überrascht auf und verlor für einen Augenblick die Kontrolle über seine Mimik. Der Kommissar ließ seinen Blick nicht mehr von ihm ab. Und tatsächlich. Der alte Mann begann plötzlich zu schlucken. Er kniff seine beiden Augen zu Schlitzen zusammen und fragte nach.

»Ein zweiter Einschuss, sagen Sie?«

»Ja.«

»Aber wie ist das möglich, wie soll das geschehen sein?«

Dänner fuhr sich energisch durch die Haare.

»Wolf war doch noch eine Weile allein mit dem Grenzer oben im Wald, während ich Sie und Ihre Familie zur Jagdhütte brachte. Erinnern Sie sich? Wir sind damals doch schon vorgegangen.«

»Familie?«, fragte Seeberg und spürte dabei seinen Puls in die Höhe schießen. Nun war *er* plötzlich überrascht. »Was meinen Sie damit?«

Dänner verschränkte die Arme vor der Brust und nickte dem alten Abel zu.

»Sagen Sie es ihm oder soll ich es tun? Es nutzt nichts mehr zu schweigen. Wolf hat uns alle an der Nase herumgeführt. Sie, mich, uns alle.«

Der Kommissar wurde langsam ungehalten.

»Will mir jetzt vielleicht endlich mal jemand sagen, worüber Sie da reden?«

»O mein Gott!« Abels Augen wurden feucht und er legte sich die Hände schützend vors Gesicht. Er musste sich einen Moment lang sammeln, bevor er zu seiner Erklärung anhob.

»Also, an diesem Julimorgen im Jahr 1982 bin ich mit meiner Frau und meinem Sohn früh aufgestanden und zur Grenze hinaufgegangen. Vorsichtig, so dass uns keiner sieht.«

»Und warum?«

»Na, weil wir flüchten wollten.«

»Sie wollten flüchten? Aber wohin denn?« Franziska Hellmich schien ebenso überrascht wie der Kommissar. Sie sahen sich fragend an und verstanden nicht, was ihnen der alte Mann gerade erklärte. Weshalb sollte Abel aus Kaltengrund fliehen wollen und wohin? Abel lächelte.

»Na, in den Westen. Wir haben in einer kleinen Stadt ungefähr vierzig Kilometer von hier in Thüringen gewohnt. Ich wusste von einem Bekannten, der mit Bauarbeiten am Grenzzaun betraut war, dass wir gefahrlos über die aufgestellte Schaufel eines Baggers über den Zaun springen konnten, da während der Arbeiten die Sicherheitsvorkehrungen heruntergefahren wurden. Und genau das taten wir dann auch. Alles ging gut, bis wir doch entdeckt wurden, als wir schon über den Zaun gesprungen waren. Man rief uns zu, stehen zu bleiben. Aber glauben Sie mir, Herr Kommissar, wenn Sie die Freiheit gerade einmal noch fünfzig Meter vor sich haben, wollen Sie diese auch mit aller Macht erreichen.«

»Sie sind auch ein Flüchtling?«, fragte Hellmich nach, doch anstatt des alten Mannes führte Seeberg die Zusammenhänge weiter aus. Er hatte sie allmählich verstanden.

»Nein, Franziska. Er ist nicht *ein* Flüchtling, er ist *der* Flüchtling, nicht wahr? Sie waren das damals. Sie sind im Sommer 1982 mit ihrer Familie abgehauen?«

»So ist es«, stimmte Abel zu. »Die Grenzer gaben ihren Warnschuss über unsere Köpfe ab, aber wir liefen wie die Hasen über das freie Feld. *Weiter, weiter,* rief ich meiner Frau und meinem Sohn immer nur zu. Ich wusste von dem neuen Schießbefehl, der es den Grenzern nicht nur erlaubte, sondern sie sogar unter Pflicht stellte, auf Flüchtlinge zu schießen, um sie an der Flucht zu hindern. Andernfalls drohten den Grenzern selbst erhebliche Strafen.«

»Sie sprechen von dem Paragraphen 27.« Seeberg erinnerte sich an das Gesetz, das er in der Kiste Wingenfelds gefunden hatte.

»Ich sehe, Sie sind mit diesem Befehl vertraut.« Abel sah zum Kommissar und fuhr dann weiter fort. »Ich drehte mich irgendwann um und konnte erkennen, wie einer der Grenzer auf uns zielte. Doch ein zweiter Grenzsoldat drückte ihm die Waffe nach unten. Dieser Kerl hat uns das Leben gerettet. Dann sprang genau dieser Grenzer jedoch ebenfalls über die Baggerschaufel und rief seinem Kollegen zu, dass er uns zurückbringen würde. Und ja, Herrgott, er rannte wie der Teufel hinter uns her und war viel schneller.«

»Er drohte sie einzuholen.«

Abel nickte und wischte sich über die geröteten Augen.

»Wir schafften es noch bis in den Wald … dann nahm das Schicksal seinen Lauf, als wir auf die Jungen stießen.«

Erst jetzt löste Dänner seine Hände vor der Brust.

»Und da kommen wir ins Spiel. Sie haben ja das Foto von uns Jungen gesehen, Herr Kommissar. Wir waren wegen der Sommerbockjagd unterwegs und saßen gerade oben auf dem Hochsitz, als wir was Verdächtiges im Unterholz sahen. Fast hätten wir auf die Familie geschossen, weil wir zunächst dachten, das es Rotwild sei.«

Der Kommissar holte das Foto hervor, das er in Sippels Wohnung gefunden hatte.

»Waren das die Jungen, die damals dabei waren?«, wollte der Kommissar von Dänner wissen.

»Ja, das war unsere Jagdgruppe. Abel, Bleuel, Sippel und ich. Sippel hatte damals diese neue Kamera dabei und hat Fotos gemacht.«

»Verstehe. Was geschah dann im Waldstück?«

»Wir wollten den Flüchtlingen helfen. Doch als uns plötzlich dieser Grenzer gegenüberstand, kam es zum Streit zwischen uns. Die Nerven lagen blank und plötzlich löste sich der Schuss aus meiner Waffe.«

»Es war ein Unfall. Der Junge hat nicht gezielt auf ihn geschossen.« Der alte Abel bestätigte die Aussage Dänners. »Der Grenzer hatte uns verschont und musste dafür selbst mit seinem eigenen Leben bezahlen. Er sank zu Boden und war … tot.«

Der Kommissar verbesserte die Aussage des alten Mannes.

»Na ja, wie sich ja nun herausstellte, war er das wohl doch nicht.«

Dänner verzog die Mundwinkel bei der schmerzlichen Erinnerung an die Lüge, die ihn all die Jahre als Mörder leben ließ.

»Scheint so. Jedenfalls übernahm Wolf daraufhin das Ruder. Er schien in dieser Rolle geradezu aufzugehen, und wir führten seinen Plan aus. Uwe und Peter liefen zurück ins Dorf. Peter sollte von dort den fingierten Anruf tätigen. Der Grenzer sollte selbst ein Flüchtling und dabei von seinen Kollegen erschossen worden sein. Ich musste mit der Familie derweil in unsere Jagdhütte gehen und sie dort vorerst verstecken.«

Der Kommissar versuchte alles chronologisch zu ordnen, doch eine Sache passte nach wie vor nicht. Er wandte sich an den alten Mann. »Ich verstehe immer noch nicht, wer Sie nun wirklich sind. Sie hießen also nicht immer Abel und sind auch nicht der leibliche Vater von Wolfram Abel?«

»Nein.«

»Können Sie mir das bitte etwas genauer erklären? Warum geben Sie sich dann als sein Vater aus?«

»Ich versuche es.« Der Alte räusperte sich. »Wir verbrachten die Nacht in der Jagdhütte der Dänners. Am nächsten Morgen ließ uns Wolf auf den Abelshof kommen. So verrückt seine Idee auch war, sie war doch unsere einzige Chance, dem Gefängnis zu entgehen. Wir waren Mittäter, und zurück in die DDR wollten wir auf keinen Fall. Außerdem erpresste uns Wolf.«

»Was wollte er von Ihnen?«

Dänner und der Abel schauten sich an. Der Alte nahm schließlich allen Mut zusammen und berichtete.

»Es fällt mir wirklich schwer, nach all den Jahren die richtigen Worte zu finden. Es klingt verrückt, und genau das war es auch, aber wir schlüpften letztlich in die Rolle seiner Eltern.«

»Wie meinen Sie das?«

»Schauen Sie, die Polizei hat damals alle Einwohner Kaltengrunds wegen des Vorfalls vernommen.«

»Ja, ich weiß. Ich habe die Protokolle gelesen. Aber es war alles in Ordnung. Die Eltern von Wolf haben unterschrieben.«

»Nein, Sie verstehen immer noch nicht, Herr Kommissar. Das waren nicht seine richtigen Eltern. Das waren wir. Meine Frau und ich. Wir gaben uns für seine Eltern aus. Wir sagten, wir seien die Abels, und Wolf bestätigte das Ganze.«

»Und Sie kamen damit durch?«

»Ja. Selbst die Ausweise seiner Eltern machten die Beamten nicht stutzig. Es waren ältere Fotos und niemand fiel der Fehler auf. Seine leiblichen Eltern lebten wohl von jeher sehr zurückgezogen, und keinem fiel der Schwindel auf. Niemand fragte nach, und so lebten wir diese Lüge über dreißig Jahre. Wir gingen nie unter Leute, weil wir Angst davor hatten, entdeckt zu werden.«

»Aber wie ist das möglich? Und vor allen Dingen, warum dieser Schwindel? Wo sind seine richtigen Eltern geblieben?«

»Das wiederum kann ich Ihnen erklären.« Georg Dänner stand auf und ging zum Fenster. Er schaute hinaus. Sein Mund war trocken. »Wolf hat sie ermordet.«

»Was?« Der Kommissar wusste nicht, auf wen er seine Wut richten sollte. Er packte den alten Mann am Arm und schüttelte ihn. »Wussten Sie davon? Wie konnten Sie das alles decken?«

»Nein, wir wussten es nicht. Jedenfalls nicht wirklich. Wir hatten Vermutungen. Meiner Frau und mir hatte er gesagt, dass seine Eltern ihn allein auf dem Hof zurückgelassen hatten. Aber ich muss zugeben, dass ich es nie geglaubt hatte. Wer verschwindet schon, ohne seine Ausweise mit sich zu nehmen. Ich ahnte, dass sie tot sind. Aber ich wusste nichts Genaues und wollte es auch nicht wissen. Ich hatte ganz einfach Angst um das Leben meiner Familie. Er hatte uns in der Hand. Zumal wir alle glaubten, dass wir Blut an unseren Händen hatten.«

Kommissar Seeberg ließ die Erklärungen langsam wirken. Was er in den letzten Minuten erfahren hatte, war mit Abstand das Verrückteste, das er in seiner gesamten Laufbahn gehört hatte.

»Er hat also seine eigenen Eltern umgebracht. Aber warum und wie ist er die Leichen losgeworden? Hat er sie vergraben, Dänner?«

»Nein«, schüttelte dieser den Kopf und sah zu Boden. Man konnte erkennen, wie ihn die Erinnerung schmerzte. »Ich weiß nicht, wie ich es sagen soll. Ich traue mich kaum, es auszusprechen. Aber es ist schließlich auch meine Schuld.«

»Ihre?«, fragte Klaus Seeberg. »Nun sagen Sie schon, was mit den Leichen passiert ist. Haben Sie ihm dabei geholfen, die Leichen loszuwerden.«

Er nickte.

»Ja, das habe ich. Aber nicht nur ich. Sie werden es nicht glauben, aber die halbe Rhön hat dabei geholfen.«

»Bitte, tun Sie mir einen Gefallen und sprechen Sie nicht in Rätseln. Dazu bin ich wirklich nicht aufgelegt.«

»Ich muss Ihnen das genauer schildern.«

»Ich bitte darum.«

»Ich stand unter Schock. Schließlich dachte ich, dass ich jemanden erschossen hatte. Ich war gerade Vater geworden und sah mein Leben aus den Händen gleiten. Wolf sagte, dass er mir helfen würde, wenn ich ihm ebenfalls einen Gefallen tun würde. Also half ich ihm dabei, die Leichen seiner Eltern zu beseitigen. Er hatte sie vorher ermordet. Ich weiß noch genau, wie ich in diese Stube hier trat und die blutbesudelten Leichen seiner Eltern vor mir sah. Sie saßen dort ganz aufrecht vor uns. Es war grauenhaft.«

»Wie haben Sie sie verschwinden lassen?«

»Das ist ja das, worauf ich hinauswill. Wir haben die Leichen wie Schlachtvieh zerteilt. Im Anschluss haben wir die Reste mit Schweinefleisch vermischt und zu Wurst verarbeitet. Wolf hat alles geräuchert und in den nächsten Wochen und Monaten auf den Märkten der gesamten Region verkauft. Ich glaube, dass er es genossen hat, alle Leute hier oben in der Rhön für seinen Plan auszunutzen.«

Hellmich schlug sich die Hände vors Gesicht.

»O mein Gott, Sie haben sie geschlachtet und verarbeitet?«

»Ja. Und ich habe alles mitgemacht. Seit diesem Tag habe ich nie wieder ein Stück Fleisch oder Wurst gegessen. Immer musste ich daran denken, wie alles gerochen hat. Ich wache nachts oft schweißgebadet auf.«

Sie schwiegen. Hellmich rümpfte die Nase und hatte das Bedürfnis, so schnell wie möglich diesen Hof zu verlassen. Abel war genauso geschockt und schwieg sich aus. Die Brutalität überraschte selbst ihn. Nur dem Kommissar verschlug es nicht die Sprache.

»Es ist grauenhaft, aber aus rein kriminalistischer Sicht genial.«

»Klaus«, rügte Hellmich die fast bewundernd klingende Aussage.

»Nein, versteh doch. Es gibt keine Leichen, nicht einmal einen Mord, niemand vermisst irgendjemanden. Der perfekte Mord.«

»Ja«, bestätigte Dänner und deutete hinaus in den Garten. »Allerdings konnten wir nicht alles verarbeiten. Die Schädel der beiden Leichen und das Gewehr des Grenzers haben wir vergraben. Dort draußen, neben dem Baum.«

Die Blicke der Personen am Tisch wanderten hinaus zu dem Baum, der dort im Garten über allem thronte. Dort, wo Abel seine Frau begraben hatte. Dort, wo nun alles unter einer dicken Schneeschicht verschwunden war. Seeberg stand auf und ging zum Fenster, sah hinaus und überlegte, wann wohl endlich die Polizei hier sein würde. In einer Stunde, vielleicht zwei. Wenn sie schlecht durchkommen würden, vielleicht erst in drei Stunden. Dort draußen lagen alle nötigen Beweise, die diese abstruse Geschichte untermauern würden. Die Schädel von Wolfram Abels Eltern. Man würde mit einem genetischen Vergleich und der heutigen Technik zeitnah ein Ergebnis vorweisen können. Und auch das Gewehr würde mit etwas Glück, auch nach all den Jahren, noch genügend Spuren für die Forensik liefern. Doch dazu mussten sie es erst einmal finden. Also drehte er sich mit einem Seufzer zu den anderen um.

»Dann hoffen wir mal, dass es genügend Schneeschieber, Spaten und Schaufeln hier im Haus gibt.«

Kapitel 33

Am Abend lag Wolf in seinem Bett. Er konnte nicht schlafen. Zu viel Adrenalin. Alles war noch so greifbar. Die Augen seines Gegenübers. Allein bei dem Gedanken daran überlief es ihn immer noch eiskalt. Es war das intensivste Gefühl gewesen, das er jemals erlebt hatte. Es war viel stärker als bei den Tieren, die er bislang gejagt hatte.

Er hatte direkt vor dem Grenzer gestanden. Sein Blick war scharf gewesen, und er hatte gespürt, dass ihm das Ganze auf eine subtile Art ein besonderes Gefühl der Stärke bescherte. Die Erinnerung war noch ganz frisch. Er hatte sich gerade auf einen Baumstumpf gesetzt und überlegte, was als Nächstes zu tun sei, als das leise Stöhnen an sein Ohr gedrungen war. Sofort war er aufgesprungen und hatte den Ursprung gesucht. Es war der tote Grenzer gewesen. Doch der war gar nicht tot. Vielmehr wand er sich unter Schmerzen auf dem Boden. Er hatte nach der Maschinenpistole gegriffen und sie auf Einzelschuss gestellt.

»Bleiben Sie liegen, nicht bewegen«, hatte er ihm zugerufen. Jetzt, wo er daran dachte, musste er darüber schmunzeln. Es war eigentlich ganz egal gewesen, ob er ruhig geblieben wäre oder nicht.

»Bitte … bitte, hilf mir, Junge«, hatte der Grenzer geflüstert und die Hand nach ihm ausgestreckt, während er immer noch mit dem Lauf der AK-47 auf den Schädel des Mannes zielte.

»Nein, bitte nicht, Junge. Schaff mich einfach nur zurück zur Grenze. Ich sage den Kollegen nichts von euch. Ich verspreche es.«

Vorsichtig war er zwei, drei Schritte auf den Grenzer zugegangen, der am Waldboden zu seinen Füßen lag. Weinend hatte dieser erbärmliche Mensch sich im Anschluss wie ein Weib an seine Stiefel geklammert. Doch er hatte ihn wie einen Hund von sich fortgestoßen, um ihn dann vor einen Baum zu ziehen. Verängstigt hatte der Mann seine Hände vor sein Gesicht gehalten, während er ihn mit dem Rücken gegen den Stamm drückte. Dann war er wieder einen Schritt zurückgetreten und hatte mit dem Lauf auf den Grenzer gezielt und das Gewehr entsichert. Sein Puls war daraufhin beinahe explodiert. Er hatte kaum das Gewehr ruhig halten können, so sehr hatte die Erregung seinen Körper durchzogen. Dann hatte er abgedrückt. Er sah den uniformierten Mann noch ganz genau vor sich. Wie er durch den Einschlag des Projektils zurück gegen den Baum federte, wie es ein klaffendes Loch in seinen Schädel riss und der gesamte Körper dann wieder nach vorn kippte. Daraufhin war alles so unfassbar still gewesen.

Er hatte sich im Anschluss neben den Toten gekniet, hatte sein Jagdmesser gezückt, um die erste Kugel aus dem Rücken zu schneiden. Dann suchte er den Baumstamm nach der zweiten Kugel ab und fand den Einschuss darin ohne Probleme. Die Kugel hatte den Schädel durchschlagen und sich ins Holz des Stammes gebohrt. Auch dieses Projektil hatte er aus dem Stamm geschnitten und es im Anschluss in den Schusskanal des Rückens gedrückt. So würde man denken, dass ihn die eigenen Genossen der Grenzsoldaten auf der Flucht erschossen hatten. Das war eine großartige Idee. Er kannte sich nicht besonders gut aus mit Schussverletzungen, doch er war davon überzeugt, dass das genügen würde, um alle möglichen Spekulationen gar nicht erst aufkommen zu lassen. Man würde den Fall so schnell und mit so geringem Aufsehen wie möglich abarbeiten. Dass das Projektil der Schusswunde am Schädel fehlte, sollte kein Problem darstellen. Die zweite Kugel im Rücken trug jedoch die eindeutige Handschrift der Grenztruppen. Das würde genügen.

Erst als er schon wieder auf dem Rückweg zum Abelshof war, war ihm eingefallen, dass Peter ja der Polizei sagen würde, den Grenzer habe nur ein Schuss in den Rücken getroffen. Verdammt! Das war nicht gut. Er musste hoffen, dass man dennoch den Rest der Geschichte schlucken würde. Wobei in dem Chaos sicher alles drunter und drüber gehen würde, und falls es Probleme geben sollte, konnte Peter immer noch behaupten, dass er verwirrt und verängstigt gewesen war, als er den Anruf getätigt hatte. Es würde alles schon gutgehen. Und das tat es tatsächlich.

Nun lag er entspannt in seinem Bett. Sein Bluff hatte funktioniert. Die Beamten hatten keinen Verdacht geschöpft, er hatte die Leichen der Eltern entsorgt und hatte die anderen Jungen aus dem Dorf in seiner Hand. Besonders Georg, den er ewig in dem Glauben lassen konnte, den Grenzer erschossen zu haben. Der Gedanke gefiel ihm. Und dann war da noch die Flüchtlingsfamilie, die nun den Platz seiner Eltern einnehmen würde. Er war sich sicher, dass sich die Familie nicht über Nacht aus dem Staub machen würde. Er hatte auch sie in der Hand, und morgen würde er dafür sorgen, dass der Junge verschwinden würde.

Er drehte sich zur Seite und zog sich die Decke über die Schulter. Er würde gut schlafen können. Alles lief nach Plan.

Kapitel 34

Trotz der Kälte schwitzten die Männer. Die ersten Erdschichten waren trotz Spaten und Spitzhacke kaum zu durchdringen gewesen. Doch je tiefer sie in das Erdreich vordrangen, desto leichter fiel den Männern die Arbeit. Mittlerweile standen der Kommissar und Dänner bis zu den Knien in dem Gemisch aus Schneematsch und Erde. Der alte Abel leuchtete den beiden dazu mit einer Taschenlampe, während Hellmich ins Haus eilte und mit der Polizei telefonierte, um zu fragen, wo sie denn blieben. Immerhin funktionierte das Mobilnetz endlich wieder.

Ammer berichtete, dass sie auf dem Weg seien, sie aber zunächst auf den Durchsuchungsbefehl hatten warten müssen und nun nur langsam vorankämen. Als sie auflegte, wusste sie immer noch nicht, wann die Polizei eintreffen würde.

Der Kommissar hatte sich gerade den Schweiß von der Stirn gewischt, als sie auf ein rotes Tuch stießen. Zunächst war es nur eine kleine Ecke, dann kam jedoch immer mehr Stoff zum Vorschein. Es musste sich um eine Art Decke handeln.

»Was ist das?«, fragte Seeberg in Dänners Richtung, der jedoch nur mit den Schultern zuckte.«

»Keine Ahnung. Ich habe das Gewehr damals jedenfalls in kein Tuch eingewickelt. Und die Schädel von den alten Abels auch nicht.«

»Das sind die Überreste meiner Frau«, erklärte Abel, der das Licht unbeirrt zu den beiden in das Erdloch hielt. »Ich hatte Ihnen doch davon erzählt, Herr Kommissar.«

»Sie haben das wirklich gemacht, oder?«

»Natürlich. Sie wissen nun auch, warum. Man hätte meine Frau vielleicht untersucht oder zumindest ihre Papiere überprüft. Früher oder später hätte man bemerkt, dass sie nicht die Frau war, die sie ein halbes Leben lang vorgegeben hatte zu sein.«

Die beiden Männer befreiten die stark riechenden Überreste von dem Erdreich und legten die Leiche an den Rand des Erdlochs.

»Die Polizei wird sich später darum kümmern. Wir müssen nun zunächst die anderen Beweise finden.«

Sie gruben weiter, bis sie wieder etwas aus dem Erdreich ragen sahen: ein schmales, metallisches Rohr von kaum zwei Zentimetern Durchmesser.

»Leuchten Sie mal hierher!«, befahl der Kommissar Abel. »Ja, so ist gut. Das ist der Lauf eines Gewehrs.«

Er nahm ein Taschentuch hervor, wickelte es um das metallische Ende des Rohrs, fasste es mit den Händen und zog daran. Dänner entfernte die Erde, die daran klebte. Mit einem kräftigen Ruck zog Seeberg den Gegenstand ganz heraus. Er war kein Experte und hielt es deswegen Dänner entgegen.

»Ja, das ist es«, entgegnete dieser. »Das ist das Gewehr des Grenzers, das AK-47 Sturmgewehr. Ich hatte es damals mit zu den beiden Schädeln in die Grube geworfen. Wir graben also an der richtigen Stelle.«

Der Kommissar legte das Gewehr vorsichtig beiseite, während Dänner wieder mit kräftigen Hieben die Spitzhacke in den Boden trieb. Hellmich kam aus dem Haus und schüttelte den Kopf.

»Das darf doch nicht wahr sein.«

»Was ist los?«

»Ich habe gerade mit Ammer telefoniert. Sie konnten erst später losfahren, da sie so lange auf den Durchsuchungsbefehl warten mussten.«

»Warum das denn?«

»Na ja, mitten in der Nacht ist es schwer, einen Staatsanwalt zu finden, der das Ganze unterschreibt. Pinnow war nicht aufzutreiben, also mussten sie jemand anderes aus der Staatsanwaltschaft aus den Federn klingeln. Und der war überhaupt nicht angetan davon. Außerdem kannte er den Fall kaum und wollte erst mal unterrichtet werden, um was es dabei denn überhaupt ginge. Pinnow hatte den Fall bearbeitet.«

»Haben sie denn jetzt den Durchsuchungsbefehl?«

Sie nickte.

»Ja, Ammer und Kohler sind mit zwei weiteren Streifen losgefahren und hoffen, dass sie bald hier sein werden. Die Straßen sind nur zum Teil wieder freigegeben und wohl noch immer schneebedeckt. Sie kommen wahrscheinlich nur langsam voran. Ich rufe noch mal in der Gerichtsmedizin an und sage, dass wir zwei Schädel zur genaueren Untersuchung vorbeibringen – wenn ihr sie denn findet.«

Der Kommissar knurrte etwas zurück, während Hellmich wieder im Haus verschwand.

»Hier.« Dänners Stimme ließ den Kommissar herumfahren. Mit der Spitzhacke kratzte Dänner an etwas. »Das muss einer der Schädel sein.«

Sofort kniete sich Seeberg auf den Boden und trug vorsichtig den Schmutz weiter ab. Zunächst war nur eine weiße Fläche zu erkennen, wohl die Schädeldecke, dann zeichneten sich zwei Löcher ab, die er als Augenhöhlen ausmachte. Als er auch noch den restlichen Schmutz beseitigt hatte, kam ein komplett erhaltener Schädel samt Kiefer zum Vorschein.

»Tatsächlich. Das ist einer von ihnen.«

Der alte Mann leuchtete mit seiner Taschenlampe, dann atmete er schwer.

»Warten Sie, ich hole eine Decke von drinnen.«

Nach einigen Minuten kam Abel zurück. In der Zwischenzeit hatten die beiden Männer auch den zweiten Schädel geborgen und ihn zu dem ersten gelegt.

»Wenn Sie recht haben, Dänner, dann wird das Ihre Unschuld beweisen. Zumindest was den Mord an dem Grenzer betrifft. Dass Sie dabei geholfen haben, die beiden Leichen zu zerteilen und somit verschwinden zu lassen, wird man aber dennoch gegen Sie vorbringen.«

»Das weiß ich. Aber ich bin zumindest kein Mörder. So kann ich meiner Tochter und Enkeltochter wenigstens unter die Augen treten.«

Dänners Schultern sackten herab. Seeberg kam einen Schritt auf ihn zu, nahm ihm die Spitzhacke aus den Händen und legte ihm eine Hand auf die Schulter. Er verstand das sehr gut. Und obwohl er immer noch nicht verstand, was das alles mit dem Tod seiner eigenen Tochter zu tun hatte, spendete er Dänner Trost.

»Ich werde selbstverständlich erwähnen, dass Sie erheblichen Anteil an der Aufklärung des Falls haben und Sie uns zu den Überresten sowie der Tatwaffe geführt haben. Ich denke, es wird nicht so schlimm für Sie werden.«

Im Anschluss sagte keiner mehr ein Wort. Es war erschütternd. Der Kommissar versuchte, alle Puzzleteile in seinem Kopf zusammenzufügen. Demnach hatte Wolf sich die Hilflosigkeit der Flüchtlinge zunutze gemacht und sie für seine Zwecke missbraucht. Sie lieferten ihm ein perfektes Alibi für den Mord an seinen eigenen Eltern, der niemals irgendjemandem aufgefallen war. Die Bevölkerung der Rhön hatte mitgeholfen, die einzigen Beweise des Mordes zu entsorgen, indem sie die Überreste der Leichen unwissentlich verspeist hatte. Und Georg Dänner hatte er ein Leben lang in dem Glauben gelassen, den Grenzer erschossen zu haben. So hatte er fast alle aus dem Dorf wie Marionetten für sich tanzen lassen. Es war der perfekte Plan, bis Uwe Bleuels Gewissen nicht mehr mitspielte und er bei der Kriminalpolizei anrief, um sie darauf hinzuweisen, dass etwas faul an der Sache war und man die

Untersuchungen wieder aufnehmen solle. Daraufhin hatte er sich erhängt. Jetzt wurde dem Kommissar auch langsam klar, was das Ganze mit ihm zu tun hatte.

Bornemann hatte ihm damals den Fall übertragen, und er war nach Kaltengrund aufgebrochen. Wolf hatte davon Wind bekommen und hatte Bedenken, dass man seine Spur aufnehmen würde. Daraufhin hatte er seinen perfiden Plan weiter ausgebaut, indem er die Tochter des verantwortlichen Kommissars entführte und sie umbrachte. Und das war nun mal ausgerechnet er gewesen. Natürlich hatte man sofort alle verfügbaren Kräfte darangesetzt, um diesen Fall des entführten und ermordeten Mädchens zu klären. Und schon war der alte Fall wieder nur eine Akte unter vielen, die erneut in Vergessenheit geraten würde. Abels Meisterstück bestand darin, den Mord an Laura so aussehen zu lassen, als ginge er auf das Konto des Serientäters Petrov.

In Gedanken versunken stieg Seeberg aus dem morastigen Loch, als eine Stimme die nächtliche Stille brach.

»Legen Sie den Spaten aus der Hand und kommen Sie ganz langsam zu mir herüber. Und Sie, Dänner, Sie werfen die beiden Schädel wieder zurück in das Erdloch. Genauso wie die Leiche der Frau.«

Der Kommissar legte sich zum Schutz gegen das blendende Licht eine Hand vor die Augen. Er versuchte zu sehen, wer dort sprach, doch durch die Helligkeit der Taschenlampe war es beinahe unmöglich, etwas zu erkennen. Die Person hatte sich genau neben dem alten Mann postiert und zielte mit einem Revolver auf den Kommissar.

»Wer sind Sie? Was wollen Sie?«

»Das werden Sie noch erfahren. Wenn Sie einfach nur weiter in Ihrem kleinen, dunklen Loch hockengeblieben wären und sich weiter bemitleidet hätten.«

»Wie meinen Sie das? Kennen wir uns?«

Warum wusste die Stimme so gut Bescheid über seinen Gemütszustand? Auf eine seltsame Art kam dem Kommissar die Stimme nicht unbekannt vor. Jedoch konnte er sie nicht genau zuordnen.

»Alles hätte fein säuberlich und in aller Ruhe weiterlaufen können. Sie hätten sich mit Ihren Medikamenten und Alkohol weiter zugrunde gerichtet, bis Sie endlich zu Ihrer Tochter gelangt wären. Wäre doch nur Ihr Suizidversuch ein klein wenig erfolgreicher verlaufen, nicht wahr?«

Der Kommissar zögerte. Woher wusste die Stimme, wer er war und dass er sich mit Medikamenten und Alkohol betäubt hatte? Ja, sein Gegenüber wusste sogar davon, dass er sein Leben hatte beenden wollen.

»Woher wissen Sie das alles?«

»Das ist nebensächlich. Wichtig ist jetzt, dass wir alles schnell wieder in Ordnung bringen, bevor die Polizei hier auftaucht. Stellen Sie sich an den Rand vor das Erdloch. Los, machen Sie schon.«

Seeberg konnte noch immer nicht erkennen, wer sich hinter der Stimme verbarg. Zudem glaubte er, dass der Mann eine Wollmütze über sein Gesicht gezogen und zwei Löcher als Augenschlitze hineingeschnitten hatte. Vorsichtig ging er einen Schritt nach dem anderen zurück zu dem Erdloch. Dänner stand wie angewurzelt darin und hatte, wie es ihm aufgetragen worden war, alle Beweise wieder hineingelegt. Er zitterte vor Angst, schien den Mann aber nicht zu kennen. Nur der alte Abel stand erstaunlich ruhig neben dem Kerl und wirkte gefasst. Allen war klar, was nun folgen würde. Die Zeugen mussten mitsamt aller Beweise beseitigt werden. Sie waren die Einzigen, die den genauen Zusammenhang kannten. Wenn alles weiterhin verschwiegen werden sollte, musste es hier in diesem Grab bleiben. Die ganze Geschichte und alle Zeugen.

Seeberg war an der Kante angelangt und stoppte. Die Situation erinnerte ihn an eine Exekution, bei dem die Opfer ihre eigenen Gräber ausheben mussten, um anschließend am Rand erschossen zu werden und direkt in das Grab zu stürzen.

»Warum wollen Sie uns alle töten? Der Täter für all diese Gräueltaten ist doch längst überführt. Wolfram Abel ist tot. Ich war selbst dabei, als er vom Dach des Krankenhauses stürzte.«

»Sie denken, es geht hier nur um Wolfs Lebensgeschichte? Nein, nicht nur er hatte viel zu verlieren, Herr Seeberg. Und jetzt freuen Sie sich auf ein Wiedersehen mit Ihrer Tochter.«

Der Lauf des Revolvers wurde auf ihn angelegt, und Seeberg schloss die Augen. Nun war es also so weit. In wenigen Augenblicken würde er endgültig sein Versprechen einlösen und wieder mit Laura vereint sein. Doch erstaunlicherweise fühlte er im gleichen Moment, wie sehr er doch am Leben hing. Das war bei seinem Suizidversuch noch anders gewesen. Irgendetwas in ihm hatte sich seither verändert. Er wollte leben. Doch diese Erkenntnis kam nun zu spät. Er schluckte. Er wartete. Dann konnte er hören, wie der Hahn des Revolvers klickend gespannt wurde.

Kapitel 35

Die Hitze hing auch am folgenden Tag wie eine Glocke über dem Hof. Wolf hatte am frühen Morgen bereits damit begonnen, das Vieh zu versorgen. Gerade gabelte er den Mist auf und schaufelte ihn in eine Schubkarre. Dabei hing er seinen Phantasien nach. Ihm standen alle Türen offen, und er konnte endlich frei sein. Niemand ahnte etwas vom Verschwinden seiner Eltern. Nur Georg wusste Bescheid, und den hatte er unter Kontrolle. Er würde es nicht wagen, zur Polizei zu gehen und eine Aussage zu machen. In diesem Fall hätte Georg sich als Mörder selbst anzeigen und damit seine Frau und Tochter im Stich lassen müssen. Auch wenn er nicht viel mit den anderen Jungen aus Kaltengrund zu tun hatte, so gut kannte er Georg, um zu wissen, dass dieser niemals all das aufs Spiel setzen würde.

Nur eine Sache galt es noch zu erledigen. Wolf tastete nach seinem Hosenbund. Er fühlte den wulstigen Knauf seines Jagdmessers. Er musste es zu Ende bringen. Jetzt. Er fuhr die Schubkarre hinaus und stellte sie vor dem Misthaufen in der Mitte des Hofs ab. Dann ging er hinüber zum Haus. Die beiden Erwachsenen saßen in der Küche. Die Frau hatte wohl geweint, jedenfalls sahen ihre Augen rot und verquollen aus. Doch das scherte Wolf nicht.

»Wo ist euer Sohn?«

»Warum? Was willst du von ihm?«

»Falls ihr es immer noch nicht begriffen habt. Ich habe keinen Bruder mehr. Das Risiko ist zu groß.«

In diesem Moment konnte Wolf Schritte vernehmen. In einer hastigen Folge, als ob jemand flüchten würde. Und tatsächlich. Mit einem Blick aus dem Fenster erkannte er, wie der Junge gerade quer über den Hof in Richtung Wald lief. Sofort eilte er hinterher.

»Lauf, Roland, lauf!«, rief die Mutter aus voller Kehle

ihrem Sohn hinterher, doch Wolf hatte sich bereits auf die Fährte des Jungen gemacht. Im Gegensatz zu dem Jungen kannte er die Gegend wie seine Westentasche und wusste, wohin ein kleiner Junge flüchten und sich verstecken würde. Er selbst hatte dies jahrelang so gemacht.

An der Biegung zu dem kleinen Bachlauf stellte er ihn schließlich. Der Junge stand bis zu den Knien im kalten Wasser und schaute ihn aus weit aufgerissenen Augen fragend an.

»Bitte töte mich nicht. Ich habe dir doch gar nichts getan.«

Von der Hetzjagd außer Atem wischte sich Wolf über die verschwitzte Stirn. Dann ging er mit großen Schritten auf ihn zu. Er watete durchs Wasser und packte den Jungen schließlich an den Haaren.

»Da hast du zwar recht, Kleiner. Aber du bist einfach ein zu großes Risiko.«

Der Junge strampelte und wand sich unter den kräftigen Armen, doch es gab kein Entrinnen mehr. Wolf warf ihn am Ufer zu Boden und kniete sich über den Oberkörper des Jungen, der noch immer nach Leibeskräften gegen sein Schicksal ankämpfte. Mit seinen Händen tastete der Junge hektisch über den Boden, während Wolf in seinen Hosenbund griff und das Jagdmesser hervorzog.

»Wehr dich nicht, dann tut es auch nicht lange

weh … ich mache es so schnell und schmerzlos wie möglich. Versprochen.«

Die Klinge blitzte im Sonnenlicht auf, als der Junge plötzlich etwas zu greifen bekam. Einen faustgroßen Stein. Wolf redete weiter auf ihn ein, wie auf ein kleines Kind, das er beruhigen wollte, und drückte dabei die Klinge immer weiter nach unten.

»Pscht, ganz ruhig, Kleiner, ganz ruhig …«

Mit letzter Kraft umfasste der Junge den Stein in seiner Hand und schlug ihn mit aller Macht gegen Wolfs Stirn. Diese platzte sofort blutend auf und eine Fontäne schoss daraus hervor. Doch anstatt zurückzuschrecken, grinste Wolf nur weiter, während das Blut an ihm herunterlief und auf sein junges Opfer tropfte.

»Das hättest du nicht tun sollen. Nun werde ich dich doch langsam aufschlitzen und ausbluten lassen.«

»Halt!« Eine Stimme ertönte hinter ihnen. Die Eltern des Jungen standen neben den beiden und rissen voller Entsetzen die Arme hoch. Alles war voller Blut, und sie konnten nicht zuordnen, wessen Blut es war. Panik stand in ihren Gesichtern, doch versuchten sie, so ruhig wie möglich zu bleiben, um die Situation nicht vollends eskalieren zu lassen. Jede überhastete Bewegung hätte Wolf die Klinge vielleicht endgültig hinabfahren lassen. Der Vater warf sich in den Staub neben die beiden und kniete sich flehend vor Wolf auf den Boden.

»Bitte, tu ihm nichts. Ich flehe dich an. Wir versprechen dir, wenn du ihn gehen lässt, werden wir so lange hier bleiben, wie du es verlangst. Du gehst doch kein Risiko ein. Wir können weder irgendwo hin, noch können wir zur Polizei. Wir haben ja nicht einmal mehr unsere Papiere. Doch wenn du den Jungen tötest, ist uns alles egal. Du brauchst ihn, verstehst du?«

Immer noch saß Wolf über dem Jungen und drückte ihm die Klinge gegen die Kehle. Blut und Schweiß liefen ihm dabei von der Nasenspitze und tropften dem Jungen auf die Stirn.

Der Mann hatte recht. Tot würde der Junge keinen Wert mehr für ihn haben. Lebend konnte er hingegen von Nutzen sein. In der Tat hatte er die Eltern damit in der Hand. Sie waren es, die er brauchte. Sie gaben ihm sein Alibi. Und niemals würden sie das Leben ihres Sohnes riskieren. Würde er ihn jedoch umbringen, gerieten die beiden vielleicht außer Kontrolle. Langsam nahm er den Druck von dem Messer und richtete sich auf. Dann stieg er von dem Jungen, der sofort seiner Mutter in die Arme sank.

»Also gut. Meinetwegen.« Wolf lächelte wieder und wischte sich mit dem Handrücken etwas Blut von der Stirn. »Aber der Kleine macht sich noch heute vom Hof und wird nie wieder hierher zurückkehren.«

Der Junge zögerte und ließ seinen Blick immer wieder zwischen Wolf und seinen Eltern hin und her wandern.

»Aber Mama …«

Die Mutter strich dem Jungen über das schweißnasse Haar.

»Ist schon gut, Roland. Wir kommen hier zurecht. Du gehst nach Hannover, wie wir es geplant hatten. Es wird alles gut.«

*

Keine zwei Stunden später wartete Wolf auf dem Hof darauf, dass seine Anordnung umgesetzt wurde. Zuerst hatte er sich von der Frau seine klaffende Wunde auf der Stirn notdürftig versorgen lassen. Sie hatte ihm geraten, sie in einem Krankenhaus nähen zu lassen. Er hatte sie nur ausgelacht und erst mal einen Schnaps getrunken. Nun stand er, auf eine Heugabel gestützt, im Hof und sah zu, wie der Junge aus dem Haus trat. Die Frau hatte ihm noch ein Paket mit Essen und Trinken mitgegeben. Er versuchte den Blicken Wolfs auszuweichen. Zumindest hatte er ihm mit dem Stein eine lebenslange Erinnerung in die Stirn geschlagen. Wolf verfolgte, wie der Junge den Proviant in einen kleinen Rucksack packte, um ihn anschließend zu schultern. Ein letztes Mal drehte er sich noch um, bevor er aus dem Blickfeld verschwand und in Richtung des Waldwegs abbog. Nun war auch der letzte Mosaikstein in Wolfs Bild an seinem Platz. Als er sich wieder seiner Arbeit widmete, konnte er aus den Augenwinkeln erkennen, dass hinter der Gardine in der Küche zwei Köpfe zurückzuckten. Wolf grinste zufrieden, legte die Heugabel beiseite und entlud den Inhalt der Schubkarre auf den Misthaufen. Sein neues Leben hatte soeben begonnen.

Kapitel 36

Die Polizei war immer noch nicht eingetroffen. Es würde wohl noch eine Weile dauern, bis sie sich hinauf nach Kaltengrund durchgekämpft hätte. Hellmich saß in der dunklen Stube des Hauses. Sie hatte in der Gerichtsmedizin angerufen und versuchte nun die Geschehnisse für sich zu ordnen. Es gab zu viele Fragen, die sie nicht ruhen ließen. Wenn Wolfram Abel also für die Morde verantwortlich war, wie konnte er an all die brisanten Informationen gelangen, an die man keinesfalls ohne weiteres herankam? Und wie konnte er damals wissen, dass ausgerechnet Seeberg den Fall übernehmen würde und dass er eine kleine Tochter hatte? Das waren ihrer Meinung nach deutlich zu viele offene Fragen. Vielleicht gab es ja in dem Haus mehr Hinweise. Meistens hinterließen Menschen von Wolfs psychologischer Struktur Hinweise auf ihre wahren Neigungen. Nicht offensichtlich, aber versteckt. Es war das Naturell solcher Menschen, sich in gewissen Momenten zu erkennen zu geben. Ihre »Arbeiten« gewürdigt zu wissen. Oftmals mischten sich solche Täter zum Beispiel nach ihren Morden unter die Schaulustigen, um so ihrem Vermächtnis näher zu sein und eine Pseudoanerkennung durch die Umstehenden zu erhaschen. In den USA fand man durch Untersuchungen von abgeschlossenen Fällen heraus, dass einige Täter sich nach ihren Taten sogar als Zeugen angeboten oder ins TV-Bild gedrängt hatten, um einen kurzen Moment des Ruhms genießen zu können. Sie fühlten sich der Polizei überlegen, und die allgemeine Aufmerksamkeit verschaffte ihnen die Bestätigung, die ihnen im normalen Leben oft verweigert blieb.

Hellmich beschloss, sich ein wenig umzuschauen. Sie ging die Stufen des Treppenhauses hinauf in einen kleinen Flur, von wo aus drei Zimmer abgingen. Das erste wurde wohl vom alten Abel bewohnt. Es wirkte chaotisch und unaufgeräumt. Die zweite Tür führte ins Bad, in dem alles sehr spartanisch und veraltet wirkte. Sie öffnete ein paar Schubkästen und durchstöberte einige Schachteln. Außer klassischen Badutensilien war nichts Auffälliges zu finden.

Der dritte Raum war verschlossen. Jedoch steckte der Schlüssel im Schloss, und sie öffnete die Tür. Sofort überkam sie eine undefinierbare Schwere. Hellmich war sicher, dass das Wolfs Zimmer gewesen sein musste. Hier hatte also ein Mörder gelebt und seine Taten geplant. Sie hatte sich oft gefragt, wie es sich wohl anfühlen würde, in die intimste Umgebung eines Täters einzudringen. Nun war sie mittendrin und es war überraschend normal und unspektakulär. Ein holzvertäfelter Raum, der mit der weiß getünchten Zimmerdecke um die größtmögliche Langeweile feilschte. Alles wirkte aufgeräumt. Ein Tisch, zwei Stühle um ihn gruppiert. Ein Bett, das ordentlich aufgeschlagen war, und ein schwerer, alter Bauernschrank.

»Was hast du erwartet?«, fragte sie sich selbst. »Dass überall Waffen und Leichen herumliegen?« Sie versuchte sich in das Zimmer einzufühlen, und tatsächlich spürte sie etwas: Wolfs Aura. »Er ist hier überall. In jedem Gegenstand. In jedem Zentimeter dieses Zimmers.«

Sie sah sich weiter um. Ein paar Kleidungsstücke lagen sorgsam zusammengefaltet auf einem der Stühle. Sie ging weiter zu dem Schrank und öffnete ihn. Die Tür schwang knarzend auf. Einige Kleider und zwei Schubkästen mit Socken und Unterwäsche war alles, was darin zu finden war. Enttäuscht schloss sie ihn wieder. Auch an den Wänden war rein gar nichts zu entdecken außer gähnender Leere. »Keine Bilder oder Fotos, nichts Persönliches«, fiel ihr auf.

Alles war irgendwie steril. Aber irgendwo musste doch der wahre Wolf zu finden sein. An der Wand hinter dem Bett hing ein großer handgeknüpfter Teppich mit einer Jagdszene darauf. Hellmich trat näher und fühlte den Stoff. Sofort überlief sie ein Schauer und irgendetwas brachte ihr Unbehagen. Der Wandteppich passte nicht zu dem Rest des Zimmers. Wenn Wolf keinerlei Interesse an Persönlichem und Schönem hatte, warum hängt sich gerade so jemand einen Wandteppich hinter das Bett? Vorsichtig schob sie das Bett ein Stück von der Wand weg und stand nun direkt vor dem gut vier Quadratmeter großen Teppich. Er war sorgsam mit einer schweren Leiste am oberen Rand fixiert worden. Hellmich machte einen Schritt zur Seite und blickte von dort hinter den Wandteppich. Als sie ihn schon wieder zurückfallen lassen wollte, sah sie noch einmal genauer hin. Ein kleiner Eisenring ragte hervor und erregte ihre Aufmerksamkeit. Sie erkannte einige Fugen in der holzvertäfelten Wand.

»Verdammt, das ist eine Tür.«

Fest zog sie an dem Ring, doch die Tür öffnete sich nicht durch das Ziehen daran. Vorsichtig drückte sie gegen die Tür und tatsächlich … sie schwang zurück. Dahinter erwartete sie ein dunkles Loch, in das keinerlei Licht einfiel. Der fensterlose Raum war stockfinster, und sie tastete mit ihrer Hand nach dem Lichtschalter. Schließlich fand sie ihn, und eine nackte Glühbirne an der Decke flackerte auf. Als sich ihre Augen an das grelle Licht gewöhnt hatten, blieb sie mit offenem Mund in der Mitte des Zimmers stehen und schaute sich um. Überall an den Wänden hingen Zeitungsausschnitte und Fotos von Personen.

»Habe ich dich also gefunden, Wolf.«

In den Berichten ging es um die Morde an einem Anwalt in Fulda, einem ehemaligen Polizisten und dessen Ehefrau, einem Freier sowie einen versuchten Mord an einer Prostituierten. Sie erinnerte sich an all die einzelnen Fälle. Es waren alles Fälle, die Seeberg bearbeitet hatte. Doch es fanden sich noch mehr Berichte an den Wänden. Auch von dem Verschwinden von Seebergs Tochter und ihrem späteren Mord zeugten einige Zeitungsseiten. Und selbst über den Kommissar fand sie einen passenden Artikel, als dieser zu Unrecht beschuldigt worden war, etwas mit den Morden zu tun zu haben.

»Was zum Teufel ist das?«

Ihre Augen verengten sich. Auf einem Regal standen sorgsam aufgereihte Einmachgläser, wie man sie zum Marmeladeeinkochen benutzte. Sie waren allesamt mit einer Flüssigkeit aufgefüllt. Hellmich trat näher und untersuchte den Inhalt genauer. Erst auf den zweiten Blick sah sie, dass in den Flüssigkeiten etwas schwamm. Dann erkannte sie, um was es sich handelte. Es waren abgetrennte Zungen. Es handelte sich um die Zungen der Opfer, über die in den Zeitungsausschnitten an der Wand berichtet wurde. Den Opfern war allen die Zunge herausgetrennt worden. Das war so etwas wie das Markenzeichen Abels gewesen. Wenn es noch eines Beweises bedurfte, dass es sich bei dem Täter um Wolf handelte, so war dies hier mehr als ausreichend. Wolf hatte sie konserviert, indem er das tote Gewebe in eine Flüssigkeit eingelegt hatte. Wahrscheinlich Formalin, schätzte Hellmich. Das war leicht zu beschaffen und sorgte für wenig Aufsehen beim Kauf. Jede Dorfschule hatte Frösche oder Ähnliches für den Biologieunterricht in Formalin eingelegt. Sie zählte die Zungen und die Opfer der Artikel. Doch auch beim zweiten Zählen waren es zwei Zungen zu viel. Sie mussten Opfern gehören, die bisher unbekannt waren. Ihr Blick stoppte bei einem der Gläser, das keine Zunge aufwies. Sie nahm es in die Hand und versuchte den Inhalt zuzuordnen. In der Flüssigkeit befanden sich zwei kleine, kreisrunde Gewebefetzen. Sie überflog dazu die Zeitungsartikel und stoppte bei dem Bericht über Laura. Dann kam ihr die schmerzhafte Erkenntnis, dass es sich dabei um die abgetrennte Brustwarze von Seebergs Tochter handeln musste. Abel hatte die Morde des Serienkillers Petrov nachgeahmt, der stets eine Brustwarze als Trophäe seiner Gräueltaten behielt. Daher hatte er dem kleinen Mädchen ebenfalls diese Verstümmelung zugefügt, um die Tat Petrov unterzuschieben. Ihr wurde übel und sie stellte das Glas schnell zurück.

»Du ekelhaftes Schwein, das ist also dein Trophäenraum.«

Ein weiterer Zeitungsartikel fiel ihr auf. Er war deutlich dunkler als die anderen. Hellmich las das Datum, an dem die Zeitung erschienen war, am oberen Rand des Ausschnitts. 20. Juli 1984. Der bereits vergilbte Zeitungbericht schilderte den Tod des Grenzers. Er war jedoch von vergleichsweise geringer Größe. Doch unter der Zeitung befand sich ein Umschlag auf dem Tisch. Sie klappte die Lasche zurück und schüttete den Inhalt auf die kleine Tischplatte vor sich. Drei Ausweise kamen zum Vorschein. Alte Ausweise aus der ehemaligen DDR. Sie nahm den ersten. Eine Frau Anfang dreißig mit nettem Lächeln. Ausgestellt in Meiningen. Der zweite Ausweis war in derselben Stadt ausgestellt worden und gehörte einem Mann, der nur zwei Jahre älter als die Frau war. Hellmich kamen die Augen des Mannes auf seltsame Weise bekannt vor. Sie nahm den dritten Ausweis. Ein Junge lachte darauf schüchtern in die Kamera. Es schien sich wohl um die Familie zu handeln, von der Dänner gesprochen hatte. Aber warum hatte Wolf die Ausweise dieser Familie hier in diesem Trophäenraum liegen. Sie las den Namen des Jungen und ließ ihn vor Schreck aus den Händen fallen. Sie kannte den Namen des Jungen, der heute ein erwachsener Mann war. Sie kannte ihn sogar sehr gut.

Sie musste sofort dem Kommissar davon berichten. Dieser Name ließ alles in einem völlig neuen Licht erscheinen. War er ebenfalls nur ein Opfer Abels gewesen, oder steckte er sogar als großer Drahtzieher hinter dem ganzen Treiben? Sie machte kehrt und verließ das

Geheimzimmer. Als sie bereits wieder im Parterre angelangt war, bemerkte sie eine Bewegung draußen vor dem Fenster. Das Huschen nahm sie zunächst nur aus den Augenwinkeln wahr. Dann erkannte sie eine Gestalt, die, mit einer Wollmütze über den Kopf gezogen, an der Hauswand entlang in Richtung Garten schlich. Die Gestalt nahm keine Notiz von ihr. Als die Person schon fast am Garten angelangt war, stoppte sie für einen Moment und zog etwas aus der Jacke hervor. Franziska Hellmich kniff die Augen zusammen, dann konnte sie die Umrisse einer Waffe erkennen. Sie musste sich zusammenreißen, um nicht aufzuschreien. Vorsichtig schlich sie weiter zum Fenster und spähte mit einem Auge hinaus.

Seeberg stand dort vor der Grube, die sie zuvor ausgehoben hatten. Dänner legte gerade die Schädel zurück in das Grab und sah genauso überrascht aus wie der Kommissar. Seeberg war nur noch wenige Zentimeter von der Grube entfernt und breitete seine Arme aus, als der Fremde die Waffe auf ihn richtete. Nervös flog Hellmichs Blick durch die Stube auf der Suche nach etwas, das ihr hilfreich erschien, und stoppte bei dem Gegenstand, der auf dem Tisch lag. Sie entschied intuitiv und schnell. Es war ihre einzige Chance.

*

Der Kommissar versuchte, sich das Gefühl vorzustellen, wenn sich die Seele endgültig vom Körper löste. Er wartete. Doch anstatt eines Schusses vernahm er plötzlich einen spitzen Schrei, gefolgt von einem dumpfen Geräusch. Er riss die Augen auf und sah Hellmich vor sich. Sie stand über den Mann gebeugt, der ihn eben noch bedroht hatte. Dem fremden Mann lief Blut unter der Wollmütze über Nacken und Hals. Seeberg war mit einem Satz bei der Psychologin und erkannte jetzt erst das Geweih in ihrer Hand, das sie noch immer fest umschlossen hielt.

»Alles okay bei dir?«

Hellmich stand noch ein paar Sekunden bewegungslos vor ihm, dann hob sie das Geweih.

»Es war das Einzige, das ich in der Kürze gefunden habe. Ist er … ich meine, habe ich ihn umgebracht?«

Der Kommissar fühlte den Puls des Mannes. Nein, tot war er nicht.

»Er ist wohl nur bewusstlos. Das hast du großartig gemacht. Du hast uns das Leben gerettet.«

Dänner hatte sich die Taschenlampe Abels geschnappt, der wiederum wie versteinert dastand und alles kommentarlos verfolgte.

»Jetzt will ich aber wissen, wer dieser Kerl ist.«

Vorsichtig schob der Kommissar die Wollmütze des Unbekannten zurück und drehte ihn um, so dass man sein Gesicht erkennen konnte. Der Kommissar konnte nicht glauben, wen er sah.

»Aber das, das gibt es doch gar nicht …«

»Mein Gott!« Der alte Abel kniete sich hin. »Ich hab ihn seit so vielen Jahren nicht gesehen, aber ich würde ihn unter Tausenden erkennen. Er hat die Augen seiner Mutter.«

Seeberg deutete auf den vor ihm liegenden Mann.

»Sie kennen diesen Mann?« Der alte Abel nickte und seine Augen bekamen einen seltsamen Glanz, den der Kommissar so noch nicht bei ihm gesehen hatte.

»Und das ist noch nicht alles, Klaus.« Hellmich hielt ihm den Ausweis entgegen. Schau, was ich im Haus in einem geheimen Zimmer von Wolf Abel gefunden habe. Das ist wohl der Ausweis von einem der Flüchtlinge. Von dem Jungen der Familie.«

»Das gibt's doch nicht! Oberstaatsanwalt Roland Pinnow ist Ihr Sohn?«

»Ja, das ist er. Mein Junge.«

Kapitel 37

Sie saßen in der Stube um den Tisch herum. Eine erdrückende Stille füllte den Raum. Jede einzelne Person hatte die Neuigkeiten zu verarbeiten. Das Leben von allen würde anders sein.

Dänner hatte Oberstaatsanwalt Pinnow die Hände auf dem Rücken gefesselt. Er saß zusammengesackt auf dem Stuhl und fand nur langsam wieder zurück zu seinem Bewusstsein. Er stöhnte auf. Seeberg schüttete ihm etwas Wasser ins Gesicht. Sofort schreckte er auf. Sein Blick wanderte nacheinander zu den Anwesenden und verweilte bei seinem Vater. Dann schluckte er schwer.

»Es tut mir leid. Ich wollte dich nicht enttäuschen.«

Der alte Abel beugte sich zu ihm, strich ihm über den Kopf und versuchte, seine Tränen zu unterdrücken.

»Das weiß ich, mein Junge. Das wussten deine Mutter und ich immer.«

»Das ist also wirklich Ihr Sohn?« Seeberg wollte nun endlich wissen, was hier vor sich ging.

»Ja, das ist er. Pinnow war unser Familienname zu DDR-Zeiten.«

»Lass es mich erklären, Vater.«

Pinnow drückte seinen Rücken durch und suchte nach dem passenden Einstieg, um eine Erklärung abzugeben. »Ich denke, Sie haben mittlerweile schon eine Menge in Erfahrung gebracht und wissen, was damals passiert ist, nicht wahr?«

Er sah erst Seeberg, dann Dänner an, der zustimmend nickte.

»Der Kommissar weiß viel, aber nicht alles. Und anscheinend wussten auch wir nicht alles. Wolf hat uns die ganzen Jahre allesamt an der Nase herumgeführt.«

»Inwiefern?«

»Später.« Seeberg unterbrach den Oberstaatsanwalt. »Erzählen Sie uns erst einmal Ihre Geschichte.«

»Meinetwegen. Wolf hatte den Plan, dass meine Eltern in die Rolle der Abels schlüpfen könnten. Da war natürlich kein Platz mehr für mich, denn die Abels hatten ja nur einen Sohn. Zunächst wollte er mich aus dem Weg räumen und hätte mich beinahe umgebracht, doch meine Eltern stimmten ihn um und versprachen, im Gegenzug auf seinen Plan einzugehen. Nachdem Wolf mich vom Hof geschickt hatte, durfte ich nicht wieder hierher zurückkehren. Ich konnte zwar immer mal wieder mit meinen Eltern telefonieren, aber wir haben uns nie wiedergesehen. Nicht einmal, als meine Mutter starb.«

»Wenigstens hat Wolf ihn damals am Leben gelassen«, ergänzte der Alte. »Als Gegenleistung mussten wir Wolf versprechen, ihm ein Leben lang ein Alibi zu geben, indem wir seine Eltern spielten. Meine Frau und ich hatten uns mit dem kargen Leben hier oben als Bauern arrangiert. Wissen Sie, das war nicht nur schlecht. Und unser Junge lebte, das war für uns das Wichtigste. Er sollte in Freiheit aufwachsen. Das war schließlich auch der Grund für unsere Flucht gewesen.«

»Und Sie haben sich auch darauf eingelassen?«

»Was sollte ich denn machen? Ich war jung. Und natürlich wollte ich irgendwann zurückkehren und meine Eltern retten. Für Gerechtigkeit sorgen. Nicht umsonst habe ich meinen Beruf gewählt. Aber es war alles so kompliziert. Zumindest schaffte ich es zur Staatsanwaltschaft Fulda. So war ich meinen Eltern zumindest irgendwie nah und konnte alles ein wenig kontrollieren … zumindest glaubte ich das. Ich hasste Wolf natürlich, aber uns verband das Schicksal. Es ging alles mehr oder weniger gut, bis Sie den alten Fall des Grenzers wieder ausgegraben haben.«

»Und da haben Sie Angst bekommen, dass alles auffliegt?«

»Natürlich. Ich hatte Angst um meine Eltern, um mich …«

»… und Ihre Karriere«, ergänzte Hellmich.

»Sicher. Es wäre das Ende gewesen. Für alles.«

Der Kommissar war fassungslos.

»Und dann sind Sie zum Mörder geworden und haben ein unschuldiges Kind getötet. Meine kleine Tochter.«

»Das war nie geplant.«

»Blödsinn.« Seeberg trat vor den gefesselten Oberstaatsanwalt und schrie ihn an. »Wolf hatte keine Ahnung, dass der alte Fall wieder aufgerollt werden sollte und ich damit beauftragt wurde. Sie haben also diesen Plan geschmiedet und Wolf nur die Drecksarbeit ausführen lassen. Sie haben ihn mit allen nötigen Informationen gefüttert. Sie sind keinen Deut besser als Wolf.«

»Er sollte die Kleine nur für ein paar Tage aus dem Verkehr ziehen, bis Sie wieder aus Kaltengrund abgereist wären. Die Akte des Grenzers hatte ich schon so weit bereinigt oder beseitigt, dass kaum mehr etwas gegen einen Unfalltod sprach. Aber ich kenne Sie, Seeberg. Sie finden auch noch etwas, wo nichts mehr zu finden ist. Und anscheinend hat sich das ja nun auch wieder bestätigt.«

»Und da haben Sie sich umentschieden und Laura töten lassen.«

»Blödsinn. Wolf hat das spontan gemacht. Niemand weiß, was in seinem kranken Kopf vorging. Ich hatte ihm jedenfalls nie den Auftrag gegeben, das Mädchen umzubringen.«

»Das können Sie alles dem Richter erzählen. Sie werden hoffentlich im Knast verrecken. Genau wie Petrov.«

Der alte Abel sah Seeberg durchdringend an.

»Mein Sohn wollte doch nur die Familie schützen. Dass all die Jahre nicht umsonst gewesen waren. All die Opfer, die meine Frau und ich gebracht hatten.«

Kopfschüttelnd drehte sich Seeberg zu dem alten Mann.

»Verstehen Sie denn nicht?! Ihr Sohn ist genauso zu

einem Mörder geworden, wie es Wolf war. Und alles nur, um diese alte Geschichte zu decken. Einen Mord, der so nie stattgefunden hat.«

»Was soll das heißen?«

»Es war alles nur eine große Lüge«, antwortete Dänner. »Ich habe den Grenzer damals gar nicht erschossen. Er war nur verwundet. Wolf hat ihn dann wohl später erschossen, als ich euch in die Hütte brachte. Er hat uns alle benutzt. Belogen und betrogen.«

»Was?«

»Ja«, nickte Seeberg. »Es war alles umsonst, Herr Pinnow. Und dabei hatten Sie alle Möglichkeiten, etwas Sinnvolles aus sich zu machen. Sie waren damals ein kleiner Junge, wie meine Tochter. Sie hatten sogar alle Chancen, um es geradezurücken. Doch anstatt alles aufzuklären, haben Sie sich immer tiefer in die Geschichte hineinziehen lassen, bis sie schließlich selbst zu einem Mörder wurden.«

Der alte Abel sank in sich zusammen.

»Es stimmt, mein Junge. Ich habe alles verloren. Unsere Familie, deine Mutter und sogar dich. Wir haben ein fremdes Leben geführt und alles einer Lüge untergeordnet. Wir haben vielleicht damals keine Schuld auf uns geladen … aber nun schon. Wir sind von Opfern zu Tätern geworden.«

Kapitel 38

Die Polizei hatte alle Anwesenden verhört. Der alte Abel, der in Wirklichkeit der Vater von Roland Pinnow war, war ebenso geständig wie Dänner, der beim Beseitigen der Leichen von Wolfs wahren Eltern geholfen hatte. Doch dieser war froh, sich nicht wegen Mordes, sondern lediglich wegen Strafvereitelung nach § 258 StGB verantworten zu müssen. Außerdem hatte er sich um die Aufklärung des Falls bemüht, wodurch er mit einer milderen Strafe rechnen durfte. Als Pinnow von den Gräueltaten erfuhr, blieb er jedoch eiskalt. Wahrscheinlich hatte er sich solch ein Szenario schon vorgestellt.

Des Weiteren hatte der Kommissar erfahren, dass der Oberstaatsanwalt seit Verschwinden der kleinen Laura alle Gespräche vom Handy des Kommissars in diesem Zusammenhang hatte abhören lassen. Und zwar ganz offiziell. Er hatte angegeben, dass es innerhalb der Polizei vielleicht einen Maulwurf geben könne. Somit war Pinnow stets über alle Schritte Seebergs unterrichtet gewesen. Und als er von dem Geständnis Dänners erfahren hatte und dass man nun zum Abelshof aufgebrochen sei, um die Tatwaffe sowie alle anderen Beweisstücke sicherzustellen, war er sofort aufgebrochen, um vielleicht doch noch in letzter Sekunde alles zu verhindern. Der Kommissar war sich sicher, dass Pinnow, ohne zu zögern, alle Mitwisser erschossen hätte. Wahrscheinlich hätte er es so aussehen lassen, dass Dänner aus Angst vor Enttarnung den Kommissar und Hellmich erschossen hatte, um sich im Anschluss selbst zu richten.

Epilog

Der Schneefall hatte nachgelassen. Seeberg saß während der gesamten Rückfahrt in Gedanken versunken im Fond eines Streifenwagens. Er hatte sein Versprechen wahrgemacht und alle Täter zur Strecke gebracht. Doch verspürte er keinerlei Genugtuung. Im Gegenteil. Ein neues Gefühl baute sich in ihm auf. Und dieses war noch schlimmer. Welchen Sinn würde sein Leben nun haben? Neben dem Kommissar saß Hellmich. Sie fuhren durch die verschneite Rhön zurück nach Fulda auf der Bundesstraße 458 und passierten gerade das Ortsschild der Stadt in Höhe eines großen Möbelhauses an der Petersberger Straße. Der Kommissar erkannte schon von weitem die Lichter, die wie eine Glocke über der Stadt hingen. Wieder zurück zu sein hatte trotz des Stresses auch etwas Vertrautes und Beruhigendes. Zuhause wollte er es nicht nennen. Hatte er denn überhaupt noch ein Zuhause?

»Und? Wie geht es nun weiter?«, fragte die Psychologin und riss ihn aus seinen Gedanken. Seeberg wandte sich ihr zu und nahm ihre Hand.

»Ich werde jetzt eine schöne heiße Dusche nehmen und weiter in deine Psychostunden kommen. Versprochen.«

»Das ist schön. Aber das meinte ich nicht.«

»Nicht?«

»Nein.«

»Was meintest du dann?«

»Ich meinte, wie es mit uns weitergeht.«

»Mit uns?«

Der Kommissar richtete sich auf und schaute nach vorn durch die Windschutzscheibe auf die Straße. »Ja, wie geht es weiter ...?«

»Fällt es dir so schwer?«

Es verstrichen einige Sekunden, dann spielte ein Lächeln um seine Mundwinkel.

»Ehrlich gesagt ... nein. Überhaupt nicht. Es überrascht mich beinahe selbst. Aber zum ersten Mal seit Monaten verspüre ich das Gefühl, vielleicht doch wieder ein wenig Lust aufs Leben zu bekommen. Und das ist einzig und allein dein Verdienst.«

»Danke für das Kompliment.« Sie küsste ihn. »Dann könntest du deine heiße Dusche eigentlich auch bei mir bekommen, oder?«

»Ja, vielleicht könnte ich das ...«

Er küsste sie, als er von einem lauten Knirschen unterbrochen wurde. Über den Polizeifunk wurde eine Meldung gesendet.

Streife 2716 bittet um Verstärkung. Wir haben hier einen 107, Verdacht auf 110.

»Entschuldigen Sie, ich mach das leiser«, sagte der Polizist hinter dem Lenkrad und drehte die Lautstärke herunter.

Doch die Durchsage erregte die Aufmerksamkeit des Kommissars. Der Polizeicode 107 stand für das Auffinden einer Leiche und der Zusatz 110 für den Verdacht auf einen Mord. »Nein, ist schon gut«, antwortete Seeberg und lehnte sich nach vorn zu dem Kollegen, »machen Sie ruhig wieder etwas lauter.«

Laut weiterem Funkverkehr war eine Frauenleiche auf einer Mülldeponie entdeckt worden. Sie war nackt und wies die gleichen Merkmale auf wie eine andere Leiche, die ein paar Tage zuvor gefunden worden war. Seeberg lauschte konzentriert den Worten, bis die Durchsage endete. Dann fragte er bei dem Kollegen nach weiteren Details.

»Was hat es denn damit auf sich?«

Ohne die Augen von der Fahrbahn zu nehmen, antwortete der Polizist und schien dabei spürbar angegriffen. Es war ein relativ junger Beamter, der sicher noch nicht viele solcher Morde erlebt hatte.

»Das ist eine ziemlich verrückte Sache. Das ist jetzt schon die zweite Frauenleiche diese Woche. Bei dem ersten Fund war ich selbst vor Ort. Hoffentlich kommen nicht noch mehr dazu, wenn der Schnee schmilzt.

Wir haben keine Ahnung, was es damit auf sich hat, außer dass beide Frauenleichen die gleichen Merkmale aufweisen.«

»Und die wären?«

»Na ja, sie waren beide unbekleidet. Ansonsten gab es aber keinerlei Spuren. Und wenn ich keine sage, dann meine ich das auch genau so.«

»Was wollen Sie damit sagen?«

»Die Frauen sind nicht vergewaltigt worden. Es gibt keine Spuren von anderen Personen. Da hat sich jemand richtig Mühe gegeben. Die Körper sind nämlich anscheinend vom Täter chemisch gereinigt worden, bevor er sie entsorgte.«

»Chemisch gereinigt?«

Der junge Kollege nickte.

»Sie wurden mit Bleiche bearbeitet.«

»Das klingt außergewöhnlich. Und Sie waren am Tatort?«

»So was habe ich noch nie sehen müssen. Aber das war noch nicht das Schlimmste. Am fürchterlichsten fand ich etwas ganz anderes.«

Seeberg sah auf.

»Es gab noch andere Auffälligkeiten?«

»Das kann man wohl sagen. Die Frauen waren völlig unversehrt, außer dass man ihnen die Augen herausgeschnitten hatte.«

Der Kommissar ließ sich zurück auf die Rückbank

gleiten. Hellmich fasste seine Hand und betrachtete sie still. Zunächst sagte sie nichts, dann zog sie ihn näher zu sich. »Ich weiß, was in dir vorgeht, Klaus. Aber du brauchst noch etwas Zeit. Wir könnten uns noch ein paar Tage Auszeit nehmen und irgendwohin fahren.«

»Ja, du hast recht, das könnten wir.«

Er lächelte sie an, doch es wirkte gezwungen. Dann sah er hinaus. So fuhren sie weiter in die Stadt. Vorbei am Theater und Stadtschloss in Richtung des Polizeipräsidiums. Am Straßenrand flogen Schatten vorbei, doch Hellmich konnte weder die Schatten noch ihre Gedanken festhalten. Ihr war klar, dass sie ihn mit ihrem Bericht zur Diensttauglichkeit auch zwingen konnte, zur Ruhe zu kommen. Oder wollte sie einfach nur Zeit mit ihm verbringen, und ihr Urteil war durch persönliche Gefühle geprägt? Wie lautete eigentlich ihr psychologisches Urteil über seine Diensttauglichkeit? Sie wusste über seine Arbeitsweise nicht viel mehr als vor ihrer Abfahrt. Doch sie wusste mehr über den Menschen Klaus Seeberg. Und sie hatte ihn in der Zwischenzeit in ihr Herz geschlossen. Das war unprofessionell gewesen, doch ändern konnte und wollte sie es auch nicht. Dennoch war sie plötzlich wütend auf sich selbst und kniff ihre Lippen fest aufeinander, um den Zorn zu unterdrücken. Dann tippte sie dem Fahrer auf die Schulter.

»Können Sie mich bitte dort vorn an der Kreuzung rauslassen.«

»An der Tankstelle?«

»Ja, bitte. Ich rufe mir von dort ein Taxi.«

Seeberg drehte sich zu ihr und sah sie überrascht an. Dann gab sie ihm einen Kuss auf die Wange und streichelte ihm dabei über sein Gesicht.

»Geh schon. Ich warte auf dich.«

»Aber …«

»Nichts aber, du bist der beste Polizist für diesen Fall. Deine Kollegen brauchen dich.«

»Du meinst, dass ich wieder ganz offiziell …?«

»Ja, Herr Kommissar.« Bei dem Wort »Kommissar« blinzelte sie ihm zu. »Den nötigen Bericht werde ich morgen verfassen.«

»Danke.«

»Schon okay.« Der Wagen stoppte und sie griff nach ihrer Handtasche. Als sie schon halb aus dem Fahrzeug war, drehte sie sich noch einmal zu ihm um. »Ach ja, falls du Heiligabend noch nichts vorhast, ich könnte uns was kochen.«

Der Kommissar blickte sie verschämt an, dann lächelte er. »Sehr gerne.«

Als sich die Autotür hinter ihr geschlossen hatte, beugte er sich wieder nach vorn zum Fahrer. »Ich wäre Ihnen dankbar, wenn Sie mich direkt zu dem Tatort fahren würden.«